宰相補佐と黒騎士の
契約結婚と
離婚とその後
～辺境の地で
二人は夫婦をやり直す～
高杉なつる
illustration
赤酢キヱシ

次期宰相にして伯爵家令息
ヨシュア・グランウェル
「……キミには、
私との婚姻を前向きに検討して貰いたい」
「……宰相補佐様、婚姻のお話なのですが、
お願いしたいことがあります」
「なんだろうか？」
「私と夫婦という家族になる、
その努力というか歩み寄りをしていただけるのなら、
お話をお受けしたいと思います」

リィナ
平民出身の孤児の女黒騎士

リィナの親代わりにして師匠
アレクサンドル・ヴァラニータ
「生きておるか、リィナ！」
リィナの知人にして下級白魔法使い
ブレンダン・タナー
「……俺としては仕事があって助かる、助かるんだけどさ。
でも、早く伴侶を決めた方がいい」

「キミの婚約者はどのような方なのですか？」
ヨシュアの同級生にして、彼と同じ白魔法使い
ドナルド・ファラデー
「アンタはちゃんと旦那を支えられていたんだよ」
温泉の郷・ササンテでリィナの面倒を見ている薬師
メアリ

「私はキミがどんな立場になろうとも、
離縁するつもりはない。
聖堂で式を挙げ婚姻届に署名をしたとき、
〝死が二人を別つまで共に〟と愛を神に誓った。
その誓いを違えるつもりは私にはない。
キミはどうだ？」

「……私も、です」
「そうか、なら良かった」

CONTENTS

序章 3
一章 彼女の失職 メルト王国暦 785年 9
二章 彼と彼女の出会い メルト王国暦 781年 29
三章 彼と彼女の関係 メルト王国暦 781年 53
四章 彼と彼女の縁が切れるとき メルト王国暦 785年 122
五章 湯煙の郷の彼女 メルト王国暦 785年 150
六章 湯煙の郷の彼 メルト王国暦 785年 188
七章 再会する彼と彼女 メルト王国暦 785年 228
八章 王都に戻った彼と彼女 メルト王国暦 785年 243
終章 284

宰相補佐と黒騎士の契約結婚と離婚とその後

～辺境の地で二人は夫婦をやり直す～

saishohosa to kurokishi no
keiyakukekkon to rikon to sonogo.
-henkyo no chi de
futari ha fufu wo yarinaosu-

高杉なつる
illustration
赤酢キヱシ

序章

深い緑色をした葉を茂らせた木々が守っている、そんな印象を受ける森の中に小さな石造りの白い聖堂がある。豊かな自然と澄んだ空気に包まれ、森に暮らす小鳥の声も聞こえる静かな聖堂、神へ祈りを捧《ささ》げにやって来る者が時折訪れる静かな場所、それが通常の光景だろう。

普段は静かで落ち着いた空間である小さな聖堂に、大勢の人間が集まっていた。集まった人たちは男性も女性も老いも若きも皆着飾り、笑顔で聖堂入口に注目する。

「ここに、新たな夫婦が誕生しました。皆さま、これより共に歩む二人に祝福を！」

神官様の言葉に大きな拍手が響き「おめでとう」、「幸せに！」と祝福の言葉が続く。

「行こうか」

笑顔で私に手を差し出すのは、先ほど結婚を誓い夫となった男性。

メルト王国宰相補佐官、ヨシュア・グランウェル。赤色が強い茶色の髪に輝く緑の瞳、王宮文官の黒い礼服を隙なく着こなした貴族青年だ。

「……はい」

差し出された手に美しい手袋に包まれた自分の手をそっと乗せる。優しくエスコートされて階段を降り、聖堂に隣接した美しい庭園へと導かれた。

落ち着いたデザインのやや薄緑がかった白いドレスは、金と薄緑の糸で侯爵家の紋を刺繍《ししゅう》した裾が柔らかに揺れる。耳や首元を飾る装飾品の類は全て翠《すい》玉で統一されて、手にしたブーケも白と黄緑色の可愛らしい花で出来ている。一生に一度しかない祝いの席だ、と用意された品は全て上品で綺麗《きれい》で目が眩《くら》みそうだ。

結婚式用の白いドレス、翠玉で出来た装飾品、可愛らしい生花のブーケ、繊細な刺繍のベール。聖堂で愛を誓った人と一緒に手を引かれて、大勢の人から祝福される。

絵本の中にあった王子様とお姫様の結婚式は、幼い私が憧れたシーンだった。でもそれは憧れただけであって、まさか実際に自分がお姫様と同じ立場に立てるなんて、夢にも思っていなかった。

「リィナ、おめでとう。すごく綺麗、とってもドレス似合っているわ」

「美しい花嫁様、結婚おめでとう。ようやく、リィナに相応しい白魔法使いの伴侶と巡り合うことが出来て良かった。安心したよ」

式のあとそのまま聖堂横にある庭園での披露宴に移行し、関係者への挨拶が終わった頃、私は同期の女性騎士ふたりとようやく話をすることが出来ていた。二人は既婚女性らしい、上品で美しいドレスに身を包んでいる。

「二人とも、今日は遠くから来てくれてありがとう。実は、私が結婚しなかった黒騎士第一号になるのかなって考えたりしてたから、まだちょっと信じられない」

「馬鹿ね、未婚を貫くなんて、そんなことが許されるわけがないでしょ！　私たちみたいな古代魔法を使える才能を持って生まれた者は、男も女も関係なく黒騎士になって、魔力相性の良い白魔法

使いと結婚させられるの。そこに例外はないわ、強制よ。特に私たち女騎士に求められるのは、討伐なんかよりも子どもを産むことだもの」

友人はとても美しく着飾った姿なのに、両手を腰に当ててフンッと鼻を鳴らし不満の顔をした。

「子どもを産め～、子どもを産め～って呪いのようにうるさく双方の家族から言われるの。私は子どもを産むための道具じゃないっていうのよ、失礼しちゃう。リィナ、あなたもすぐに言われるようになるわ、覚悟しておいた方がいいわよ」

「え、そうなの？」

「そうなのよ。女性の黒騎士なんて、そんなもの。次代の黒騎士を一人でも多く産む母体、って認識なのだから！」

「まあまあ、子どもの問題は置いておいて。リィナのお相手がなかなか決まらなくて心配だったのだけれど、本当に安心したよ。だが、ちょっと……お相手は意外だったかな」

二人は私の肩越しに夫になったヨシュア様を見つめる。

「そう？　私は良いと思うわ、リィナみたいに大人しい子には年上の相手の方が合うと思っていたから。こう、包み込んで手を引いてくれるような感じ。見てよ、この子のドレス。装飾品もブーケもさり気なく全部緑が入れてあるの……自分の色をこんなに使ってるって、なかなかの主張よ？」

「でも、口数は少なそうだし、上級貴族だから表情も動かさない感じだね。どう見ても分かり難い系だろう。全てこっちが察してやらねばならない感じだと、苦労が倍増するぞ。実際どうなんだ、リィナ？　婚約中、宰相補佐様とは上手くやれていた？」

「え、ええ？」

「どうなのよ？」

「どうなんだ？」

ふたりは成人と同時に婚約者と結婚して、今日に至るまで人の妻であり子どもの母でもある。だというのに、まるで学生時代に戻ったかのような勢いで私に迫って来た。こういうやりとりは学生時代に何度もあったことで、あれから時間が流れて大人になって母親にもなったのに、変わらない会話をしているのがなんだかおかしい。

「デートはどこに行ったの？　お食事は？」

「贈り物はなんだった？　ドレス？　装飾品？　定番の菓子とか花かな？」

本当に十代半ばの少女だった頃のよう。騎士学校にいる生徒は男子が圧倒的に多くて、数の少ない女子同士、私たちは助け合って厳しい訓練や試験を耐え抜いた。そこで生まれたのは生まれや立場に関係のない、友情と信頼だ。

「いいから話しなさいよ」

「素直に白状した方が良いに決まっているよ」

「ええと……あの……」

「……あまり妻を追い詰めないでいただきたいですね。お二人のことは色々と聞いておりますよ、騎士学校では三人で一緒に頑張っていたのだと」

背後から腰を抱き、ぐいぐい来ていた友人たちをけん制したのはヨシュア様だ。

「あらー、この程度で追い詰めるだなんて！」

「まあ、ご本人に直接聞くっていうのも有効手段のひとつかも？」

「なんでしょうか？」

「リィナは私たちにとって大事な友人であり、仲間であり姉妹。彼女を婚約中に大事にしてくれていたのか。結婚して、これから大事にしてくれるのかどうかを確認したいのです」

「ですから、包み隠さず話していただきたい」

友人二人から発せられる圧が凄い。けれど、ヨシュア様は特に気にした様子もなく「お二人に納得いただけるような話が出来るでしょうか」などと呟《つぶや》いている。

抜けるような晴天の下、美しい草花で整えられた聖堂の庭園。そこに集まってくれたのは上司や同僚、友人、家族や親戚と言った親しい方々……一生に一度のことだからと誂《あつら》えられた上品で美しい装いを身に纏《まと》い、結婚を祝福して貰《もら》う。

なんと美しく、幸せな風景なのだろう。

私はこの時、確かに幸せだった。

賑《にぎ》やかなで弾む会話に彩られた祝いの席の中心で、四年前の私はこの時確かに、国で一番幸福な存在だったのだ。

一章　彼女の失職　メルト王国暦　７８５年

瞼《まぶた》をあけると世界がぼやけて見えた。

何度か瞬きを繰り返したのに、一向に視界がすっきりする様子がない。まるで霧が発生しているように酷《ひど》くぼやけていて、大まかな形と色、明るいか暗いかしか分からない。

「ああ、グランウェル様！」

パタパタッと軽い足音がして、声の主が横たわる私の側に駆け寄って来た感じがした。ぼやけた視界の中で声の主の顔を見るけれど、女性で白い服を着て、頭に白いキャップらしいものを被っているくらいしか分からない。

「お目覚めになられたのですね！　ここは治療院です、安心して下さい」

私を覗《のぞ》き込んでいる白っぽい服を着た女性は看護師らしい。私は今、治療院のベッドに寝かされているようだ。

「……」

返事をしようとしたのだけれど、口から出るのは掠《かす》れた吐息ばかり。声が出ない。

「無理に喋《しゃべ》ろうとしなくても大丈夫です。すぐに担当魔法使いを呼んで来ますから」

個室を出て行くぼやけた彼女の背中を見送ってから、ゆっくりと腕を動かす。着せられている病衣から出ている両手は白いので、包帯に覆われているのだろう。両方とも感覚はとても鈍いけれど、指の先まで動くのは左手だけ。足も左足は指の先まで動く、が右足は動かない。

どうやら右半身の損傷が激しいみたいだ。

少し体の様子を確認しただけなのに、もう疲れてしまって瞼が落ちてくる。堪《こら》えきれず目を閉じると、誰かが部屋に入って来る音が響いた。

「……グランウェル様、リィナ・グランウェル様。お目覚めになられて良かった。あなたはここに運び込まれて五日、意識が戻らなかったのですよ。私はこの治療院に勤務している白魔法使いで、あなたの治療を担当します」

白い服を着た担当白魔法使いだという女性はベッドの横に立つと、医療記録簿を捲《めく》る。

「ご気分は如何ですか？　それと、どこか痛みが非常に強い所がある、または全く感覚がない所があるとか……」

小さな身振り手振りで声が出ないことを伝える。

「では、こちらの質問に『はい』なら私の手を一回、『いいえ』なら二回叩《たた》いて下さい。どちらでもない、分からないなら三回で」

『はい』

左人差し指で医師の手を一回突く。

「私の声が聞こえていますか？」

『はい』

「目は見えていますか?」

『どちらでもない』

三回突く。

「……私の指を目で追いかけて下さい」

ぼんやりとした視界にブレブレに見える人差し指、それを右に左に目で追いかける。

「ぼやけて見えているのですか?」

『はい』

一回突く。

その後も質問は続き、右手と右足が動かないこと、感覚が鈍いことなどを訴えた。それだけを伝えるのにも一苦労だ、言葉を話せるってとても大事なことなのだと改めて感じる。

「さて、黒騎士リィナ・グランウェル様。あなた様ご自身がここに運び込まれた経緯をどれだけ覚えておられるか分かりません。ですので、こちらが把握している部分のみになりますが、ご説明させて頂きます」

正直な所、まだ記憶がはっきりしないので状況説明がありがたい。私は定まらない視線を医師に向けて頷《うなず》いた。

「あなた様はここから東にある深淵《しんえん》の渓谷に現れた竜と対峙《たいじ》され、その竜を見事討伐されました。ですが、それと同時に重傷を負われました。砦《とりで》付きの青騎士たちが、傷つき意識のないあなた様を回収、白魔法使いたちが回復魔法を掛けながらここへ搬送してきたのです」

説明を受ければ、徐々に記憶が戻って来る。

黒に近い紫色の鱗《うろこ》に覆われて、頭に羊のような大きく巻いた角を二本持った大きな竜だった。前足は小さくて、鋭いトゲに覆われた太い尻尾を振り回し、毒を含んだブレスを吐いて空を飛び回っていた。

私には竜を討ち取った記憶がないけれど、無事に討伐することが出来たらしい。

国の東にある深淵の渓谷から最寄りの街までは距離が近い、街に被害を出さずに倒せて本当に良かった。

「グランウェル様、あなた様は死にかけてらしたのですよ？　竜の毒をたっぷり浴びて、手足の裂傷も酷いものでした。ここに運び込まれる間、砦の白魔法使い三人が魔力回復薬を飲みながら、交代で傷を塞ぎ毒の回りを遅め、解毒を試みていたのです」

それは……それは大変だっただろう、彼らには感謝しかない。

「お陰であなた様の命は助かりました。彼らも誇りに思い、安心するでしょう。彼らの頑張りのおかげで裂傷はほぼ回復しております、問題は……毒による症状です。目がよく見えない、声が出ない、右半身が動かないのは毒によるものとお考え下さい」

頷くと、彼女は私の左手に優しく触れた。

「とにかく、生き延びて下さって良かったです。今後は解毒治療と、手足の機能回復を中心に治療して参ります。まずは、ゆっくりお休み下さい」

私は担当白魔法使いの手を一回突くと、目を閉じた。

あっという間に体がベッドマットに引き込まれるように意識が落ちていく。真っ暗だけれど、穏やかで温かい闇の中へ。

＊＊＊

この国、メルト王国にある王立騎士団は四つに分けられている。
白騎士　王家の人間と王城を守る近衛騎士
赤騎士　主要都市の街中を警邏《けいら》し市民を守る騎士
青騎士　魔獣の出没地域周辺に作られた砦にて魔獣を狩る騎士
黒騎士　竜を狩る騎士
私リィナ・グランウェルは黒騎士団に所属している。青騎士と共に魔獣も狩るが、各地にある魔獣の暮らす地域から出現する竜を狩ること、それを主な任務にする特殊な騎士だ。
黒騎士になる条件は古代魔法の才能があるかどうか、この一点のみ。古代魔法を使うことが出来る才能があるかないかは生まれながらのもので、後天的に努力で得られるものではない。
国民全員が身分性別に関係無く、五歳を迎えると聖堂で魔法適性検査を受ける義務を負っている。適性検査で古代魔法の適性があると判断された子どもは、十二歳になると国立の騎士学校へ入学して、将来は黒騎士になることが法律で決められている。
メルト王国では、毎年二十～三十人程度の子どもに適性ありと判定が出て、年々少しずつではあるものの才能の持ち主は増えていっているらしい。

私も適性ありとされた子どもの一人。平民出身の孤児であったから、救児院から騎士学校へ入学、訓練を受け十五歳の時から仲間たちと竜や魔獣を狩り続けて来た。

竜や魔獣と戦い、竜を狩ることは容易《たやす》くない。命の奪い合いをしているのだから激しく苦しいものになる。二十六人いた私の同期も、現在第一線で戦っているのは二十人を切った。討伐任務中に命を落としたり、大きなケガを負ったりして前線から離れたのだ。

どうやら、私もその前線から離れた者の仲間入りだ。

病院で手厚い治療と看護を受けてはいるけれど、なんとなく騎士として働けるほど体が回復するとは思えなかった。そこまで回復するという手応えが、体から感じられない。

「おまえがやられたって聞いて、息が止まったよ。俺のいた砦では、おまえが竜に殺されたって話になっていたからさ」

「すみません、心配をお掛けしました」

小さな備え付けの椅子に座った兄弟子、コーディ・マクミランは見舞う言葉も手短に、私が手渡したノートを開く。ペラペラとページが捲られ、一番新しく記入されたページで手を止めた。

そこには、私がこの治療院に運ばれる原因となった竜の情報が記載されている。手を使う機能回復訓練も兼ねて書いたので、他のページよりヘタクソな文字だけれど、コーディ兄さんは気にする様子もなく文字を目で追っている。

淡い茶色の髪を掻《か》き上げながらノートに見入る姿は学者か文官のようで、騎士職にはなかなか見

えない。実際竜の研究も独自に行っていて、古代魔法の才がなければきっと学者になっていたに違いない。

「あ、そうだ。これはマリクと俺、二人からの見舞い」

私のお見舞いに来てくれたはずなのに、いきなり私の書いていた討伐メモノートに齧《かじ》り付いたコーディ兄さんは、ようやく思い出したらしくテーブルの上に載せたお見舞い品の説明をしてくれた。

籠の中には早生《わせ》らしいソルダムと数種のベリーが、箱にはミックスベリーのジャムとオレンジのジャム瓶が入っていた。どっちがどっちのお見舞い品なのかは分からないけども、ありがたく頂戴しておく。

「マリクさん、途中で別の竜の討伐に回ったんですけど、そちらも無事に討伐出来たのですよね？」

「後から乱入して来た岩竜なら、マリクに自慢の角を折られて逃げていったよ」

マリクさんはコーディ兄さんと同期で、槍《やり》を主武装にした黒騎士。単独での討伐も大丈夫だろうと思っていたけれど、予想通りで良かった。

岩竜には鼻先に一本、立派な槍のような角が生えていて、長く生きれば生きるほどその角は大きく長くなる。岩竜のオスにとっては角が自分の生きた証であり、強さの象徴であり、メスへの求愛行動の材料。その角を折られたとなれば、引き下がるのも頷ける。

籠の中の真っ赤に熟れたベリーを一粒摘まむ。甘酸っぱい味が口のなかいっぱいに広がった。

「そういえば、竜の解体作業は……？」

どんな種類の竜でも、討伐後にその死体は迅速な処理が求められる。

爪、角、トゲ、牙、骨、逆鱗《げきりん》と呼ばれる一部の鱗以外の部位は、死亡してすぐに毒化が始まるのだ。特に肉や血液、内臓は恐ろしく強い毒に変化して地面、水や大気を汚染するから、早く処理しなくてはいけない。

竜を討伐するだけならば、現代の魔法でも討伐出来る。けれど、古代魔法を使える者が担当する理由がここにある。死後、毒化する竜を処理するには古代魔法による浄化が必要だし、討伐中も現代魔法と古代魔法では与えるダメージ量が違う、毒化する速度も全く違うのだ。

本当なら、竜を討伐した私が死骸の処理までしなくてはいけなかったのだけれど、私は意識をなくしていた。

「マリクを中心に砦の連中で片付けて、俺も手伝ったから大丈夫だ、心配はいらないよ。……それにしてもおまえ、討伐数が多いな」

コーディ兄さんは私の討伐メモノートを捲った。討伐メモノートを作り始めたのは、師匠の元で訓練と討伐を始めたときからだ。

『自分がどんな相手と戦って、どのように対処したのか、結果どうなったのかを記録して、次に生かせ』

師匠はそう言って一冊のノートをくれた。それが最初の一冊目で、その記録はずっと続けている。

「そうですか？　言われてみればこの一年、ちょっと増えたかもですね」

「そうか。……リィナ、おまえ」

「はい?」

「体の調子はどうだ?」

その言葉には「騎士として復帰出来そうなのか?」という質問が含まれている。

「治療院の白魔法使いは〝回復には時間が必要だ〟と言っていました。私の体感ですが、復帰は難しいように思います。何年も時間をかければ、なんとかなるのかもしれません。でも……」

どれだけの時間がかかっても復帰させたい、そう国や騎士団が思うほど私は黒騎士として重要視されてはいない。どちらかといえば使い潰して構わない、という立場にいる。

「……そうか」

手にしていた討伐メモノートを閉じると、コーディ兄さんは私を真正面に見つめた。紺色の瞳に私の姿が映り込む。

「だったら先の……」

言葉を遮るようにノックの音が響き、開けっぱなしになっている出入り口に人が立った。

「失礼します!」

まだ顔に幼さが残り制服も真新しい新人事務官がそこにいて、療養中の私だけではなく、現役の黒騎士がもう一人いることに気付き、緊張した表情で敬礼をした。

「黒騎士リィナ・グランウェル卿《きょう》に書類をお届けに参りました」

「……入れ」

「はっ」

新人事務官くんはコーディ兄さんに言われるまま病室に入り、持っていた大型封筒を私に差し出した。

「こちらの書類に必要事項を記載し、騎士団事務局へ提出をお願いします。期限は七の月の末日までです」

「了解しました」

新人事務官くんは、ピシッと音が出そうなほど綺麗《きれい》な敬礼をすると病室を出て行った。

「………はぁ」

コーディ兄さんの大きなため息に渡された大型封筒が揺れた、ような気がした。封筒の中身は確認しなくても分かっている、騎士団はすでに私の未来を決めたのだ。

「リィナ、先のことはよく考えて決めろ。適当に自棄になって決めるんじゃないぞ」

「分かってますよ」

私がそう返事をすると、コーディ兄さんは立ち上がり「ゆっくり養生して傷を治せ。おまえが生きていて、良かった」そう言って個室を出て行った。


私が意識を取り戻して二十日余り、視力は回復したし声も出るようになった。両手の感覚も戻ったし、右手も動くようになって、文字も書けるようになった。

これも一日二回、担当の白魔法使いが根気強く回復・解毒魔法を掛け続けてくれているから。少しずつではあっても、回復しているのが分かることは嬉《うれ》しい。

ただ、今でも右足の回復はあまり進んではいない。担当魔法使いが言うには、竜の毒が右足に負った裂傷からたっぷりと入り込んでしまったせいで、解毒が進まないと。最悪、足は動かないまま、という可能性もあるとのことだ。

「ま、仕方がないよね」

自分で自分に言い聞かせながら、騎士団から渡された封筒を開ける。

『退団申請書』と『傷痍《しょうい》騎士年金申請書』と『騎士団寮退寮届』、通称〝引退三点セット〟だ。クビ三点セットと言い換えても問題ない。

私の容態はこの病院から黒騎士団事務局の方へ報告があがっているんだと思う。入院費や治療費は騎士団事務局への請求としてあがるから。その報告内容を鑑みて、上層部は私がもう使い物にならないと判断した、ということだ。

黒騎士は特殊な人材のみが成り得る騎士職のため、身分や性別にかかわらず教育を受けることが出来る。

十二歳から二年間は騎士学校の学生として基本的な教育と訓練を受け、十四歳から成人までの四年は師となる黒騎士の元で実践的な訓練を積む。十八歳で成人してからは一人前として魔獣や竜を狩り、四十歳前後になると最前線で戦うことから退き、その後は後進の育成にあたる。

この流れが理想とされているけれど、その理想通りに騎士人生を全う出来る人なんてほんの一握りだ。一人前になってからは、魔獣や竜と命のやり取りをするのだから当然だろう。

前線から退いた者の多くは弟子を引き取って育てたり、騎士学校で座学、武術や魔法の基礎を教えたりしている人が多い。中には個人で私塾を開いている人もいると聞いた。けれど、騎士学校の教官への転属指示書や師弟契約書が入っていない……ということは、私は七の月の末日にて完全解雇ということになるのだろう。

平民出の騎士ということで、騎士学校の教官や誰かの師としても使えない、国も騎士団も、そう判断したのだ。

十二歳で騎士学校に入学してから今二十四歳なので十二年、自分なりに頑張って来たつもりだ。四十歳前後で引退することを思えば、少々早いかもしれない。けれど、もっと短い騎士人生だった人もいる。ケガの後遺症は多少残りそうだけれど、命があって手足がちゃんとあるまま終わることが出来るのなら、悪くない。

幼い頃から、古代魔法の素質がある者は黒騎士として竜と戦い、国民の生活を守るものだ、才能のある者の責務だ、国の決まりだと言われてそれに従って来ただけ。

戦えない騎士が騎士団にいられるわけがないことも理解している。

騎士団を離れるまであと二ヶ月と少しある。

それまでにケガを治し、歩行訓練をして出来る限り通常の生活が出来るようにする。退院した後は騎士団の寮を片付け、どこか田舎の村へ引っ越してのんびりした生活を送ろう。

私が騎士でなくなれば、夫との結婚もきっとなかったことになる。

それを考えると、胸の奥が痛む。私が騎士でなくとも構わない、妻でいて欲しい、そんな都合の良い言葉を貰《もら》える可能性は……そんなことを考えて、私は首を左右に振った。

黒騎士と白魔法使いの結婚は契約で、好きだの惚《ほ》れただのという感情は関係ない。

一般的にはそう言われているけれど、実際には仲の良い夫婦が多い。魔力相性の良い相手とは、全てにおいて相性が良いから。

夫と私の関係は悪くない、なかったはずだ。私はそう思ってる。

でも、魔力相性の良さ以外で大きくかけ離れた私たちの結婚は、契約という部分が大きかった。

だから、私の気持ちなど関係なく……解消になる、のだろう。

＊＊＊

入院生活もひと月と半分が過ぎ、治療も機能回復訓練もほぼ順調に進んだ。

長らくお世話になった治療院から退院する目安もたち、退団するまで残り三週間になった。例の書類にも必要事項を記載しなくてはいけない。ベッドテーブルに書類を広げて、ペンを握る。

退寮届や騎士年金申請書は日付と名前だけしか私が記入する欄がない。退団申請書には名前と日付以外に退団する理由を書くのだけれど……ケガのため、のひと言でいいのだろうか？

考え事をしていると控えめなノック音が響き、ペンを置いて「はい」と返事をする。白いドアはノックとは裏腹に勢いよく開き、丁番が悲鳴をあげた。

「生きておるか、リィナ！」

窓ガラスが割れそうな程大きな声、その声に見合う二メートルを超える身長にそれに見合う大きな体が入室する。静かな治療院暮らしをしていた私は、久しぶりに大きな声を聞いて普通に驚いた。心臓がバクバクする。

入室したのは老年に入った男性だ。短く刈り込んだ黒髪はすっかり白と灰色の斑になり、顔や手に刻まれた皺《しわ》は深い。確か七十歳をいくつか超えたくらいの年齢になるはず……大変お元気そうでなによりだけれど、とにかく声が大きい。

「……師匠、年取りましたねぇ」

「それが久方ぶりに会う師への言葉か⁉」

「それなら、久方ぶりに顔を合わせる大ケガをした弟子に掛ける言葉が、生きているか？　はないでしょう。それとここは治療院です、声を抑えて下さい」

私が騎士学校に入ったのが十二歳のとき、二年間の基礎学習と訓練を経て十四歳から十八歳までの四年を共に過ごし、面倒をみてくれた師であり恩人、アレクサンドル・ヴァラニータ師匠は私の頭を乱暴に撫《な》でた。

「アレク駄目よ、リィナはケガをしているのだから静かにそっとしなければ。コーディからあなたの様子は聞いていたのだけれど、来るのが遅くなってしまってごめんなさいね、リィナ」

「レイラ様」

師匠の巨体に覆われて気づかなかったが、奥様であるレイラ様の姿が見えた。ミルクティー色の髪にスミレ色の優しい瞳と柔らかな笑顔はお変わりなくて嬉しい。

師匠は当然だけれど、レイラ様にも大変お世話になった。結界や防御力上昇といった魔法の手ほどきを受け、美味《おい》しい食事も沢山ご馳走《ちそう》になった。私は幼いころに両親を流行病で亡くし、救児院で幼少期を過ごしたので、師匠と奥様のことを両親のように思っている。

「いいえ、ご心配おかけしてしまい申し訳ありません。もうケガも大分良いのですよ、機能回復訓練も進んでいますしね！　使っている杖《つえ》も小さなものになったんですよ、ほら、文字もまた書けるようになったのです」

私は自慢げに先程名前を書いた書類をお二人に見せた。

そう、深い意味などなにもなかった。ただ一時期はほとんど動かなかった利き手が動くようになり、ミミズのようにしか見えなかった文字が普通に読めるようになったことを見せ、「頑張ったな」と褒めて欲しかっただけだったのだ。

「リィナ？　この書類はなんです？」

「え……えっと、退寮届と年金申請書と退団届ですが？」

「どうしてあなたがこの書類を書いているの？」

レイラ様はベッド脇に置いてある椅子に座ると、包帯の巻かれた右手を両手で包み込んだ。優しく諭すように微笑むレイラ様だが、その目は笑っていない。

「あの、黒騎士団事務局の方から記入して、提出するようにと。この傷では現場復帰は不可能、と判断したのだと思います」

「リィナ、そなたがケガをしたときのことを話せ。それと、そのケガを負ったときに身に着けていた装備はどこだ」

師匠はやや凄みのある低い声で唸《うな》るように言った。

筋骨隆々の大男で、顔や手や首など服から見える所にも傷跡が残る……超弩級《ちょうどきゅう》の迫力が服を着て歩いているような存在に、殺気をみなぎらせながら声を掛けられて失神しなかった自分を褒めてあげたい。そもそも、親代わりである師匠に逆らうなど、そんな言葉は私の辞書には存在していない。

「深淵の渓谷に大量に出現したイノシシ型の魔獣討伐を命じられました。そのとき私はアストン領の第八砦に駐在していました」

「深淵の渓谷はイノシシ、クマ型の魔獣が多く生息しているからな。特にイノシシ型は群れると危険だ。黒騎士はそなた一人だったのか？」

「いいえ、マリク・ファラール様と一緒でした。青騎士の皆さんとイノシシ型魔獣討伐中に竜が現れました。そこでイノシシ型は青騎士さんたちにお任せし、竜討伐に移行しました」

「うむ。竜種は？」

「飛竜型のシープホーンパープルドラゴン、毒竜です。後に地竜型、ロックアーマーイエロードラゴン、岩竜が乱入してきました」

「……フム、魔獣の血と竜の咆哮《ほうこう》に誘われて別の竜が引き寄せられたのだな。討伐中にはよくあることだ、春の討伐では尚のこと」

竜や魔獣が出現する山、谷などに近い場所で戦闘を行うと、他の魔獣などが乱入してくることはよくある。血の匂いや咆哮などに惹《ひ》かれて集まってくるらしい。特に四の月から六の月までは魔獣たちの繁殖期にあたり、匂いや音に敏感になると聞いた。基本自分の縄張りから出ない魔獣も、この時期だけは繁殖相手を探して広範囲を移動するし、大人しい種族も凶暴化したりする。

戦闘中に別の魔獣が現れることは珍しくはないので、その辺も臨機応変に対処していくのが黒騎士、青騎士の役目になる。

「毒竜を私が、岩竜をマリク卿がそれぞれ受け持ちました。岩竜の方はマリク卿が角を折ることで、戦意喪失させ撤退させたそうです。毒竜の方は討ち取りました」

「それで、そのときに身に着けていた装備は……これか」

治療院の個室にはベッドと小さな簡易椅子がふたつ、ベッドサイドテーブルがひとつ、クローゼットがひとつあるだけ。

師匠はクローゼットの扉を開けて、中に入っていた籠を取り出した。その籠の中に、私が運び込まれたときに着ていた服や靴、使用していた武器がそのまま入っている。

シャツもパンツもブーツもボロボロで、更に竜の毒に染まって変な色になってしまっているから処分するしかない状態だ。防具である手甲やすね当て、肩当て胸当てもヒビが入り割れたりベコベコに変形したりしている。

愛用していた主武装である大弓は弦が切れ本体にも大きな傷があり、矢筒には大きなひび割れが入っていて今にも二つに割れそうで、数本残った矢は全て折れている。予備武装である双剣も刃が無残に欠けていた。

唯一使える状態で残ったのは、師匠夫妻から成人祝いにいただいた濃紺色のポンチョタイプのローブだけだろう。

「手甲もすね当ても腐食し、胸当ては割れているな、肩当ても強度を失っている。シャツもズボンも裂け、毒による汚染が酷い、ブーツも同じ状態。魔石の魔力も全て使い切っている。……これらの装備に付与された加護魔法はひどく弱い、なぜだ？」

「えっと…………」

黒騎士が対峙する相手は竜だ。数多くいる危険な魔獣の中の頂点に君臨している。

硬い鱗に覆われ、空を自由に飛び回り、地面に潜り、強力な炎や氷のブレスを吐き、鋭い爪や重たい尻尾で攻撃をして来る。そんな竜を討伐するために黒騎士たちは古代魔法を使い、強力な武器や防具を身に着ける。

更に、少しでも勝率と生存率を上げる為に黒騎士たちは伴侶である白魔法使いから加護魔法と呼ばれる魔法の付与を受ける。防御魔法や回復魔法、結界魔法などは総じて加護魔法と呼ばれ、防具や武器に付与されるのだ。

一緒に出撃したマリク卿も、奥様から加護魔法を付与された装備を身に纏《まと》っていた。物理攻撃から身を守る〝物理防御〟、様々なブレスから身を守る〝火炎防御〟や〝氷防御〟などの属性防御魔法、負った傷を回復させ状態異常を治す〝癒し〟や〝解毒〟、いざというときのための結界〝絶対防御〟など……身に纏った鎧《よろい》や武器、アクセサリーが強力な魔法でキラキラと輝いていた。

対して私の装備に付与された加護魔法は弱いものだ。

レイラ様が〝物理防御〟をつけて下さったローブは確かなものだった。けれど、手甲や腰ベルトに魔石として仕込んでいたのは〝身体強化〟と〝速度強化〟のみ。防具全体に〝強化〟をかけてはいたけれど全体としては弱く、竜相手ではどこまで効果があったかは疑問だ。

「リィナ、正直に答えよ」

「……え、あの」

「答えよ」

師匠の鋭い目線に射貫《いぬ》かれて、私は息を飲む。答えなければ、本気で殺されそうだ。

「その………すみません」

なんと答えていいのか分からず、私は謝罪の言葉を述べた。師匠もレイラ様も目をまん丸にして拍子抜けしたような、ポカンとした顔をする。

黒騎士の伴侶は魔力相性の良い白魔法使いと決まっていて、本来なら私は夫である白魔法使いによって強力な加護魔法を付与された装備品を使っているはずだから。

「そなたの伴侶は、夫はどうした⁉　見習いのときや未婚のときならいざ知らず、伴侶のおる身で伴侶の加護魔法の付与を受けずに討伐に出るなど、ありえぬ！」

師匠の叫びに私は唇を噛《か》んで下を向いた。

私の夫、という立場にいる一人の男性のことを改めて思い出して目を閉じる。

結婚して四年、その前に短いながらも婚約期間があって、出会ったのは四年と九か月ほど前。彼との出会いは決して良い出会い、といえた物ではなかった。

二章　彼と彼女の出会い　メルト王国暦　７８１年

国によって成人年齢や、適齢期と呼ばれる結婚するのに適した年齢というものは変わる。

私が生まれて育ったメルト王国では十八歳で成人、女性はおおよそ二十二歳前後までに、男性は三十歳前までに結婚するのが一般的とされている。

特に古代魔法を使う才能を持った黒騎士は、早く結婚して子どもをたくさん作ることを推奨されていた。単純に黒騎士の子どもの中に古代魔法の才を持つ子が比較的多く生まれている、という理由からだ。人に害をなす竜を討伐し、その死体の後始末が出来る騎士を一人でも多く生み出すために。

国の平穏と人々の命を守るために。


「……なんでだ⁉」

黒騎士団団長室に騎士団長ローレンス・バクスター卿《きょう》の声が響いた。心の底から疑問に思っている、というのが分かる。でも、私からしたら理由なんてはっきりしている。

「そんなの、リィナが女で、平民で、孤児だから、に決まっているじゃないですか」

「ですよね」

デリック・ギール副団長の言葉に私が頷《うなず》けば、バクスター団長は勢いよく立ち、執務机に拳を叩《たた》き付けた。その衝撃で机の上に置いてあったガラスペンとインク壺《つぼ》が一瞬だけ宙に浮かんだ。

「意味が分からん！　リィナは黒騎士としての戦績も十分、古代魔法も上級まで使える、そしてまだ二十歳の若い未婚の女子だ。見栄えもそんなに悪くなかろう」

「そうですね、団長のおっしゃる通りですよ。リィナの条件は決して悪くないんです、ほんの僅かでも貴族の血が入っていれば……ね」

　十七歳になった年から、婚約者のいない黒騎士は将来の伴侶となる白魔法使いとのお見合いが始まる。お見合いを始めればすぐに婚約者が決まり、成人と同時に結婚し、遅くても二十二歳までには八割くらいの黒騎士が婚姻を結ぶ。中には六歳とか七歳といった幼い頃から婚約者のいる黒騎士もいるほどだ。でも、私は今の所お見合い連敗記録を伸ばしている真っ最中。もう何連敗したのか、数えることを止《や》めて久しい。

「……実の所、年齢が近くてリィナと魔力相性の良い白魔法使いはもう居ないんですよ。魔力相性の良い平民出身の白魔法使いが居ればよかったんですけど、運悪く居なくて。正直に言えば、困っています」

　白魔法使いなら誰でも黒騎士と婚姻関係になれるわけじゃない。魔力の相性というものが大きく関係している。

　魔力相性の良い相手から加護魔法を付与された方が、効果が高いため黒騎士の生存率をあげる。魔力相性の良い相手との間に出来た子の方が、古代魔法の才を受け継いでいる可能性が高い。

　年齢が近く、魔力相性の良い白魔法使いを数名集め、お茶会の席で同じテーブルに座って更なる相性を見定めて、最終的に本人たち（と背後にいるご家族）の意思で婚約が成立する。

私と同じ年と上、下二歳差程度の男性で、魔力相性の良い白魔法使いと会ってお茶を飲んだ。お茶会の最中は妙な空気にもならず、穏やかな時間が過ぎていたと思う。会話が結構弾んだ人も何人かいた記憶がある。でも、みんな私と伴侶になるかと問われれば〝辞退〟するのだ。

貴族である彼らに相応《ふさわ》しくないから、彼らの家になんの利益も名誉ももたらさないから。私が平民で、孤児だから。

「なんということだ……今までに、何人か平民出身の黒騎士がいただろう？　彼らとて伴侶を得ていたはずだ！」

バクスター団長の叫びを聞きながら、ギール副団長は手にしていた資料に目を落とした。

「調べたんですけどね、過去に平民出身の黒騎士は三名いました。全員が男です」

「男か」

「一人目は平民と言っても、伯爵家の次男坊の息子でばっちり貴族の血筋です。伯父の家に養子入りして、伯爵家令息となりました。二人目は商家の三男坊でしたが、こちらも母親が男爵家のご令嬢で貴族の血筋。親戚の家へ養子入りして子爵令息に。三人目は牧畜農家の長男坊で、彼は生粋の平民だったようです」

「彼はどうなった、やはり結婚に苦労していたのか⁉」

「いえ。幼い頃から剣の腕前が凄まじく、その腕前に惚《ほ》れ込んだ代々騎士を輩出していた伯爵家当主が彼を養子に迎えまして、ピカピカの伯爵令息の出来上がりです」

「養子、養子、養子！　どいつもこいつも貴族の家へ養子入りか！」

バクスター団長は再び執務机に拳を叩き付ける。今度はその衝撃でガラスペンが倒れ、執務机に立てかけてあった団長の戦斧《せんぷ》も床に倒れた。

「まあ、家から黒騎士を出すことは貴族としては大変名誉ですからね。養子に迎えたいって家は多いでしょう」

お二人の目が私を捕らえる。

「私は平民のままですよ。養子の話なんて一度もありません」

「でしょうね、リィナは女子ですから。せめて男爵家でもいい、わずかにでも貴族の血筋であるとか、男子であったのなら……」

ギール副団長は言葉を飲み込んだ。果樹農家の家に女子として生まれたことも、突然の流行り病で家族と親戚一同を亡くしたことも、私にはどうにも出来ないことだから。

「事情は理解した。白魔法使いどもは、リィナが平民だから伴侶になりたくない、とそう言うわけだな」

「なりたくないっていうか、本人の意思はともかく、彼らの家の思惑もあるんでしょうね。平民の娘を息子の嫁にしたって、貴族の家に入れたってことですから」

結婚について、私だって憧れがなかったわけじゃない。

周囲には仲が良いご夫婦がいるし、街にも仲睦まじい夫婦や恋人たちが大勢いてみんな幸せそうにしていたから。

平民だし、容姿も誰もが目を見張る美女じゃないけれど、それでもいいっていってくれる人が世の中に一人くらいいてくれるかもしれない、そう期待した。

同期の女性黒騎士は二人とも成人と同時に婚約者と結婚していて、子どももいる。男性たちも八割くらいはすでに結婚している。残り二割の人も結婚はしていなくても、ちゃんと婚約者がいる。

彼らと私の違いといえば、身分だろう。みんなは貴族で私は平民。

私が思っていた以上に貴族と平民の間には壁があった。

「あの、では、私が結婚しなければいいのでは？」

誰も私との結婚なんて望んでないのなら、する必要がない。私には守る家もないから、跡取りとかも気にしなくていい。

「駄目だ。子が出来る、出来ないは別問題として、黒騎士は結婚することが決められている」

バクスター団長は倒れた戦斧と羽ペンを元の位置に戻すと、椅子にドッカリと座った。

「でも……」

「でも、じゃない。そういう決まりだ。黒騎士として古代魔法を使うことが出来る者を増やすため、結婚して子どもを作ることは国で決められていることだ。受け入れろ」

決まりとか言われても、誰も私と結婚したくないっていうんだから仕方がないと思う。結婚は一人で出来るものじゃないんだから。

「そこで！　対象の年齢を引き上げることにしました！」

ギール副団長は手をパンパンと叩いて変な雰囲気を打ち砕くと、数枚の書類を私に差し出した。

そこには写し絵が貼られ、簡単な履歴、家族構成などが書かれている。

「これは、身上書的な？」

「身分は問わず、三歳以上年上のリィナと魔力相性の良い独身白魔法使い。恋人なし、婚約者なしの人たちです。貴族の結婚など十歳以上の年の差結婚も当たり前にありますからね。それにリィナには、年上の男性の方がいいように思ったんです」

「え？」

「問答無用。リィナ、お茶会ですよ」

ギール副団長は目を細め、口角をあげて笑顔を浮かべた。その笑顔はどこか爬虫類《はちゅうるい》を思い浮かべる、ヒンヤリとした印象だった。

＊＊＊

目の前にいる知人は腹を抱えて笑っている。笑い過ぎて声も出ない。時折苦しそうに呼吸をしながらも笑いが止まる様子はない。そのうち呼吸困難で死ぬんじゃないのかって思いながら、私は食堂に常設されている無料のお茶を飲んだ。

「……楽しんでくれたようで、本当に良かった。知ってる？　笑うことは健康にいいんだって、寿命も延びるとかって」

そう話す自分の声は全く抑揚がなかった。

「いやっ……ははっ、ごめんごめん。まさか、また仕事を頼まれるとは思ってなかったからさ」

「……私は、お願いすると思ってたよ」

知人であり仕事をお願いしている、白魔法使いブレンダン・タナーは深呼吸を繰り返し、ようやく笑いを納める。そして大食堂の隅っこにある定位置に座ったまま、片手を出した。

「いやー、本当に笑って悪かった。俺としては、断る理由はないからね。もちろん引き受けるよ？」

「いつも通りにお願いします」

お金の入った皮袋をブレンダンの掌に載せる。これは加護の白魔法を付与して貰《もら》うための代金、依頼する仕事の報酬だ。

通常なら婚約者である白魔法使いに防具や武器へ加護魔法の付与をお願いする。でも、私にはそんな相手はいないから、お金で仕事として引き受けてくれる白魔法使いを探した。平民出身の黒騎士への加護魔法付与はお金を払う、といってもなかなか引き受けてくれる人がいなくて……ようやく見付けたのがブレンダンだった。

「俺は貧乏男爵家の六番目で、家からも出た、ただの貧しい白魔法使い。しかも、下級の予備兵だ。それでもいいのなら、引き受けるよ。勿論《もちろん》、報酬はいただくけどね！」

そう言って始まった関係は、もう二年になる。

ブレンダンはテーブルの上に皮をなめして出来たクロスを敷き、私はその上に持って来た手甲や胸当て、大弓などの装備品を並べる。ブレンダンは慣れた様子で防具や武器にかけられた加護魔法の残滓《ざんし》を確認し、魔石に残った魔力なども確認していく。その後、新たに加護魔法を付与し、魔石に魔力を足す。いつもの見慣れた光景だ。

「で、また駄目だったんだ？　今度は副団長様のお墨付きだったんだろうに」

「まあね。でも、顔合わせた瞬間に駄目だろうなって思ったよ」

一昨日、ギール副団長が見繕ってきた白魔法使いさんのうちの一人とお茶を飲んだ。子爵家出身、六歳年上の中級白魔法使い。魔法使いとしてではなく、文官として城下の役所で働いている人。

さすがに大人なだけあって、お茶会の時間は和やかに流れた。けれど最初から一線を引かれて、そこから先に踏み込む気もなければ踏み込ませる気もない、そういう空気があった。〝命じられたから会うけど、所詮キミは平民だからね〟という雰囲気も感じられた。

だから、今朝あちら側から〝辞退〟の連絡があったと聞いても特になにも思わなかった。やっぱり辞退か、と思ったくらい。

「ふぅん、そっか」

「そう」

ブレンダンは下級白魔法使い、正式な魔法師団の団員ではなく人員が必要になったときに招集される予備兵。当然招集されているときしか魔法師団からのお給料はない、だから個人で魔法に関する仕事を請け負っている。予備兵の魔法使いにとっては当たり前らしい。

「けど、また次のお見合いがあるんだろ？」

「そうみたい」

「他人事《ひとごと》みたいだな」

「だって、どうせまた〝辞退〟ってお返事貰うんだもん。もう、他人事だよ」

ブレンダンの〝物質強化〟魔法が手甲、胸当てなどの防具にかけられていく。金色の光りを帯び、全体に広がっていく様子はとても綺麗《きれい》だ。

「……俺としては仕事があって助かる、助かるんだけどさ。でも、早く伴侶を決めた方がいい」

「ブレンダン？」

魔石を手にし〝身体強化〟の魔法を込め、さらに〝持続化〟を重ねて込める。魔力がなくなって真っ黒だった魔石は、魔法が込められて橙色《だいだいいろ》に輝いた。

「俺とおまえの魔力相性はお世辞にも良い方じゃない。俺の魔法の威力は、おまえを竜や魔獣から守るには明らかに力不足なんだよ。強力な火球に木製の盾を構えるような感じ、ないよりはましって程度。それだけおまえはケガをしやすくなるし、万が一って可能性も高くなる。だから、黒騎士はみんな魔力相性のいい相手と結婚して、支えて貰うんだ」

「それは、分かってるよ」

「分かってねぇよ」

ブレンダンの手の中で魔石は、次から次へと輝きを取り戻していく。赤や青、橙に輝く魔石がクロスの上に並んでまるで宝石のようだ。

「もう少し真剣に伴侶選びをしなよ。どうせ選ばれないって態度で相手と会うな、おまえが相手の思っていることを色々察するように、向こうも察するんだ」

「……あ……うん」

魔法師団の制服のポケットから二つの魔石を取り出すと、ブレンダンはその魔石に魔法を込めた。

二つの魔石はどちらも〝治癒〟が込められ、青く輝き始める。

「これは応援と激励」

「え？」

「次の見合い、もう少し真面目に考えろってこと！　駄目なことだってあるさ、相手のあることだ。でも、おまえは結婚しなきゃダメな立場なんだから、相手と上手くやれるように努力しろ。歩み寄りってのはお互いにしなくちゃ駄目なもんだ」

掌に青色に輝く魔石が二つ乗せられた。魔石からは優しい魔力を感じる。

私はブレンダンを改めて見た。

薄黄色っぽい髪、緑色の瞳、痩せていてくたびれた体に魔導師団の制服はブカブカだ。今まで仕事をお願いして報酬を払う、それだけの関係だったけれど、案外この口の減らない知人は私を気にしてくれていたらしい。

「分かった」

「俺とおまえの魔力相性がもう少し良ければな、伴侶候補くらいにはして貰えたかもしれないけどさ。残念ながらそうじゃない。だから、もう少し頑張れ。駄目だったんなら、俺が魔法をかけてやるよ」

「……………お金のやりとりをして、ね」

「俺はおまえの旦那でも婚約者でもないからな。ただ働きはしないよ」

一瞬、この知人が私と魔力相性のいい白魔法使いだったら、と考えた。

結婚して伴侶になっても、きっと恋にはならない。でも、家族として仲間としての絆《きずな》と情は生まれて、二人三脚で上手くやれるような感じがする。

それも所詮は夢想で、魔力相性の壁っていう現実にぶつかって終わる。終わるけれど、ちょっと前向きになれる想像だった。

＊＊＊

改めて始まった私のお茶会という名のお見合い一回目はブレンダンに話したとおり、団長や副団長にとっては予想外の結末を迎えた。そして、その結末に対し「魔道師団や魔法使いどもは黒騎士を舐《な》めてんのか⁉」と不必要な闘志を燃やした上司により、すぐさま次の席が整えられた。

「ヨシュア・グランウェルと申します」

お茶会の会場として用意されたテラス席に現れたのは、艶やかな赤茶の髪に透き通った緑の瞳を持つ上級白魔法使い。確か、ギール副団長に渡された身上書の二枚目に彼の写し絵と略歴が書いてあった。魔力相性が過去最高に良い相手であることを、追記してあったことも思い出す。

「……リィナと申します」

侯爵家の次期当主候補で、現在は宰相補佐官として王宮で働いている。

過去お見合い茶会で顔を合わせたり、騎士団の関係者として会った貴族の中で一番身分が高く、役職も高いお貴族様だ。自室で身上書に目を通したときは「無理だな、即〝辞退〟だろう」そう思った。そして、本人を目の前にしてすぐにお断りされると感じた。

伴侶選びについて前向きになった一発目から心が折れそうになる。

テーブルには美しい姿の茶器に、香り高い紅茶と有名菓子店の焼き菓子が並び、美しいカットが施されたガラス製の花瓶には白と青と緑の花が生けられて、誰が見ても美しいお茶会が設営されている。そんな美しいお茶会の席にありながら、心が折れそうになっている私のことなどお構いなしに、宰相補佐様は優雅に紅茶を口にしていた。

「……」

「……」

宰相補佐様と私の間に会話はない。

接点が今まで全くない初対面で、一人は侯爵家のご令息、一人は平民の孤児。共通の会話なんてなにも思いつかない。ただ黙ってお茶を飲み、お菓子を摘まむ。

「……」

「……」

テラスから見える庭は庭師によって美しく整えられ、早咲きの春の花が咲き誇っている。普通ならお茶会としては最高の状況だろう。恋する二人が語り合うには最高だし、普通の顔合わせをする二人でももう少し楽しめる。宰相補佐様と私、という取り合わせがよくないのだ。

この方は二十代半ばで宰相補佐に任じられた有能官吏で、上級白魔法使いという有能魔法使い。さらに容姿端麗な侯爵家のご令息。独身で恋人も婚約者もいないとなれば、世のご令嬢たちがギラつく優良物件。結婚相手なんて選びたい放題に選べる立場にいる。

整ったお顔立ちはまさに〝貴族です〟という感じで、艶やかな赤茶色の髪、知的な濃い緑色の瞳の美丈夫な宰相補佐様は、私を見ると小さく息を吐いた。

平凡よりやや下の顔立ちに、貴族の女性にはあり得ない肩から数センチという所で切りそろえた短い灰色の髪（ブレンダンに言われたので、一応洗って花から作られた精油を馴染《なじ》ませて梳《と》かして、リボンを結んで来た）をひとつに括《くく》っただけの洒落《しゃれ》っ気のない髪型。瞳もパッとしない灰青色で、元は白かったのだけれど日に焼けている肌。もちろん、戦う日常を送っているので体は傷だらけ。服や手袋でなるべく隠してはいるけれど、見える所もあるだろう。

身に纏《まと》っているのは美しいドレスではなく、洗ってはあるが着古した騎士団の制服。おろしたばかりの白手袋だけがきれいで、なんだか浮いているようにも見える。

戦うことばかりしてきた華のないダサい騎士、のお手本としては正しいけれど、普段から美しい貴族のご令嬢に囲まれているだろう宰相補佐様からしたら、こんなのが結婚相手候補だとは信じられないのだろう。

「キミは気が進まないかもしれないが、少しばかり質問したいことがある」

「……はい」

「キミのことは身上書を読んだ。問題行動もなく真面目な勤務態度、素晴らしい戦績を収めているな」

「……ありがとうございます」

戦績のことを言われてもよく分からない、私はただ黒騎士団事務局から与えられる任務をこなしているだけなのだ。特に問題を起こした記憶もなければ、褒められるようなことをした記憶もない。

「キミは騎士学校でも成績は常に上位であったし、歴戦の猛者として名高いアレクサンドル卿の愛弟子《まなでし》。黒騎士としての戦績は立派だし、上級古代魔法使いでもある。……何故、今まで婚約者を決めなかったんだ？」

「……はい？」

「聞いた話では、キミは今まで勧められた相手全員に対して難癖をつけて断っている、と聞いた。何故そのようなことを？」

「…………はい？」

質問の意味がよく分かりません。

いや、違う。全く分かりませんが？

私の様子を見た宰相閣下は眉間に皺《しわ》を寄せ、首を傾げた。

「そのようなつもりはなく、難癖をつけて断っているのか？」

「……………はい？」

「王都出身の高位貴族に縁のある上級白魔法使い、それしか婚姻対象としないつもりなのか？　黒騎士の結婚というものの重要性をキミは……」

「申し訳ありませんが」

私は無礼と分かってはいたけれど、宰相補佐様の言葉を遮るように声を出した。

「宰相補佐様の仰っていることの意味が、全く理解出来ません」

「我々白魔法使いも人間だ、性格や容姿など気に入る、入らないはあるだろう。だから、すぐに伴侶が決まるとは思わない。だが、キミは三年間で開かれた茶会で会った白魔法使い、その全員との爵位や領地の場所などを理由にして婚姻を拒否している、そう聞いた」

私が結婚を拒否している？　お見合い茶会をするようになった三年、確かに大勢の白魔法使いと会ったけれども……断られて来たのは私の方なのに。

「申し上げますが、拒否されているのは私の方です」

そういうと、宰相補佐様は目をまん丸にして驚愕《きょうがく》っていう表情をした。

「なに……？」

「私が白魔法使いの方からの結婚をお断りされる、〝辞退〟のお手紙を頂戴していることは、黒騎士団の団長と副団長のお二人が証明して下さるでしょう。私の手元にも辞退のお手紙が沢山残っておりますので、実物を確認なさいますか？」

「まさか……」

「私から〝辞退〟申し上げたことは、過去に一度もございません。黒騎士として騎士章にかけて誓います」

私が胸に輝く黒騎士団所属の正騎士である騎士章に手をかけると、宰相補佐様は頭を抱え大きく息を吐いた。貴族らしくない行動と態度なのだろうけれど、キラキラした貴族がするとどんな仕草もかっこよく見えるのだなと感心した。

「…………そうか、そういうこと、か？」

「どういうことなのか、お尋ねしてもよろしいでしょうか？」

宰相補佐様は温くなった紅茶を飲み干し、私の方に体を向けた。その顔はやや苦いものを噛《か》んだかのような表情だ。

「先程話したように、私の耳にはキミ自身が今までの縁談を断っていると届いていた。主に相手の爵位が気に入らない、上級白魔法使いでなければ駄目、領地が地方なのが駄目、顔が気に入らないだの、背が低すぎるだのというような理由を並べて、な」

「……はあ」

爵位や領地なんて気にしたことはない。でも、最初の『結婚相手に求める聞き取り調査』のとき、出来たら平民か爵位が低い方が良いとは言った記憶はある。平民の人が理想、男爵家の方が次点、高くても子爵家出身の方で三男とか四男ならなおよし。貴族の出でも成人後は家から出て、平民として独立する方がいいと言った気がする。

それは……難癖の中に含まれるだろうか？

「キミの話からするに、今まで白魔法使いの方から断られて来たと？　全員から？」

「はい。翌日か翌々日には縁談を辞退し、私の今後の活躍と無事をお祈りする内容のお手紙を頂戴して参りました」

そのお手紙は一応捨てずにおいてあり、この三年間で結構な量になっている。

「黒騎士の伴侶に選ばれることは、貴族としても白魔法使いとしても名誉なことだ、〝辞退〟するなんて通常あり得ない」

そんなに嫌がられていたとは思わなかった。

「……辞退する理由は、分からないが」

「いえ、私が平民だからです。その、彼らのお家にもたらす名誉よりも、平民で孤児の地味な女を嫁にしたという不名誉の方が、勝るのでしょう」

そういうと、宰相補佐様はどこか気まずいような顔をして首を左右に振っていた。

「まあ、名誉なことを辞退したとは世間に言いにくいから、キミから断られた、という話にしたのだろう。そうした前例が出来た結果、キミから断られたという虚言を大勢の家が使うようになり……それがさも真実のように白魔法使いたちの間に流れたのだろう」

なるほど、そういうことならお茶会をこなせばこなすほどお相手さんが当たり障りのない感じから、ちょっと嫌な感じの態度になっていったことにも納得がいく。

白魔法使いたちの間で私が〝爵位や領地を理由に縁談を断り続けている身の程知らずのクソ平民騎士〟だという噂《うわさ》を聞いたからこそ、お相手さんも最初から「どうせまた断るのだろう」と思っただろうし、私も「断ってくるんだろう」と思って会っていたのだから、自分たちから断っても、私が勝手を言って断って来たんだという話が出来上がっているから、それに便乗すればいい。

白魔法使いたちの間でそんな流れが出来ていたのだとしたら……私が誰と何度お茶を飲んでも、結婚の話がまとまるわけがなかったのだ。

「では、改めて聞こう」

「は、はい？」

「キミは、白魔法使いと婚姻を結ぶ意思はあるか？」

「……はあ、団長から黒騎士は結婚しなければならない、と聞いておりますので」

「婚姻に関する希望はあるか？」

希望はあるかと聞かれれば、あるに決まってる。聞き取り調査のときに希望を伝えた、平民か下級貴族の三男とか四男、という希望を。

でも、きっと、そういうことではないのだろう。

「希望と言いますか……その」

「言ってくれ、聞いておきたい」

今後の参考に、と後に続くような感じがしたけれど、気のせいということにしておく。

「私は平民です、貴族の生活についてなにも知りません。平民として育ち騎士として教育され、私は戦うことしか知りません。貴族ならば知っていて当然の決まりも、マナーも知りません。私には討伐任務が最優先事項としてありますので、貴族としての黒騎士を求めておられない方、が希望です」

騎士になるための条件は色々ある、例えば近衛である白騎士になるためには貴族でなくてはならなくて、黒騎士になるためには古代魔法が使える必要がある。

黒騎士が最優先するべきは竜と魔獣を討伐し、国民の命と生活する術とその場所を守ること。命をかけて竜と戦うことで、国への義務を果たすとされる。貴族的な義務は基本求められない。

でもその基本的な規約を無視して、黒騎士に白騎士のような貴族としての決まりや礼儀を求める人も一定数以上いるのだ。

生まれたときからの貴族や小さな頃から貴族って人には問題ないことだろうけれど、私にそういうことを求められては困る。生まれも育ちも平民なのだから。それに、平民である私を嫌っている貴族社会の中に飛び込んだとして、そこに待っているのは熾烈《しれつ》な虐《いじ》めだろう。

周囲にいる貴族たちや使用人たちの話から察するに、貴族の世界はとても怖い所だ。身分の高い人間が絶対で、黒いものも貴人が白と言えば白になる。火のない所にも煙が立ちまくり、事実無根の噂が大きな尾ひれを持った大魚になって泳ぎまくる……それが貴族の世界。

そんな恐ろしい所に自らの身を置くなんて、無理だ。私のような戦うことしか知らない平民なんて、あっという間に虐め殺されてしまうだろう。

「……」

「……」

再び沈黙が落ちた。

宰相補佐様は顎《あご》に手を当てて、何やら思考を巡らせておられる様子だったので、私はお茶のお代わりを貰いレモン風味の焼き菓子を食べた。さっぱりとした味と香りが大変美味《おい》しいお菓子だ。

お皿に乗ったお菓子が粗方なくなったころ、テラスにノックの音が響き一人の文官さんが入って来た。どうやらお茶会が終わりになる時間らしい。

宰相補佐様はお忙しいので、お茶会の延長など出来ないのだろう。

「すまない、もう少し落ち着いて話せる時間が取れたら良かったのだが、後に控えている会議は欠席することは出来ず、行かなくてはならない」

「いいえ。本日はお時間をいただき、ありがとうございました」

私は椅子から立って一礼すると、毎回お茶会の終わりに言う定型文を述べた。この後は〝辞退〟のお手紙を貰って終わりだ。二度とこの方と私が会うことはない。

「キミの希望については、出来る限る善処しようと思う」

そう言うと宰相補佐様は右手を差し出した。……これは、握手？

お茶会の最後に握手、それに私の希望に対して善処とは？　なんだかよく分からない展開だけれど、私は宰相補佐様の手を握り返す。宰相補佐様の手に触れた瞬間、彼の魔力が感じられた。

少し冷たくて、体の中にある魔力回路を巡る流れは速め。回復系や防御系の魔法を得意にしている人が多い白魔法使いの中にいては、珍しく攻撃系魔法が得意そうだ。でも、その魔力は澄んでいて触れて心地の良い魔力だ。包み込まれるような感覚に多幸感を覚える。

気持ちがいい、ずっと触れていたい、私だけのものにしたい、他の人に触れさせたくない。そんな気持ちが湧き上がって来る。魔力相性が良い、というのはこういうことなんだな、と身をもって知った。

宰相補佐様は、迎えに来た文官と一緒にテラスから去って行く。その背中を見送り、私もお茶とお菓子を用意してくれた侍女にお礼を言ってお暇《いとま》する。

しかし、驚いた。私自身、白魔法使いたちからは良く思われてないとは薄々気づいていたけれど、その理由がはっきりした。魔法付与の仕事を有償でお願いしても、ブレンダン以外引き受けてくれなかった理由も、初対面なのに顔を見るだけで嫌そうにされる理由も分かった。理由は身分や生まれだけじゃなかった。

まさか、私が難癖つけて結婚をお断りしているという話になっているとは夢にも思っていなかった。貴族社会って本当に怖い、火のない所にも煙が立ちまくりだ。

私は足早に団長室に向かい、宰相補佐様とのお茶会を無事に終えたこと、白魔法使いたちから嫌われている理由を団長と副団長に報告して「ここまで来たら、結婚してくれる方などいないですよ。結婚しなくても良くないですか？」と言って叱られた。

「いいですか、リィナ。我々黒騎士の結婚は全員が契約結婚から始まっています。団長も、私も妻とは年齢と魔力相性の良し悪しのみで選ばれ、結婚したのです」

「……あ、はい」

私は副団長の言葉を聞いてハッとした。そう、私は身近にいる黒騎士たちも同じだということに今更気が付いたのだった。自分は物事を深く考えない性格だけれど、全く思い至らなかった。

「けれど、多くの夫婦仲は円満です。それがどうしてだか分かりますか？」

「……」

「…………始まりは契約要素の強い結婚であっても、話し合い、歩み寄り、お互いを知り、気持ちと魔力を通わせてきたからです。いいですか？　確かに今まで大勢の白魔法使いにお断りをされてきましたし、酷《ひど》い噂も流されました。だからといって、キミが〝どうせ自分は選ばれないし〟や〝貴族なんて〟とそんな気持ちでもって相手に接してはいけません」

「……はい」

「そういう気持ちは、必ず己に返って来るものですから」

ブレンダンからも同じようなことを注意されたけれど、経験者である副団長の言葉は一層胸と耳に痛い。

「リィナ、相手は貴族ですがただの男でもあります。相手を知る努力をしなさい、己を知って貰う努力をしなさい。それでも駄目なら、そのときは縁がなかったのです」

副団長の手が私の肩をぽんぽんと叩いた。

「魔力相性の良い相手とは、基本的に気が合うはずです。〝魔力惚《ぼ》れ〟も珍しくないのですから。団長も私も夫婦仲は円満で、契約から始まった結婚だなんて今は微塵《みじん》も思っていませんよ」

「……副団長は奥様を愛していらっしゃる、のですね」

「ええ、勿論愛していますよ。妻を他の男に見せたくないし、妻に纏《まと》わりついて私から夫婦の時間を奪う息子たちを、憎たらしい、早く自立して出て行け、と思うくらいには愛しています」

さらりと重たい愛を宣言されて、ちょっと引いた。自分の息子に嫉妬するとか、愛が重い。

「男なんて単純なもので、ちょっとしたことで相手に惚れてしまうものです。だからまず、素直な飾り立てない自分を知って貰いなさい」

副団長は「体を動かし気分を変えて、今後前向きに白魔法使いと交流するように」と言いながら、黒騎士団事務局から回ってきただろう討伐指示書を差し出して来た。

「……はい」

渡された指示書に従い、二週間の任務を終えて王都に帰って来ると、すぐに団長室へと呼び出された。

「リィナ、朗報だ。これを絶対モノにするように、絶対だ」

手渡されたのは真っ白い高級紙を使った封筒で、ツタ模様と一角馬の美しい侯爵家の家紋が赤い封蠟《ふうろう》で押されている。

「いつもの〝武勲お祈り〟手紙ですよね？　辞退のお手紙収蔵品の中でも、これは特級品に高級なお手紙ですよ」

「馬鹿者！」

「この手紙は〝辞退〟手紙ではない」

団長と副団長の言葉に驚いた私は、手にした手紙を落とした。ヒラヒラと手紙は舞って、私の艶を失ったブーツの横に落ちる。

「はい？」

「グランウェル宰相補佐官殿と、前向きに交際するように。前向きに、だぞ！　これは団長命令だ」

「……は⁉」

私は団長と副団長の顔を交互に見たけれど、二人とも首を縦に振るばかり。

「私は言いましたよ、リィナ。今後前向きに白魔法使いと交流するようにと。あのときに言ったこと、ちゃんと覚えていますね？　実行するのですよ！」

私は手紙を拾い上げて、その中身を確認する。

婚姻を前提として交流、交際する所から始めたい。

交際期間は三か月、双方に問題がなければ半年間の婚約期間を経て婚姻という予定にしたい。

お互いに忙しい身であるが交流する時間を確認するため、一度茶会か食事会を希望する。

時間のとれる日時の連絡を待つ。


初めて貰った〝辞退〟ではない結婚相手候補者からの手紙の内容は、まるで事務局から貰った討伐指示書のように事務的だった。

三章　彼と彼女の関係

メルト王国暦　７８１年

「私の生まれた家は侯爵家だ」

春になると竜や魔獣の繁殖期に入り、黒騎士と青騎士は繁殖期が終わるまでの三か月間は常に臨戦態勢だ。だから、その前に交流と話し合いをと言われて開かれた夕食会。

宰相補佐様に連れられてやって来たのは、王都城下街の外れにある平民も利用出来る小さなレストラン。私に気を使ってくれたのかと思ったけれど、店主とも顔馴染《なじ》みである様子だった。つまり、この庶民も使えるお店を彼は何度も利用しているのだ。

もっと貴族御用達の名店に行くかと思っていたので、拍子抜けした……けれど私にとっては良い方向に裏切られた感じがする。お店は私にとっても居心地がいい、落ち着いて家庭的だ。

予約を入れてあったらしく、すぐさま奥にある個室に案内されて食事とお酒が運ばれてくる。

ココル鳥と野菜の煮込み、ヤム豚ハムとチーズののったサラダ、ヤム豚ベーコンとジャンイモのオムレツ、ギィズ牛のソテーなど、どちらかといえば平民の好む料理が大皿で並ぶ。

宰相補佐様は手慣れた様子で大皿から料理を取り分け、上品だけれど勢いよく口に運んだ。高位貴族のご子息だから、もっと高級でお上品な料理を好むかと思っていたのに意外だ。

「先代の当主は私の父だったが、私が十五の年に職場で突然倒れてそのままはかなくなった。私は当時貴族学院に通っている学生で、未成年だということもあり叔父が当主を引き継いだ」

「……なるほど」

「本来なら、私が学院を卒業して数年は文官としての経験を積み、その後で叔父から領地の運営を学び爵位を引き継ぐ予定だった。のだが私は文官としての仕事が好きで、今になるまで王宮に勤めている」

「侯爵家の方はよろしいのですか？」

一般的には、当主の息子や娘が跡を継ぐものなんじゃないんだろうか？　息子が未成年だからその間の中継ぎっていうのなら、成人とか結婚とかの場面で引き継ぐとか。

「叔父と私の父は父親も母親も同じ兄弟だ、血筋的になんら問題はないし、能力的にも人柄的にも問題がない。……私としては叔父にこのまま侯爵としての責務をお願いしたい、と思っている。叔父には息子、私にとっては従兄弟になる者もいるし、彼はすでに妻帯している」

「………………つまり」

「つまり、私は妻となる人に貴族的なものを求めない。領地などないから管理も社交もいらない。家を出て平民籍に変わっても問題がない。侯爵家の血筋は、叔父の方でしっかり繋《つな》がっているのだから」

「……つまり」

「キミの婚姻相手に望む希望に私は応えられる、という話だ。キミと私の魔力相性が良いのは分かっているから、我々の婚姻に問題は発生しない」

確かに問題は発生しない。むしろ私の結婚は推奨されている。団長も副団長も目を三角にして〝絶対に結婚しろ〟といっている。

「…………キミには、私との婚姻を前向きに検討して貰《もら》いたい。どうしても私が嫌だというのを無理強いしたりはしないが、キミにとっても悪くない条件だと思うのだが、どうだろう？」

私にとって悪くない話、というよりは悪いところがない話の間違いではないだろうか？

魔力相性の良い上級白魔法使い、貴族としての社交や家のことは何もない。更に平民になってもいいらしい。つまり、侯爵などという上級貴族出身であるこの方と結婚したとしても、なんの問題もない。むしろこの結婚は私にとって有利に働きすぎる。

上級白魔法使いを夫にしておけば、効果の高い加護魔法を付与して貰える。魔法かけ放題。

でも、宰相補佐様にとってはなにも有益にならない。宰相補佐様は貴族的なことを私に求めない、平民になっても構わないというけれども、侯爵家の皆様がどう思っているのかは分からない。

貴族の方との話では注意が必要だ、ご本人の思惑とお家の思惑が違っている場合がとても多いから。

「…………宰相補佐様にとって、私と婚姻関係を結ぶことでどんな利点があるのですか？」

「私がキミに恋焦がれているから、とは思わないのかな？」

「思いません」

被せ気味に答えると、宰相補佐様は苦笑いを浮かべた。

「世の中には一目惚《ぼ》れという恋の落ち方もある、と聞くけれど？」

「……一目惚れしていただけるような容姿はしておりません。それに、恋をしている方の目はもっとこう、相手への強い想《おも》いが宿っているものです。宰相補佐様にはそれがありません」

婚約者に対して恋心を持っている友人は、デートの前はそわそわとして顔を赤くしたり青くしたりして、服が装飾品がお化粧がこれでいいかあれがいいか、と慌ただしく心が揺れ動いていた。

「ですので、何らかの利点があるものと判断します」

「……私には現在想う相手も婚約者もいない。特に募集もしていないが、今は身上書が叔父の元にも私の元にも届く、比喩ではなく山のように」

「もしかして、縁談避けですか？」

オムレツを小さく切り口に運べば、卵の甘みとベーコンの塩気が大変私好みだった。煮込みもサラダも美味しい。

「山のような身上書は、まだ私が次の侯爵になる男だと周囲が思っているからだな。叔父は中継ぎの当主で、本来当主になる血筋は私だと思っている者が多いから」

「それは、まあ」

「だが、結婚を機に叔父にははっきり当主を継ぐことはないと伝えるつもりでいる。侯爵家を出る予定もある。それを聞けば、おそらく身上書は来なくなるだろうね」

宰相補佐様は再び苦笑いを浮かべ、炭酸の効いた果実酒を飲んだ。

「それに、王宮に勤める文官は結婚して一人前、などという古い風習がまだ残っている。文官である以上は爵位に関係なく結婚するように、と実際に結婚するまで言われ続けるだろう。キミと同じように、私も結婚を求められる身だ。……だが、どのような理由で結ばれたとしても、結婚するのならば上手くやって行きたいと思う」

その気持ちは私にも分かる、好きとか嫌いなんて関係なく立場とか契約重視で結婚が決まる。でも、出来るなら相手となかよくやっていきたい、いけたらと思う。

「その相手がキミなら、と思ったのだ。それに、茶会のときに触れたキミの魔力はとても心地良くて、落ち着いた。一緒にいて穏やかな気持ちになった。……キミの手に触れても？」

フォークをお皿に置き、手を差し出すと宰相補佐様の手が触れた。

大きくて温かい手だ、そして感じられる少し冷たい魔力。

「……ああ、やはり心地良いな。キミの魔力は日だまりのような温かさがあって、魔力回路を流れる速さはゆったりしている。討伐中にはきっと風のような速さで流れるのだろうが、今は穏やかだ。私には好ましく感じられる」

流れ込んでくる彼の魔力は私の体を包み、胸の奥に届いた。その冷たさは私の心を落ち着かせてくれて、宰相補佐様の言う〝穏やかで心地良い〟という感覚を私にも教えてくれる。

「キミからしたら、私の魔力はどんな風に感じられるんだ？」

「宰相補佐様の魔力は少し冷たいです、魔力の流れは速めですね」

「そうか、私の魔力はキミには冷たく感じるのか」

「……冷たいですが、私には心地良いですよ？」

「ん？」

「冷たいと聞くと凍り付くとか冷え込むとか、余りいい印象で受け取られないのですけれど……私には〝落ち着け、大丈夫、冷静に〟といわれているようで、落ち着きます」

感じられる他人の魔力温度や速度は人によって違う。

火傷《やけど》しそうなほど熱いと感じることも、切り刻まれそうに鋭く感じることもある。そういう人とは魔力相性が悪い、ことになる。

穏やかな気持ちになって落ち着けるということはやっぱり魔力相性がいいし、私にとってその冷たさが必要な温度なんだろうと思う。

魔力相性が良い相手とは基本的に全てが合うと聞く。性格とか食の好みなどの好きなもの、もちろんベッドの中での相性も。

「……そうか、それなら良かった。魔力が冷たく感じられるから嫌だ、とキミの方から初めて断られた男になるのかと思ってしまった」

そういって笑う宰相補佐様は貴族らしくない、二十代半ばの男性にしてはやや幼い印象だ。きっと、貴族ではなく素のヨシュア・グランウェルという男性の顔。

「…………宰相補佐様、婚姻のお話なのですが、お願いしたいことがあります」

「なんだろうか?」

「私たちの婚姻は黒騎士と白魔法使いの魔力相性の良い者同士の結婚、という契約に基づいているものです」

「そうだな」

「そういうものとは別に、私は結婚する人とは家族になりたいです。共に暮らして、生きていくのですから家族の情を持って信頼もしたいと思っています。そうなるには歩み寄る努力が必要だと聞きました」

ブレンダンも副団長も言っていた、歩み寄りは双方からするものだと。その努力を私は夫になる人とするべきだと。もしその努力が実れば……妻として副団長のように愛して貰えなくても、私が夢に見た家族として想《おも》い合える夫婦にはなれるかもしれない。

出来ることなら、そうなりたいと思う。だから……

「私と夫婦という家族になる、その努力というか歩み寄りをしていただけるのなら、お話をお受けしたいと思います」

触れ合っていただけの手が強く握り込まれた。

「もちろんだとも」

流れ込んで来た魔力は温度こそ変わらなかったものの、その速度はものすごく速くて……宰相補佐様のどんな心情に反応して速く巡っているのかは分からなかった。

最低でも、宰相補佐様から私個人を否定するような言葉を一度も聞かなかったし、諸々の条件を考えても私にとっては良いことしかないお相手だ。これ以上のお相手はおそらくいない。

私たちの結婚は、魔力相性の良い黒騎士と白魔法使いという契約要素の強いものから始まる。けれど、時間がかかったとしてもそういう契約で結ばれただけではない関係に変わっていけたらいいと、そう思って、そう願った。

＊＊＊

魔獣討伐は春の繁殖期に入り、私は討伐任務に忙しくなってしまい、宰相補佐様と十分な交流が出来たとは言えない。けれど、日持ちのするお菓子や飴玉《あめだま》、お茶の葉等が頻繁に送られてきて、カードには私の身を案ずる言葉が綴《つづ》られていた。その言葉が心からのものだったのかは分からないけれど、〝ケガはしていないか〟〝無理をするな〟といった言葉が、とても嬉《うれ》しかった。

それに私もカードやちょっとしたハンカチや文具などを返しながら、三か月という短い交際期間を経て宰相補佐様と私は書類を交わし、正式に婚約者となった。

正式に婚約者となって最初の休日、宰相補佐様のご家族に挨拶をしにお屋敷を訪ねた。

歓迎しては貰えないだろうと思っていたので、お屋敷に漂う微妙な空気や使用人たちの〝歓迎してはいませんよ〟という態度は気にならなかった。

王都の一等地である貴族街、その中でも一等地である高台にある豪邸がグランウェル侯爵家のお屋敷。通された豪華な客間で、宰相補佐様の母上様と妹様にお会いした。

豪華で洗練されたデイドレス、輝く宝飾品、手入れの行き届いた髪や肌、整ったお顔立ち。宰相補佐様と血縁関係のある、貴族らしい見た目と雰囲気をお二人共持っていらした。

「ヨシュアから話は聞いております。黒騎士様と結婚、その後ろ盾になることは本来とても名誉なことですから、普通は反対などしないものです。我が家は過去黒騎士様の婿や嫁を受け入れたことがありませんので、誠に名誉なことなのです。ですけれど、ですけれどねぇ……」

宰相補佐様から紹介されて、最大級の礼を持ってご挨拶したのだけれど、思っていた通り受け入れては貰えそうにない。前侯爵夫人は大きく息を吐いて、小さく首を左右に振るばかりだ。

客間には装飾が美しい家具が配置され、装飾が美しいテーブルには曲線が見事なティーセットが並ぶ。高価な紅茶、有名菓子店の焼き菓子が用意されているけれど、手を出す気にはなれない。

「黒騎士だっていっても、あなたは平民の生まれで親のいない孤児なんでしょう？　嫌だわ、そんな得体のしれない人が義理の姉だなんて」

マーゴット様はお綺麗《きれい》な顔を歪《ゆが》めて、きっぱりと私を拒絶した。宰相補佐様と同じ美しい緑色の瞳は、害虫とかゴミでも見るように私を映す。

「それになんですの、その髪……痛んでいるし、色もくすんでいて変だわ。灰色？　汚れた色ね、信じられない。お肌も日に焼けて荒れているし、傷は汚くて醜いわ。平民の騎士なら当たり前なのでしょうけれど、親族になるなんて嫌よ」

貴族はとにかく平民が嫌いだと言う人が多い。嫌う具体的な理由なんてない、貴族ではないというだけで嫌なのだ。マーゴット様もそういう貴族令嬢、というだけの話で珍しくもなんともない。

「黙れ、マーゴット」

「なっ……なによ、お兄様！　事実でしょう！」

グランウェル侯爵令嬢マーゴット様は宰相補佐様の四つ年下なので、現在二十一歳。最近婚約者が決まって、一年後に伯爵家にお嫁に行くのだと聞いた。

「おまえはアストン伯爵の元へ嫁ぐ身、私の妹でリィナとは義理の姉妹にはなるが基本的に関わり合いはなくなる。他人のことなど気にせず、自分のことだけ考えればいい。ただでさえ、おまえは問題を起こした身なのだから」

「酷《ひど》いわ、お兄様……私は悪くないのに！」

「悪くないなど、どの口で言っている？　おまえのような者でも構わないと受け入れて下さるアストン伯爵と伯爵家の皆様に感謝して、身の回りを片付けて結婚の準備をしろ」

「お兄様っ！」

マーゴット様は貴族令嬢にあるまじき大きな声で叫び、顔を真っ赤にして涙をボロボロと零《こぼ》した。

「ヨシュア、やめて頂戴。マーゴを責めないで」

「お母様っ！　お兄様が酷いわ……」

「母上がそうやってすぐに甘やかすから、こうなったのですよ。自業自得です」

貴族のご令嬢は十八歳で成人して、すぐ結婚する方が多いと聞いている。婚約者は生まれたときから決められている人もいるけれど、十五歳から十七歳くらいの間に決まることが多いらしい。学生時代から交流し、将来を共にする者同士としての情や絆《きずな》を育む時間を持つのだと。

マーゴット様は高位貴族のご令嬢としては、結婚が遅い部類に入る。まあ、宰相補佐様の口ぶりだと彼女はなんらかの問題を起こして、それが原因で結婚が遅くなっているようだ。

「ヨシュア、あなたには妹を愛する気持ちがないの？　あなたの結婚についてだって、勝手に……」

「マーゴットが酷いのは今に始まったことではないのですが、母上も母上です。黒騎士との婚姻が名誉だとおっしゃるのならば、素直に受け取って下さい。私はこの婚姻に満足していますし、母上やマーゴットに結婚の許しを乞うているのではありません。結婚の報告に来たのです」

「ヨシュア！」

「お兄様っ」

宰相補佐様はご家族の声を無視して、部屋の隅に控えていたまだ年若そうな執事を呼んだ。黒い執事服に身を包んだ彼は、私を睨《にら》み付けてから宰相補佐様に頭を下げた。

「キャメロン、アストン伯爵家からマーゴットを受け入れると連絡があった。支度金も頂戴している。その資金を使って、マーゴットの嫁入り準備を進めるように。三か月後にはあちらに移り、伯爵夫人となるためあちらの決まり事や家政を学ぶことになる」

「承知致しました」

三か月後には嫁ぎ先に向かう、と言われたマーゴット様は真っ青な顔をして夫人に縋《すが》って泣き叫んだ。そんなに嫌がるような結婚相手なんだろうか？

アストン領は国の東に位置していて確かに田舎だけれど、野菜や果物、染め物の色に使われる植物の栽培に力を入れている土地柄だ。何度も討伐で行ったことがあるからよく知っている。領地にある砦《とりで》で出される食事は地元で採れた野菜が使われていてとっても美味しい。

深淵《しんえん》の森が近いので魔獣や竜が時折出没するけれど、穏やかな土地柄で気候も温暖だ。以前原因不明の病が流行《はや》って領民が減って少し寂しいが、食事は美味しいし領民はみんな気さくで優しい人たちばかり。嫁ぎ先として問題のない場所だと思う。田舎だけど。

「それから、西館の清掃をしてくれ。母上には西館に移っていただく。本館には私とリィナが入るから、部屋や調度品を整えるように」

「……承知致しました」

「ヨシュア！」

「母上、あなたはもうグランウェル侯爵夫人ではありません。聞いておりますよ、大規模な茶会を開いたり、夜会にも参加されているとか。現在の侯爵夫人は叔父上の妻である叔母上です。侯爵夫人の義務を果たしているのは叔母上であって、母上ではない。母上は亡き父上を想い弔いながら、静かにお暮らし下さい。母上に対する予算を減らしますから、その範囲でやりくりして下さい。それが嫌なら、再婚して下さる相手を探しますか？　父上が亡くなって十年になります、どなたかと再婚なさっても誰もなにも言いませんよ」

酷いとか家族の情がないとか、泣き叫ぶ前侯爵夫人とマーゴット様。

なんだろう、いい空気にはならないだろうとは思っていたけども、こんな家庭内修羅場になるなんて予想もしてなかった。

豪華な調度品が並び美しく整えられた部屋の中、宰相補佐様の冷たい声がご家族の叫びを一刀両断に切り捨てる。

私はただただ演劇を見る観客のように、彼らを見守るしか出来なかった。

＊＊＊

修羅場となった客間を辞した後、お屋敷やお庭を案内してくれるというお誘いを受けた。

グランウェル侯爵家はその広大な敷地に本館と呼ばれる大きなお屋敷と、西館と呼ばれる小ぶりなお屋敷がある。立派な庭に面した場所に建てられていて、白い壁に緑の屋根が乗った可愛らしい家だ。今はお茶会や昼食会などに使われているらしい。

西館は代々引退したご当主夫妻や、お嫁に行ったお嬢さんが離縁されたりして戻って来たときに一時的に暮らすお屋敷、になっているとか。本当ならシャーリー夫人は西館暮らしになっているのが当然だったらしい。

広い庭を案内され、白と淡いピンク色の花に囲まれたガゼボに腰を落ち着ける。

侍女が具のたっぷり挟まったサンドイッチと野菜スープ、お茶を運んで来てくれて、ちょうどお昼時だとそのときに気が付いた。思っていたより時間が流れていたのは、あの客間での出来事が私にとっては衝撃的だったからだろう。

「母と妹がすまなかった。母は幼いうちに父を亡くした妹が不憫《ふびん》で甘やかし、妹は傲慢で我が儘《まま》な令嬢に育ってしまった」

「いいえ、気にしていません」

私が騎士職だけれど平民だと知ると、マーゴット様のような態度をとる貴族の方はとても多い。別に目新しい反応でもなかったし、言われることも大体同じだ。

曰《いわ》く髪が短くて色が汚らしい、肌は日に焼けていて傷が醜い、地味な容姿、それが私だ。

貴族のご令嬢のような腰まで伸びた明るく美しい色合いの髪ではないし、雪のように白く染みひとつない肌と比べたら、日焼けして傷だらけなんて言語道断。顔立ちだって全体的に地味な印象だ。貴族の方のように派手じゃない。

宰相補佐様と一緒にお昼ご飯をいただき、お茶を飲んでひと息ついたところで私は手を上げた。

「どうした？」

「あの、提案があるのですが」

丁度そこへ書類を持ったキャメロン執事がやって来たので、私の提案を一緒に聞いて貰うことにした。

「執事さんも聞いて貰えますか？」

「……かしこまりました」

返事の声はとても不満そうだ。

「西館に夫人をというお話ですけども、私が西館では駄目ですか？　夫人には今のまま本館で暮らしていただいて」

西館を見せて貰ったけれど、私からすれば立派なお屋敷だ。

本館とは趣が違っていて、静かで落ち着いた雰囲気を持っている。確かに、隠居したご夫婦や出戻りの娘さんが暮らすには手ごろだろう。

「なにを言い出す。母は夫を亡くしている。再婚して新たな伴侶が出来なければ静かに暮らすのが常識だぞ」

「ですが……私の職務上、お屋敷への出入りが容易な方がいいのです」

宰相補佐様もキャメロン執事もきょとんとした表情をした。

西館は名称の通り敷地の西端に位置していて、すぐ裏に西口と呼ばれる小さな出入り口がある。

「私の任務は魔獣と竜の討伐です。不測の事態が起きた場合はすぐに現場に出ます。その後いつ戻ることが出来るかは不明な状況になります。さらに、事前に討伐任務を命じられていた場合も、朝とんでもなく早く出かけたりしますし、深夜に突然帰宅したりします。ですので、自由に出入り出来る方がありがたいのです」

「本館を自由に出入りすればいい」

「ですが、本館に私が出入りすれば使用人の方が出て来ない、というわけにはいかないですよね？」

私がこそこそと出かけたり帰って来たりしても、誰にも迷惑をかけないようにしたい。討伐後は魔獣の血や泥や埃《ほこり》で私はドロドロに汚れているし、そんな姿で高価な絨毯《じゅうたん》が敷き詰められたお屋敷内を歩くのも気が引ける。

「しかし」

「ヨシュア様、宜《よろ》しいではありませんか」

「キャメロン！」

「ご本人様の希望なのですから。……黒騎士様に西館にお入りになっていただき、奥様とお嬢様には本館で変わらずにお暮らしになっていただく、ということで」

キャメロン執事は満足そうに笑って、何度も頷《うなず》く。私が本館には入らず、夫人とご令嬢が変わらず本館で暮らせることに安堵《あんど》しているように見えた。

「リィナ、本当にそれで良いのか？　本館を自由に使って貰って構わないが」

「いいえ、本当に大丈夫です。軽くお掃除だけして貰えたら、私の荷物など多くありませんから自分で片付けも出来ますし」

結局、その後何度か話し合いをした結果、掃除や家具の入れ替えなどを行う都合もあってひと月後から西館を使わせて貰うことになり、シャーリー夫人は本館での生活を続けることになった。

但し、夫人用の予算は大幅に減らされて、豪華なドレスを作ったり宝飾品を買ったりは出来なくなってしまったようだ。とはいっても小さなお茶会を開いたり、友人の家で開かれる夜会に参加したりは出来るらしい……宰相補佐様が言うには「前侯爵夫人という立場にいる夫人が送る生活は十分に出来る額」とのことらしい。

マーゴット様は本館にて結婚に向けた準備を進めつつ、母親と想い出を作りながら結婚まで暮らすことに決まった、らしい。嫁入り先に持っていくドレスや宝飾品、小物、家具などを一緒に選んだり、マナーのおさらいをしたりお相手さんの領地に関する勉強をしたり、するそうだ。

貴族のことはよく分からないけども、遠くへお嫁に行く娘とその母親が一緒にいられる時間を思い出深い本館で過ごせる、それは良いことだと思う。

シャーリー夫人、マーゴット様、キャメロン執事、本館の使用人たち、そして私。全員が納得出来る形に落ち着いたのだから、落としどころとしては上出来だったように思う。思うのだけれど、宰相補佐様だけは眉間に深い皺《しわ》を作って不満そうだった。

「あの、宰相補佐様は今まで通り本館で暮らしていただいて大丈夫なので……」

「……私も西館に暮らす。それは絶対に譲らないから」

「ええ⁉」

まさか、宰相補佐様まで西館暮らしをすると思っていなかったので大きな声が出てしまった。同じようにキャメロン執事も驚いていて「ヨシュア様は本館で……」とか慌てている。

「家族になるんだろう？　そのための努力もすると約束したのだから、当然一緒に暮らすに決まっている。それとずっと気になっていたのだが、私を役職で呼ぶのは止《や》めて貰おう。それは私の名前ではないし、夫婦になるのだから、名前で呼んで欲しい」

「ええ⁉」

「まさか、私の名前を知らないわけじゃないだろうな？」

「………………ヨシュア、様」

名前を呼べば、眉間に出来ていた皺が消えて優しい笑顔になった。

私が思っていたのとは大分様子が変わってしまったけれど、こうして結婚を約束した宰相補佐様改めヨシュア様との生活が始まった。

＊＊＊

グランウェル侯爵家のタウンハウス、その西館から討伐や砦勤務に向かい、西館に帰る。

今は違和感しかない生活も、時間が経って何度も繰り返せば当たり前の日常になっていくだろう。

私がヨシュア様の婚約者になって一か月。結婚後は基本的に遠方の討伐任務からは外されて、砦勤務の日数も減るらしい。

長年黒騎士団事務局を取りまとめる顎ヒゲが立派なローチ事務局長は、「婚姻するのならば当然だ。それにしても、儂《わし》の引退前におまえが結婚してくれることを嬉しく思うよ。早く子を産んで、子どもたちに囲まれて幸せに暮らして欲しい」と涙ながらに語った。そして私の結婚という憂いが無くなった今、残り三年という任期を、自分の後任探しと育成にかけると断言した。

ローチ事務局長を不安にさせ、そんなに心配させていたとは知らなかった。事務局長の後任育成が無事に行われることを、今後は願いたい。

「でもね、ほら、義務でもやらない人って案外多いじゃない？」

討伐任務が終わり、報告も済ませて黒騎士団事務局から西館へ帰ろうと歩いていると、声が聞こえた。まだ若い女の子たちの声だ。自然と柱影に身を隠してしまうのは、貴族の若いご令嬢方が苦手だからだ……彼女たちの話は辛いものが多いから。

「そうね、思っていたより酷いわ。婚約前までは優しかったし、デートも誘ってくれたのに。婚約して三か月もすれば、デートどころか手紙もカードもないのよ」

「うちなんて、夜会で入場まではエスコートしてくれたけれどその先は放置されて、壁の花になったわ。しかも、ドレスも装飾品も贈ってくれなかったの」

「ええー、なにそれ？　酷い！」

「夜会のエスコートやダンスも義務ですし、ドレスや装飾品を贈るのも婚約者としての義務ですのに。夫婦になろうという相手と交流を持つことも義務でしょうにね！」

王宮で侍女でもしているらしい彼女たちは、ぷりぷりと婚約者に対しての不満を口にする。

確かに、貴族の結婚は契約に基づく政略が多いから、そういう義務から始まる。そういう義務の積み重ねが大事なのだと、団長や副団長は言っていた。どの夫婦も最初は見知らぬ他人だと。

「……義務だ、とドレスやお花を贈って貰っても嬉しくなんてない、そんな風に思っていたこともあったのよ。でもね、義務でも贈って貰えないなんて……婚約者から放置されることは、とても悲しくて、とても惨めだわ」

若くて美しい侍女たちが悲しい雰囲気を纏《まと》う、それは絵になるけれど、彼女たちの心内を思えば絵になるなんていっていられない。悲しくて惨めという気持ちは理解出来る。私も婚約者を持つ身になったから、ヨシュア様から放置されたら悲しい。

彼女たちを見送り、私は王宮に幾つもある出入り口のひとつに向かう。騎士団事務局からほど近いそこは、各騎士や騎士見習い、武器や防具を扱う商人や備品を扱う商人など関係者が大勢出入りしている。貴族といっても下級貴族の次男や三男、平民出身の者が大勢利用する。賑《にぎ》やか、といえば聞こえは良いけれど正直にいえば乱雑だ。

「リィナ！」

「……え？」

そこには、意外な人物がいた。

侯爵家の家紋が入った高価な馬車、それを引くのは立派な馬。その前には、侯爵家のご令息。あり得ない存在感に、浮いている感じがするし、注目も集めている。

「ど、どうして、ここに？　王宮文官の出入り口はもっと中央寄りの……」

「討伐任務が終わっただろう、だから迎えに来た。無事に帰って来てくれて良かった、ケガはないな？」

「あ、はい。お陰様で無事に任務を完遂することが出来ました」

笑顔で差し出される手、うっかりその手を取りそうになって……慌てて引っ込める。今の私は討伐任務後でお湯も使っていなくて、酷く汚れているのだ。

「そうか、良かった。私の加護魔法が及んでいないのではないか、と不安だった」

引っ込めた手を摑《つか》まれる。大きくて、指に出来たペンだこが目立つ手だ。

彼が気にしたのは、自分の白魔法が竜の攻撃を防げたのかどうか。婚約して初めての討伐任務だったから、気になったのだろう。私がケガをすれば、傷つくのはヨシュア様の白魔法使いとしての実力。きっと、私がケガなく帰って来たことで安心しただろう……魔法使いとしての名誉は守られたのだから。

加護魔法を装備に付与することは義務。でも、ここへ私を迎えに来てくれたことは、婚約者の義務じゃない。きっと、ヨシュア様の好意だ。そのお気持ちは嬉しいし、汚れた私の手を躊躇《ちゅうちょ》なく取ってくれたことも嬉しい。

こうした小さな〝嬉しい〟が積み重なって、好きという気持ちに育っていくに違いない。事実、私の中にある好きという気持ちは育っている、少しずつ、確実に。

「さあ、帰ろう」

御者の青年が馬車の扉を開けてくれた。客車の内装は豪華で、洗練されていて……ただでさえ気が引ける乗り物なのに、土や埃や汗で汚れた私が乗っていいとは思えない。小さく取られた手を押し返しながら、言葉を続ける。

「いえ、あの、私は自分で帰りますから。先にお帰りになっていてください」

「なぜ？　同じ家に帰るのに」

「……汚れていますから、私が乗れば馬車を汚してしまいます」

言い終わると同時に体が浮いた。なぜか私はヨシュア様に横抱きにされ、馬車に乗り込む。そのままヨシュア様は席に座り、私は狭い客車の中で膝上に抱えられていて動けない。扉は閉まり、馬車はゆっくりと動き出す。

「えっ……あの！」

「汚れが気になるのなら、私が抱えているから心配いらない」

そういう問題ではないのだけれど、聞く耳を持っては貰えそうにない。

「……本当にケガはしていないか？　大丈夫なのか？」

ヨシュア様は私の顔を覗《のぞ》き込むように言った。耳元で話すの、やめて欲しい……距離が近い。顔に熱が集まってきて、恥ずかしい。

「だ、大丈夫です。それに少しくらいケガをしても、加護魔法を付与した白魔法使いの責任にはなりませんから、心配はいりません。ヨシュア様の名誉に傷がつくようなことは……」

「そうではない！　そうではない。私の白魔法使いとしての名誉など、どうでもいいことだ。キミが痛い思いをしなかったか、今現在していないか、そこが大切なんだ」

「……」

黒騎士の伴侶である白魔法使いは、その魔法で黒騎士を守る。それは義務であり、ケガのないことは名誉だ。けれど、己の名誉などどうでもいいと、私を案じてくれる。……これは果たして、婚約者の義務なのか？　いや、きっと、多分、違う。

「リィナ？　大丈夫か、実はケガを隠しているんじゃないだろうな？」

心配そうな顔で、何度も訊《たず》ねてくる。こんな風に心配されて、また私の中に〝嬉しい〟が積み重なる。しかも、小さな嬉しいじゃない、特大の〝嬉しい〟だ。

「だ、大丈夫です……本当に」

「そうか？　ならいいが。なにかあったのなら、遠慮しないで欲しい。キミは私の婚約者で、私が護《まも》るべき人なのだから」

「ヨシュア様……」

「そうだ、キミへ手紙を送るとき、どこか良い宛先はないか？」

「え？　西館宛てではだめですか？」

私の現住所はグランウェル侯爵家のタウンハウス、その西館になっている。西館宛てに送って貰えれば届くはずだ。

「だめだな。タウンハウス全体は母の管理下にあって、キミへの手紙が届く前に握りつぶされる可能性がある。だから、別の方法で受け取れる形を取りたい」

そう言われて申し訳ないが納得してしまった。侯爵家の使用人たちに私は受け入れて貰えてない、嫌がらせとしてヨシュア様に手紙を書いても出して貰えなかったり、届いた手紙が貰えなかったり、そんなこともあり得るのだ。なんだか、悲しい。

「……では、黒騎士団事務局経由はどうでしょう？　黒騎士の大半がそうしています。お互いに事務局を経由すれば、どこの砦に勤務をしていても、遠方の討伐任務に就いていても、多少届くまでに時間はかかりますがお互いにやり取りが出来ます」

「そうか、では事務局を経由することにしよう。解決策があって安心したよ」

「そうですね。……あの、そろそろ下ろしてください。馬車は汚れなくても、ヨシュア様が汚れてしまいます」

「今更気にすることではないな。それに座席が汚れるより私の服が汚れる方が、後始末が楽だろう？　気にするな」

「でもっ……」

「気にするな、私は気にしない」

侯爵家のタウンハウスに到着するまでの間、私はずっと機嫌のよいヨシュア様に抱きかかえられていた。

心配され、気を遣って貰い、そうされるのがこの世で私だけだという現実に……嬉しいと恥ずかしいが交じり合って、破裂しそうなほどドキドキする。心臓が口から飛び出てしまいそうだ。

ヨシュア様という人は、私が想像していたよりずっと……優しくて、気を遣ってくださる。でも、その優しさが表情に出ない人だ。そんな風に思った。

＊□＊

「これで、一件落着だな」

宰相室の奥にある一際大きな席にて書類に埋もれながらも、ハーシェル宰相は口の端を上げてニヤリと笑った。そしてそのまま私の顔を見ると、ニヤニヤ笑いを続ける。

「領地の叔父殿も安心しただろう。大量の身上書との格闘がなくなり、領地経営と後継者の育成に専念出来る」

「……お手数をお掛けしました」

ニヤニヤ笑いが気にくわないが、手間をかけさせてしまったことは事実であったので頭を下げた。

「構わない。優秀な黒騎士に優秀な白魔法使いが伴侶となってくれたことで、彼女の討伐はより安定する。討伐の安定は魔獣や竜の被害を減少させ、人々の生活を守り生産向上に繋がる」

「本当に、ヨシュアが結婚を決めてくれて良かった。バージルくんのときもなかなか結婚せずにいて、ヤキモキさせられましたから。次の世代を担うキミたちが、いつまでも独り身では宜しくないですからね。結婚して家庭を持ってこそ、男は一人前としての一歩を踏み出すのです」

ハーシェル宰相と、長年宰相補佐として先代と当代の宰相を支えているコネリー補佐官は笑顔が絶えない。そんなに私の結婚についてヤキモキしていたとは知らなかった。

「それにしても、貴族の自尊心というものが悪い方向に動いてしまって、リィナ卿《きょう》には申し訳ないことをしましたね」

「ああ、婚姻を難癖つけて断っているって話ですっけ？　まあ、一度や二度ならお断りもあり得るかなって感じですけど。三年も続くなんて、どう考えてもおかしいですもんね」

コネリー補佐官の言葉に、同僚補佐官のバージルが続いた。

「黒騎士としての戦績は本当に立派ですもん。……平民の出だっていう理由だけで断るなんて、僕からしたら信じられないですよ。それに自分たちが断ったのに、リィナ卿のせいにするなんて」

ハーシェル宰相はバージルの言葉に大きく頷いた。

「全くだ。まあ、それも少し調べれば嘘《うそ》だと分かることだがな」

濃い碧色《あお》のハーシェル宰相の瞳が〝誰かさんは調べずにいたようだが〟と言っているようで、大変居心地が悪い。

けれど、確かにあれは私の落ち度だった。バージルが言うように、三年間の間で何度も行われたお見合い目的の茶会。その全てにおいて、リィナの方から断っているとは信じられないことだ。

私は自分が白魔法使いであり、同じく白魔法使いの友人知人が多かったが故に〝難癖をつけて婚姻を断りまくっている、平民出身の黒騎士〟の噂《うわさ》をよく耳にしていた。

自身がその婚姻対象になるとも思っていなかったため、友人知人から聞いたことを鵜呑《うの》みにしてしまった。友人知人から聞いた話に囚《とら》われて、己で確認を怠ったのは失敗だった。

リィナと顔を合わせた茶会の後、黒騎士団長室を訪問して噂話《うわさばなし》の真相について尋ねた。副団長殿が目は一切笑っていない笑顔で対応してくれ、リィナに宛てた〝辞退手紙〟の数々を見せてくれた。

頭を抱えたくなるほどの量があり、どの手紙にも婚姻の辞退とリィナの今後の活躍、良縁をお祈りして終わっていた。〝辞退手紙〟の定型文でも出回っているのかと思ったくらいだ。

「貴方様も〝辞退〟のお手紙を下さるのでしょうね？　今、口頭でお返事いただいて構いませんよ。確かに貴方様とリィナの魔力相性はとても良いのですが、あの子の希望と貴方様はかけ離れておりますので。え？　あの子の希望する相手ですか？　平民か下級貴族の三男か四男、将来貴族籍から抜ける方です。一度も身分やご実家の財力の話なんてしたことはありませんよ。ええ、貴方様は上級貴族のご長男、本来あの子の希望には全く合いません。実は次に見合わせる相手が私としては本命です。魔力相性も貴方様の次に良い男爵家出身の三男。現在は第二魔術師団第三部隊で副部隊長を務めている男です、きっと彼ならリィナを支えて守って下さるでしょう」

辞退手紙を出してきた家のリストを手渡されつつ言われて、正直恐かった。笑顔だったが怒っているのが丸分かりだったし、その怒りも当然だと思ったから。

黒騎士団の中で苦労しているリィナを気にかけている人がちゃんといることが分かって、嬉しく思いながらも同時に焦りを感じる。

リィナと魔力相性が良い白魔法使いは、私だけではない。

リィナには私の次に顔を合わせる予定の男がいて、その男が本命なのだという。

最初は噂の黒騎士に会って、婚姻を断り続ける理由を聞こうと思っていただけだった。

けれど、私は……あの灰青の瞳と、飾らない人柄、温かな魔力に惹《ひ》かれた。温かくて心地良く、落ち着く魔力にもっと触れたいと願った。私だけのものにしたいと。

……私は、リィナの魔力に惚《ほ》れてしまったのかもしれない。〝魔力惚れ〟というやつだ。

魔法を使う者の中では時折あるもので、相手の魔力に触れてそれに強烈に惹き付けられてしまう状態。リィナも私も魔力量が多く、最初から相性が良いと分かっていたから……惹かれても不思議はない。

ただ、自分がそんな風に惹かれるとは全く思っていなかったから、戸惑ってしまう。

私の周囲にいる女性といえば、豪華なドレスや宝飾品に包まれ香水の匂いを撒《ま》き散らして、作りだした笑顔を張り付けて近付いて来る存在だった。私の生まれた家の爵位、財産と私自身の地位にすり寄って来る人ばかりだった。将来自分が侯爵夫人になる、それを目的としていることを隠そうともしていない。

過去に婚約していたご令嬢もそこまで明け透けに爵位が目的だとは言ってこなかったが、似たようなものだったと今なら分かる。

リィナは私の知る女性像とはかけ離れている、離れすぎている。

騎士らしく短めの灰色の髪をひとつに結んだだけの髪型、真っ白とは違う肌、騎士服の下に僅かに覗く傷跡から想像するにきっとあちこち傷を負っているのだろう。女性にしては少し高い身長に、すらりとした体型と深い灰青の瞳は可愛いとか愛らしいという感じではなく、凛《りん》とした印象だ。魔力だけではない、飾らない、素のままの彼女は私の目にはとても新鮮に映った。

きっとリィナの結婚に関する噂の真相が出回れば、彼女の婿にと名乗りを上げる者も出てくるだろう。特に私と同世代から少し上の世代ならば、見た目が可愛いだけの女との生活は幸せや安定を与えてくれないことを知っているから。

リィナが結婚自体を拒否しているわけではないのならば、交流から始めて距離を詰めようと思った。今は恋や愛ではなくとも、恐らく遠くない未来にそれに発展するだろうから。

他の男にあの温かな魔力を知られたくはない。私だけが知っていればいい。そんな子どもじみた独占欲が生まれた。

独占欲を自覚してからは次の男に会わせる前に、と自分でも強引で事務的だと思いながら手紙を出し、食事に誘い、交際を申し込んだ。その後はお互いの仕事の合間を縫うようにしてカードや贈り物をやり取りし、婚約にまで持ち込んだ。

リィナの気持ちの整理が出来ていないことは分かっていた。私自身の気持ちもまた整理出来ていないのだから、彼女が出来ているわけがない。

それでも、それでも……私はリィナと共に居る権利が早く欲しかったのだ。

「なんにせよ、これでヨシュアくんも未婚故に半人前、などと言われずに済みますね。黒騎士殿とは仲良くやっていって下さい」

「……コネリー補佐官、ありがとうございます」

現在、宰相室には宰相に補佐官が三人、その下に政策課の上級事務官が十二人入っている。さらにその下にも大勢揃《そろ》っている……が正直、とても忙しい。

現在の国王陛下は様々な取り組みをしている。医療施設の問題、子どもたちの通う学校の問題、貧民街の問題、魔獣と竜の獣害問題、突然発生する疫病問題など、国内の取り組みだけでも多岐にわたる。さらに他国との関わりも入って来ると、他部署との連携も含めて目が回るような忙しさになる。

それでも、国が徐々に良い方向に変わっていく様子を目の当たりにすれば、宰相室に入り仕事に携わってきたことを誇らしく感じられた。

侯爵家の者として領地運営や社交に勤《いそ》しむよりも、私自身は文官としての仕事に魅力を感じて今までやって来た。この先もそうするつもりでいる。

「ヨシュアくん、結婚後はどうなさるのですか？」

コネリー補佐官はぬるくなっただろう紅茶を飲みながら、柔らかな食感のクッキーを摘まんだ。

「どう、とは？」

「あなたは侯爵家の直系ですよね？　お父上が先代の侯爵様、現在は叔父上にあたる方が侯爵様ですが。元を辿《たど》れば、あなたが次の侯爵様になるのが筋なのではないですか？」

「ええっ!?　ヨシュア、結婚を機にここを辞めて侯爵になって領地に帰っちゃったりするの!?」

バージルが慌てて腰を上げる。慌てて立ち上がったため、体が机に当たり大きく揺れた。

その振動を受け、乱雑に積みあがっていた未決済の書類は大きくその姿を動かす。

書類の山はその身を崩そうとし、誰のものとも分からない「ああっ」という声が室内に響いた。

バージルと私は、慌てて書類の山をとっさに支える。

「辞めませんよ、私は文官として仕事をするつもりです。叔父には息子もいますし、跡取りとしてなんの問題もありませんから。結婚と同時に、叔父には侯爵家を継がない旨を正式に話すつもりでいます」

そう答えれば、書類の山を崩れないように妙な体勢で支えていたバージルは「良かったー！」と言い、書類の山を立て直すことに専念し始めた。

「いやはや、ヨシュアくんが残ってくれるのならば宰相室は次代も安心です。ヨシュアくんが抜けてしまっては、大変なことになるかと思ったのですが、いらぬ心配でした。この室の跡取り問題は解決済みですな」

ハーシェル宰相とコネリー補佐官は安心したように笑った。私が宰相室にいることを望んでくれている笑顔に感謝しながら、私はバージルの助けに入る。

崩れそうな書類の山は絶妙に倒れそうで倒れず、でも安定もせず他事務官の手を借りてようやく立ち直った。順番に揃えてある書類が崩れなくて良かった。

私の公の居場所は今、ここにある。そして、私個人としての居場所は……リィナと共にこれから作って行こうと思う。すぐに上手くは作れなくとも。

＊＊＊

王都の東側にある第二国立劇場は大勢の人で賑《にぎ》わっている。王都には大小多くの劇場があるが、国立のものは二つ。ひとつは完全に貴族専用で、もうひとつは裕福な庶民から下級貴族が利用するという感じだ。

バージルから「婚約祝いの一部だよ。楽しいこと、嬉しいこと……苦しいことも一緒に、が愛し愛される基本さ」と渡された劇の入場券は後者の劇場の特別席。貴族専用のボックス席、そこで今流行りの演劇を見る……婚約中のふたりが出かける場としては定番だろう。

劇場に来る前にドレスショップに寄り、リィナに服を贈った。濃いピーコックグリーンに紺色のレースをあしらった上品なドレスで、螺鈿《らでん》細工の髪飾り、耳飾り、首飾りもよく似合っている。

「あ、あのっ……こんな素敵なお品をいただくなんて、その」

緑系は私の瞳の色、落ち着いたその色はリィナに良く似合う。自分の色を纏う婚約者を連れて歩く、その充足感に私は浸る。

「良く似合っているよ。それに、婚約者の女性に服や装飾品を贈ることは、貴族でなくとも普通にあることだろう。贈らせてくれ」

「……あ、ありがとう、ございます。嬉しいです。男性にこんな素敵な品を贈って貰うなんて、生まれて初めてで。大切にします」

「初めて、か」

リィナは姿見に映る自分の姿を何度も見返しては照れたように笑い、頬や目尻を赤く染めながら何度も私に礼を述べた。騎士服を纏うときは凛としているが、今は想像以上に愛らしい。

婚約者からドレスや装飾品を贈られる、ふたりで出掛けて劇を見たりレストランで食事をしたりといった、婚約すれば身分に関係なくこの国では当たり前を経験したことのないリィナ。だが、リィナの初めてのふたつを手に入れた私は、大変気分が良くなった。

「この先、キミの初めてを私がたくさん贈るよ」

「……はい。ありがとうございます」

頬だけでなく耳や首まで赤くして、照れて俯《うつむ》いてしまったリィナの手を取り劇場の階段を上がり、指定された特別席に入った。特別席は大きめの椅子が二脚、飲み物や軽食用の小さなテーブルがひとつあるだけの小部屋だ。真正面に舞台が見えて、良い席だと思われる。

リィナは生まれて初めての観劇だといい、劇場内部を見物したり劇の内容を案内する小冊子を読んだりと忙しい。私の目からすれば、まるで子どものような反応だ。でも、私の前だからと作った顔ではなく素の姿を見せてくれるところは好感が持てる。裏表のない彼女の姿だ。

開演を知らせるベルが鳴り響き、灯りが落とされ、音楽と共に役者が舞台にあがる。

とある国の王女が突如現れた魔物に対して、国のために生贄《いけにえ》に捧《ささ》げられることとなった。そこに若き勇者が現れ、王女を助け出し、魔物を一時退ける。その後、再びやって来る魔物を退治するため、勇者と王女は他の協力者の力も借りて魔物を退治する。勇者は実は遠く離れた国の王子という出自で、無事にふたりは結婚し国には平和と幸福が訪れる。

内容はそんな感じで、遠く離れた国の王女の結婚に関する物語だと聞いた。それが事実かどうかなど、ここでは関係がない。庶民から貴族にまで楽しまれている人気の演目というだけで、特に恋人同士や婚約者同士で見に行くのが流行っているらしい。

私自身は演劇にそう関心があるわけではないけれど、内容に引き込まれ夢中になっているリィナの姿は可愛らしく見えた。

「少し休憩して参ります」

幕間になると、そう言ってリィナは特別席から出て行った。代わりに入って来た者が果物の浮かんだ飲み物と、軽食を用意して出て行く。

過去、私が共に演劇を見た女性たちはリィナのように演劇を純粋に楽しんでいただろうか？

絵画展に出展された絵を、植物園で咲き誇る花々を、産業展で展示された技術の粋を集めて出来た道具の数々を、純粋に見て楽しんだり感心したり感動したりしていただろうか？　彼女たちは、私の立場や侯爵である家を装飾品のように扱い、周囲にひけらかして歩いていただけなのではないだろうか？

演劇の内容に入り込み、ドキドキしたりハラハラしたりを隠すことのないリィナ。きっと、初めて受けるエスコートや贈り物も喜びながら、戸惑ってもいて、それを隠すこともしない。

私は彼女の気持ちを探る必要などない、そのままを素直に受け取ればいい。嬉しいと思ったり喜んでいる気持ち、恥ずかしかったり照れたりする気持ち、それをまだ戸惑っている気持ちも全て。

劇の再開まで十分を切った。だが、リィナが戻って来る様子はない。

「……迷子になった、かな？」

私は席を立ち、特別席の扉を開けた。廊下は自分の席に戻ろうと移動している者と、一緒に来た者たちや偶然劇場で一緒になった者と話し込んでいる者たちなど、大勢の人がいる。

人を避けながら廊下を休憩室に向かって進むと、ロビーで話している者たちの声が聞こえた。

「そうなの、先ほど見かけましたのよ」

「本当に？　侯爵家のご令息なら、第一国立劇場の方で観劇なさるのではないの？」

「いいえ、本当よ。グランウェル侯爵令息様だったわ！」

黄色、橙色《だいだいいろ》、桃色、若い貴族の令嬢がよく身に纏う明るい色のドレスの一団だ。

「じゃあ、あの人も一緒なのではない？　侯爵令息様と婚約したというのは、本当なのでしょ？」

「そうなのよ！　身の程知らずの平民黒騎士、見かけたもの。侯爵令息様の色である緑のドレスを着ていたわ、図々しい。あの人、私の従兄弟との結婚を断ったのよ……子爵家なんて嫌だって」

「まあ、平民の出なのになんてことを！」

「平民だから、なのではない？　わたくしの兄も断られましたのよ。実家の領地が王都から離れているから嫌だ、そう断られたらしいわ」

胸の中に怒りが沸いた。噂については私も聞いていて、その噂に躍らせられてしまった愚か者でもある。そんな私だが、リィナとは関係のない者たちが好き勝手話しているのを実際に見聞きするのは初めてだ。

「そんな方がグランウェル侯爵令息様と婚約だなんて……やっぱり爵位の高い方を狙っていたのね」

「噂で聞いたのですけれど、あの人と侯爵令息様の魔力相性、実はあまり良くないという話よ?」

「ええ?　魔力相性の良し悪しまで歪めているの?　酷い人」

「そこまでして侯爵家と縁を持ちたかったのかしら。平民生まれの人はやっぱり卑しいわ」

少し考えれば分かる。平民とリィナをいうのならば、平民である彼女に権力などなく、魔力相性を無視して私の婚約者の席に座るなど絶対に出来ない。魔力相性を調べる魔法使いやそれを管理する文官、騎士団総局、黒騎士団団長や副団長、数多の人間を騙《だま》すなり納得させなくてはいけないのだ。出来るわけがない、あり得ない。

だが、こうした無責任な面白半分の発言が広がって噂は際限なく育っていくのだろう。

今までリィナにはこうした悪意や噂を止める力もなく、そこから守ってくれる人もいなかった。

だが、正式に婚約を結んだ今となっては、私が守る役目を担う者だ。

「そういえば、先日親戚が開いたパーティーにあの人がいらしてね?　そこで……」

「信じられませんわ、酷いこと!」

母と愚妹のリィナに対する態度や物言いも酷いものだったが、見知らぬ者たちの勝手な会話は更に不快感が強い。私はその不快感を踏み潰すように一歩を踏み出した。

「……まあ、侯爵令息様だわ!　本当に!」

「きゃあ、まさかお会いできるなんてっ」

私の姿を見つけ、甲高い声を上げる令嬢方を無視して私はロビーの隅っこへと足を向ける。柱の影に隠れるように、表情を無くして身を縮こませているリィナの元へ。

「リィナ、こんなところにいたのか。劇の続きが始まるよ」

「ヨシュア様……あの、私……」

「遅いから心配になって。席が分からなくなったのなら、控えている従業員に尋ねたらいい。でも、そのまえに私がキミを見つけるようにしよう」

無責任な話を聞いたせいで顔色の悪いリィナの体を抱き寄せ、手を掬《すく》い取る。その手に口付ければ、キャーッという悲鳴が背後から聞こえて来た。おそらく先ほどの令嬢たちだろう。

「えっ、あの……」

「さあ、行こうか」

そういえば、リィナはまた耳も頬も真っ赤に染めている。恥ずかしいのだろう。その顔はいつもの凛としたものとは違ってやはり愛らしい。

「ヨシュア様、その、近いです……」

「婚約者ならこのくらいの距離が普通だな」

ぴったりくっつくように、リィナの腰を抱いて歩く。

「ああ、そう言えば話していなかったな。キミの縁談について、キミから妙な理由を付けてお断りをされた、と嘘の噂を流していた白魔法使いたちの家のことだ」

「そんなことも、ありましたね」

リィナはあまり興味がなさそうだが、先ほどのご令嬢たちは気になるところだろう。お喋《しゃべ》りをやめてこちらの話に耳を傾けているし、周囲にいる者たちも聞いているようだ。

「噂の真相についての調査がなされた。キミに対する出鱈目《でたらめ》な噂、キミから婚姻を断ったという話だが、虚偽であったことが順次証明されていく。証明された家にはそれなりの罰が下ることになる、その家はかなりの数になるだろう」

「え、罰が下るのですか？」

「そうだ。黒騎士と白魔法使いの婚姻については、国の方針だ。それをくだらない理由で無視したのだから、当然だろう」

「あまり重たい罰でないといいのですけど」

私の言葉を聞いた令嬢たちは、声にならない悲鳴をあげてまだ劇も途中だというのにバタバタと出口に向かって移動して行った。

「……ヨシュア様」

「なんだ？」

自分たちの使っている特別席の扉を開け、リィナを室内に入れる。扉が閉まり、特別席に二人きりになった。

「ありがとうございます、助けて下さって」

笑顔を見せるリィナ。その笑顔は今までに見た中でも特別に美しく、愛らしく見えた。

私の中にあった怒りが消え、違う熱が生まれる。

「婚約者なのだから、当然、だ」

私は無意識にリィナを腕に抱き、赤く染まった目じりに唇を寄せた。

＊＊＊

「ヨシュア！　聞きましたよ！」

リィナとの婚姻をひと月後に控えた頃、貴族学院の同級生に声を掛けられた。

会うのは何年ぶりだろう？　一瞬誰だか分からなかったくらいには久しぶりだ。

「……ドナルドか、久しぶりだな」

「本当に久しぶりですね、僕の結婚式以来ですから六、七年ぶりくらいですかね」

同じ侯爵家の出身、同じ年、同じ白魔法使い。共通点が幾つもあったこの同級生とは、貴族学院在学中は第一王子殿下の学友として長い時間を共に過ごした。

淡い赤茶の髪、新緑のように穏やかな緑の瞳を持つドナルドは、その色合いそのままに優しく穏やかな性格で、貴族学院時代も王子や他の学友たちの間を取り持っていた。

「七年か、時間が流れるのは早いな」

「そんな年寄り染みたこと言わないで下さい。それよりも、婚約されたと聞きましたよ！　遅くなりましたけど、おめでとうございます」

ドナルドは婚約を祝いに来てくれたらしい。

「ありがとう。わざわざ祝いに寄ってくれたのか？」

ドナルドは学院在学中にファラデー伯爵家の跡取り娘である黒騎士と魔力相性がよいと分かり、

家柄的にも問題がないと婚約を結んだ。ドナルドは長男で本来なら跡取りだったのだけれど、伯爵家への婿入りとなるため、弟が侯爵家を継ぐことに決まった。彼は学院を卒業すると同時に結婚して、伯爵家に入った。

「友人の慶事ですから、お祝いさせて下さい。それで、キミの婚約者はどのような方なのですか？」

「ああ、そうか。私はおまえと同じ立場になったんだな」

「え？」

ドナルドはきょとんとした表情をした。王子や学友たちにからかわれたときなど、よくこんな表情をしていたことを思い出す。

「私の婚約者は黒騎士だ。周囲からは平民出身の黒騎士、なんて言われているがな」

「…………な……で」

「？　どうした」

「あ、いえ。驚いてしまっただけです。ほら、黒騎士の伴侶に選ばれるのは黒騎士が十七、十八歳くらいなので、白魔法使いの年齢差は前後二歳のはずでしょう？　僕たちの世代で伴侶に選ばれるなんて、思ってもみなかったので」

ドナルドが婚約を結んだのは確か十五歳、相手の黒騎士は十七歳。結婚相手となる女性黒騎士の方が二歳年上で、ドナルドの学院卒業と成人を待っての結婚だった。

確かに、今年二十六歳になる私が二十歳になったリィナの伴侶には通常選ばれない。異例な人選であり、ドナルドが驚くのも無理はない。

「色々と事情があったんだ。私は結婚というものに対して気乗りしていなかったけど、彼女とはうまくやれそうな気がしている。うまくやっていきたいとも思っているよ」

「……そうなんですね。なにか僕に手助け出来ることがあれば、言って下さい。キミとは同級ですけれど、黒騎士の伴侶としては少しばかり先輩なので」

「ありがとう、そうさせて貰うよ」

第二魔導師団へ顔を出してから領地に戻る、というドナルドと共に廊下を進む。

普段のドナルドは領地にて夫人である黒騎士の支援と子育てをしながら、予備兵として春の繁忙期や秋の警戒期にはあちこちで白魔法使いとして働いていると聞いた。

今回は私の婚約の話を聞いたと同時に、魔導師団からの呼び出しもあり、丁度良い機会だと顔を見せに来てくれたらしい。

「平民出身の女性黒騎士の噂は、僕も耳にしましたよ。かなり腕の立つ黒騎士だって……それと同時に困った人だっていうのも。でも、それが嘘だったっていう噂も耳に入って来ていて、実際のところはどうなんですか？」

リィナの結婚に関する噂話を語って聞かせれば、ドナルドは「はぁ～、なるほど。そういうことでしたか、どこか変な話だと思っていたんですよ」と納得したように何度も首を縦に振った。

「先日から噂は潰しているし、正当な理由なく縁談を断って妙な噂を流した家は順次処罰される予定だ」

「そうだったんですか、貴族社会の悪い部分が出てしまいましたね。でも、キミが結婚に前向きだっていうから安心しました。……ヨシュア」

「うん？」

「彼女の伴侶になるということは……貴族出身の黒騎士の伴侶になること以上に大変だと思います。だから、何かあったら相談に乗りますから、一人で抱え込まないで下さい」

「……ああ、すまない」

顔を上げれば、ドナルドの笑顔があった。学院時代もそうだったけれど、ドナルドの柔らかな笑顔や気の利いた言葉に何度も助けられ、慰められた。

「でも、本当に気を付けないと。騎士社会は貴族社会とくっついていて、噂の類いはよく流れます。火のない所にも煙が立ちますから」

その言葉に頷いて、廊下を進み食堂に差し掛かる。昼時を外した食堂は閑散としていて、時間調整をしている者や食事をしそびれた者がぽつんぽつんと利用をしている姿が見えた。

その中に見慣れた姿を見付ける。

黒騎士の制服を身に纏い、灰色の髪をひとつにまとめた姿。見間違うはずがない。

「リィナ……」

「え？　ああ、彼女が婚約者さんですか。声を掛け……」

ドナルドが言葉を濁す。リィナは青年と二人、食堂隅のテーブルで親しげに話をしていた。

距離があってなにを話しているのかは聞こえない。ただ、とても親しげで距離が近いように見え、私以外の男に見せる笑顔に……ズキリと胸の奥が痛む。

「………彼は、予備兵の下級白魔法使いですね」

「知っているのか？」

ドナルドはリィナと一緒にいる青年に心当たりがあるようだった。私は柄にもなくつい強い口調で聞いてしまい、口元を手で覆った。そんな私を見たドナルドは笑い、私の肩を優しく叩《たた》いた。落ち着け、とばかりに。

「知っているという程ではないですが、僕も同じ予備兵ですから顔を見たことがあるという程度です。白魔法使いとしては下級で、正規兵には雇用されなかった口ですね。魔導章に若草色の線が入っているでしょう？　予備兵の印です。彼らは春と秋の繁忙期にのみ、雇用されます」

「なるほど……期間雇用というわけか」

「はい、春と秋は討伐任務が本当に忙しいので、下級の手も借りたいのです。きっと、彼はキミの婚約者さんに加護魔法を付与したり、魔石に魔法を込めたりしていたのでしょう」

リィナが下級白魔法使いに加護魔法を頼んでいたのは、そのときに婚約者がいなかったから。

師匠である黒騎士の庇護《ひご》下を離れて、一人前となったときから加護魔法を付与するのは婚約者の役目だ。けれど、それから私と婚約を結ぶまでの間、リィナには婚約者がいなかった。だから代わりに加護魔法を付与していたのが、彼なのだろう。

竜や魔獣と対峙《たいじ》するとき、自分を守ってくれる加護魔法。その出来不出来によって、負傷する確率……もっと極端に言うのなら生死を分ける。

自分の命を守る魔法、それを頼む相手なのだから親しくなるのも当然なのだと思う。気安く話が出来て、気心も知れている……友人としての情はもちろんあるだろう、もしかするとそれ以外の情も。もやりとした冷たく重たい感情が胸に湧き上がる。

「……」

「ヨシュア、落ち着いて下さい。年齢も性別も関係なく嫉妬はするものですけど、あまり表に出さない方がいいものです」

ドナルドの手が再度私の肩を叩く。先程より少し強い力だ。

「……し、嫉妬⁉」

感情の制御は貴族に生まれた者として幼い頃から行ってきていて、自分の中に生まれる感情を制御することは得意な方だ。だというのに、胸の中にもやりとした重たい感情、嫉妬が生まれて……それを顔に出していたとは。自分で自分に驚いてしまう。

「ヨシュア、大丈夫です。これから先、婚約者さんに加護魔法を付与するのはキミの役目です。あの予備兵はキミの代わりを務めていただけなんです。これからその役目を担うのはキミなのですよ。彼と婚約者さんの関わりは当然薄くなりますから、嫉妬する必要なんてなくなります」

「……ああ、そう、そうだな」

「黒騎士の伴侶になった白魔法使いは、特別な立場に立つことになります。貴重な人材である黒騎士を護《まも》り、その血を繋いでいくことを求められます……言葉でいうことは簡単ですけど、現実は上手くいかないことの連続ですから」

「ドナルド？」

そう呟《つぶや》くドナルドは酷《ひど》く傷付いたような、悲しそうな顔をした。そして首を小さく左右に振ると、無理矢理作ったような笑顔を浮かべた。

「これから、婚約者さんと仲良くやって下さい。話をすることは大切ですよ、察してくれとか言わなくても分かるなんて、そんなものは幻想です。特にヨシュア、キミは子どもの頃から言葉が足らないことが多いのですから」

十八歳で黒騎士である細君の家に婿入りし、女伯爵でもある細君を支えながら第二魔法師団の予備兵として働き、三人の子どもの面倒もみている、と聞いた。現在細君の腹の中には四人目の子どもが育っているとも。

私の目に映るドナルドは幸せを掴んだ男だ。

白魔法使いとして最高の栄誉である黒騎士の伴侶となり、婿入り先では討伐任務と領地運営を助けつつ、子どもにも恵まれているのだ。しかも、最初の子どもは五歳になって受ける魔力検査の結果、〝古代魔法の適性あり〟と出て将来の黒騎士に内定したらしい。

黒騎士の子どもたちには新たな黒騎士を求められているけれど、そう上手く才能が受け継がれるわけではない。能力の高い黒騎士の子どもたちの誰一人としてその才能を受け継がなかったなんてことは、よくある話だ。

そこを考えれば、すでに才能のある子が生まれているのだから、ドナルドは伴侶としての義務も果たし、安定した将来を確約されている。だが、これはあくまで私から見えるドナルドであって、実際は私には分からない苦労が沢山あるのだろう。

「ありがとう、ドナルド。キミの助言はいつだって的確だ」

ドナルドは頷いて、今度は本当の笑顔を浮かべた。優しい色合いの心優しい学友の気持ちに、私も自然に笑みが浮かんだ。

私はこの助言をもっと真剣に受け止め、自分の行動に反映するべきだった。自分が言葉足らずになりがちな人間だということは自覚していたのだし、助言まで受けていたのだから。

＊　□　＊

「……おっしゃることは理解出来ます。ですが、ここまで頻繁では困ります」

リィナとの結婚はつつがなく済んだ。

本来なら盛大な結婚式を大聖堂で執り行い、侯爵家でお披露目パーティーをこれまた盛大に開く、というのが貴族として正しいのだと思う。ただ、リィナが半泣きになりながら「豪勢過ぎるものは勘弁してほしい」と懇願して来たため、侯爵家としては過去に類を見ない小さな式を挙げた。

タウンハウスからほど近い小さな聖堂での結婚式。

私の側からは母と妹、妹の婚約者、叔父と従兄弟、上司であるハーシェル宰相と仕事仲間のコネリー補佐官とバージル。リィナの側からは師匠であり親代わりのアレクサンドル・ヴァラニータ卿と細君、兄弟子であるコーディ・マクミラン卿と細君、バクスター黒騎士団長とギール副団長。リィナの同期で親友だという女性黒騎士が二人と例の予備兵。

式の後の披露宴も、聖堂の横にある庭で立食のガーデンパーティーを開くのみ。貴族らしさなど全くない式。けれど、小さいが清廉な空気の満ちた聖堂で愛を誓い、豊かな木々と美しい花々が咲き誇る庭で親しい人たちだけが集まった披露宴は、良いものであったと思う。

招待した方ひとりひとりに挨拶をして話をする時間もしっかりとれたし、立食とはいってもきちんと食事をすることも出来た。香水や煙草などの匂いもない、心地よい風とほのかに香る緑と花の香の中での式は新鮮に感じた。

デザインを最初から作り上げるようなドレスはリィナがまた遠慮したため、基本のドレス型からデザインを追加するような形でオフホワイトのドレスは作られた。そのドレスと私の色である翠《すい》玉で出来た装飾品を身に付けたリィナは、美しかった。文句なしにとても美しかったのだ。

「リィナは私たちにとって大事な友人であり、仲間であり姉妹。彼女を婚約中に大事にしてくれていたのか。結婚して、これから大事にしてくれるのかどうかを確認したいのです」

「ですから、包み隠さず話していただきたい」

リィナと同期の女性騎士ふたりから詰め寄られ、今までのことを根掘り葉掘り聞かれたことも良い思い出になった。私の知らないリィナの一面や、学生時代の交流関係を知ることが出来たのは純粋に嬉しく感じる。リィナと彼女たちの友情も微笑ましい。

私たちは黒騎士と白魔法使いの契約という意味合いの強い形で出会った。契約の意味合いが強い状態で婚約を経て、結婚をした。

だが、出会いや始まりがどうであったとしても、この先の関係は変えていける。

私は、縁あって夫婦となったリィナをこの先守っていく……それを小さな聖堂に祀《まつ》られた神に、参列者たちに、リィナ本人に誓った。

それもかれこれ三年ほど前のこと。

この三年近く、リィナと私の関係は概ね良好だ。それぞれに仕事があり、その都合によっては数日顔を見ることが出来ないなんてこともある……が、それでも同じ家に帰りひとつの寝台で眠り、同じ食事をとり夫婦として生活してきた。

だが、ここ二か月は業務が忙しく自宅に帰るのは夜遅くなってから、帰ることが出来ない日もある。リィナの方も時間が読めないでいるため、彼女の装備に加護魔法を付与する時間を確保することが難しい。空き時間を強引に確保して付与したり、リィナにこちらへ出向いて貰って付与したりと工夫しているが限度がある。

「ですが、次代を支えるための実地経験を積むことが出来るのは、補佐官時代だけなのですよ。ヨシュア、キミは次の宰相になる可能性が高いのですから、今が頑張り所です」

コネリー補佐官の言うことは理解出来る。私が独身であったのなら、躊躇《ためら》うことなく了承していた。だが、今の私は自分の都合だけで動ける立場にいない。

「しかし、こうも長期で何度も王都を留守にするようでは……妻に対する責務が果たせません」

メルト王国の国土は世界各国と比べると中規模、という程度だ。それでも、地方都市に視察に出れば二週間から三週間は王都を留守にするなんてことは当たり前。場所によってはひと月以上不在となる。

それに私が参加してしまっては、その間リィナが討伐に赴く際私の加護魔法を付与することが出来ない。魔法の付与が出来なければ彼女を危険にさらすことになってしまう。それは駄目だ。加護魔法の付与なしでの討伐任務に行かせることなんて、夫として許可出来るはずがない。

「はい、そこは心配ありません」

しかしコネリー補佐官は、そんな私の気持ちを無視してまるで子どもを諭すように微笑んだ。

六十歳も近付き、一見好々爺《こうこうや》という印象だ……実際、常に穏やかで怒った所など見たことはない。

だが、驚くほど粘り強いことを私は知っている。

「リィナ卿が討伐に出なければキミが加護魔法を付与する時間が取れない、という問題は問題になりませんよね」

「はい？」

「黒騎士としての仕事はなにも討伐だけではありませんよ。騎士学校で後進を育てるのも、立派な仕事です」

私の記憶が正しいのなら、騎士学校の教官は元騎士が大半を占めている。年齢的なことで引退した者、ケガや病気など何らかの理由で一線を退いた者たちの再就職先、という印象が強い。

「リィナに一線を退けと？」

「……悪い話ではないと思いますよ？」

「妻を安全な職場におけば、彼女のことは放置しておいてもよい。だから私は独身時代と同じように、仕事に専念しろとおっしゃりたいのですか」

騎士や猟兵、冒険者というものを職業にしている者の中には、『戦うことが大好きだ』という人種が一定数存在していることを知っている。強くなること、魔獣や竜と戦い命のやり取りをすることで生きていると実感出来る、などといっていた。

リィナは黒騎士という立場にいるが、決して望んで戦いたいわけではない。〝古代魔法の才能がある〟者は黒騎士となって竜と戦う、そういう法律だからそれに従っているだけ。これはリィナと夫婦として一緒に三年暮らして分かったことだ、彼女は戦うことが好きではない。

だから、コネリー補佐官の言うように騎士学校の教官職に就くことは、リィナにとって悪い話ではないのかもしれない。けれどそれをリィナが言い出したわけでもないのに、こちらが勝手に決めてしまうことが嫌だった。

「もう少し前向きに考えて下さい、リィナ卿は傷付くことも命の危険にさらされることもなくなります。それに……お子が出来ても安心でしょう？」

黒騎士と白魔法使いの間には子どもを沢山作ることが推奨されていて、多ければ多い方が良いとされている。〝古代魔法の才能〟を持つ者持たない者の差、については未だ解明されてはいない。けれど血筋で受け継がれるのではないかといわれていて、黒騎士の子どもや孫に新たな黒騎士が多いのは事実だ。

当然、私とリィナの間にも子どもが望まれている。けれど……

「家に戻る時間もないほど仕事であちこち飛び回れ、といわれているのに子どもなんて……」

「永遠に会えないわけではないですよ。双方で飛び回るよりは、片方が王都に定住している方が会えるようになります。まあ、騎士学校でも合宿などありますから、絶対自宅に帰れるという約束は出来ませんけれど」

ニコニコと笑いながら言うコネリー補佐官を見ながら、この人が引くつもりも折れるつもりもないのだと分かった。

「…………仕事のことも、妻の職場のことも考えさせて下さい」

「前向きに検討して下さいね。良いお返事を待っています」

長年宰相閣下の補佐をこなして来た歴戦の文官は、柔らかくも押しが強い。私は大きく息を吐きながら、友人に相談してみようかとふと思った。

リィナと暮らす西館は静かだった。

侍女やメイドは昼間に仕事をこなしにやって来て、終われば本館に戻っていくので夜になればいなくなる。リィナが討伐で留守にしていれば西館には私一人だ。

以前は一人の静かさを愛した、静寂の中で好みの茶を嗜《たしな》んだり、流行の本を読み進めるのは私の楽しみだった。けれど、今は一人きりで西館にいるのが少し寂しい。

リィナは現在オールポートの第二砦勤務中で、留守にしているのだ。

オールポート領の近くには〝蒼《あお》の大砂海〟と呼ばれる魔獣と竜が暮らす砂漠が広がっている。

世界中には数え切れないほどある魔獣や竜の暮らす場所があるが、我が国では特に大きな〝深淵の森〟と〝紅霞《こうか》の大渓谷〟と合わせて三大魔獣地区と呼ばれているのだ。

大型の竜が多数生息しているため、私の持つ最強の加護魔法を最大限に付与して討伐に向かわせたが……心配でならない。

『……色男はため息を付く姿も絵になりますね』

時折ドナルドとは魔力を含んだ水晶柱を使った固定式魔導通信具を介して話をしている。魔導通信具は双方にこの道具があれば離れていても魔力を使うことで、顔を見て話が出来る便利な道具だ。だが、大量の魔力が必要なため水晶柱は巨大になり、持ち運ぶことはほぼ不可能。

今後の小型化が待ち望まれる道具だ。

同じ立場にいる者がいて、似たようなことで悩んだり、心を痛めていると分かるだけでも気が楽になる。

「からかわないでくれ」

『本気で言っているんですよ、僕は。……ヨシュア、なにかあったのですか？』

魔導通信具に映し出されるドナルドが首を傾げる。

『リィナ卿、今は討伐中ですよね。心配だし、不安になる気持ちは分かります。自分に出来る最大の魔法を付与して送り出したとしても、不慮のことは起こり得ますから』

「そうだな、心配ではある。それもあるけれど、少し悩んでいるんだ」

『どうしたんです？』

私はコネリー補佐官からの話をかいつまんでドナルドに語った。自分の宰相補佐としての立場から、国内外への長期出張が増えそうなこと、それに伴いリィナへ前線を退いての教官勤務を、リィナの希望を聞くことなく勧められていること。

酒を注いだグラスを手に取れば、中の氷がカロンと高い音をたてて転がった。

ドナルドは黙って私の話を聞き、大きなマグカップで飲み物をひと口飲んでから笑った。私が悩んでいるというのに笑うとは……そもそも笑うような要素など、どこにもなかったはずだ。

「……他人の不幸は蜜の味、か？」

『そうじゃない、そうじゃないんですよ。嬉しかったんです』

「嬉しい？」

『はい。キミがリィナ卿と良い関係を築いていけてるって分かって、嬉しかったのです。ほら、キミと卿との結婚は異例のことだったたし、急だったから、上手くいくだろうかと心配したので』

そういえば、ドナルドに私の結婚相手が黒騎士だと話したとき、酷く驚いていたことを思い出す。

自分自身のことに当てはめたら、きっと不安要素が多かったのだろう。

『だから、相手のことを想ったり心配したり、先のことを考えてあげることが出来ている。そういう風に思いやっていることが嬉しかった。キミの悩みについて笑ったんじゃないんです』

「そうか」

『それで、卿の任務内容についてなのですけれど……騎士学校の教官、というのは悪い話ではありません。僕の妻も臨時教官として教壇《きょうだん》に立っていますから』

ドナルドの細君は騎士学校で地理学を教えていて、それが黒騎士としての責務として認められているそうだ。女性の黒騎士には出産が伴うため、討伐という責務ではなく後進の教育をおこなっている人は多いらしい。

『まあ、言い方は悪いのですが……女性騎士に関しては討伐に出るより、子どもを産んで育てることが望まれています。今までの統計的に父親が黒騎士よりも、母親が黒騎士の方が強い古代魔法を使える傾向があるらしいんです。黒騎士が生まれる割合も少しばかり高いらしくて』

「なるほど、討伐は男性騎士に任せて、女性騎士は子どもを産み育てろということか。黒騎士は圧倒的に男が多いから、数名の女性が討伐に参加しなくてもなんとかなるわけだな」

『そうです。古代魔法の使い手は生まれながらの才能に左右される、ですから国もなりふり構っていられないのでしょう。それに……こんなことを僕が言うのは間違っていることは分かってます、黒騎士の伴侶として失格なのも分かっているのですけれど』

ドナルドは内緒話をするように通信魔道具に近寄り、声を落とす。直接会っているのならともかく、通信魔道具越しに声を落としてもあまり意味はないように思う。が、気持ちはよく伝わる。

『……自分の伴侶が討伐で危険な目に遭わない、というのはとても安心します。伴侶が討伐に出ている人たちには言っちゃいけないことだと分かってはいるんです、だから、本当はキミにだっていったらいけないことです。でも、万が一のことが起こらないという事実は、とても重要なのです』

確かに、黒騎士の伴侶としては失格なのだろう。

国を国民を国民の生活を命がけで守る、それはどの騎士団に所属する騎士であっても関係ない、騎士職にある者全員の責務であり矜持《きょうじ》でもある。それを否定するようなことは単純に考えて駄目だ。

でも、大切に想う相手が命を失う心配がない、学生相手に歴史だの地理だのを教えていることが安心、という気持ちは理解出来る。

『だから、ヨシュア……卿と話し合って希望を聞くことは大切ですけれど、教官職でいれば安全です。命の心配も負傷の心配もありません。それが大事だということは、分かって下さい』

誰だって大切に想う伴侶に危険な目に遭って欲しくなどない。

黒騎士とその伴侶である白魔法使い、その関係で出会って縁付いたけれど、自分たちは結婚し想い合う男と女だ。そうドナルドは言い、リィナの教官職については前向きに検討してみてはどうか、と助言をくれた。

「……相談してみる。ドナルド、ありがとう」

素直に感謝の言葉を述べることが出来た。

言葉足らず、と学院で周囲から認定されていた私だ。未だ足りていないのだろうと想像するが、リィナとお互いに歩み寄り家族になる努力をすると誓った、その成果がドナルドとの関係にも良い方向に出ているのではないか、そんな風に思えた。

＊＊＊

リィナが討伐から戻って来る予定日を数日過ぎた日の朝、本館で暮らす母からの呼び出しを受けた。「朝食を一緒に」という内容だったが、また茶会を開きたいとかドレスを作りたいとか、自分に対する予算が少なすぎるとかいう話があるのかと思うと、朝から気が重くなった。

侍女に案内されて本館に入り、母と二人、食堂に用意された朝食を食べる。食後のお茶を飲んでいると、ようやく母が口を開いた。

「あの子はまだ戻って来ないのですか?」

母はリィナのことをいつも〝あの子〟と呼ぶ。未だに私の伴侶として認めることが出来ないでいるのだろう。それでも、彼女のことを気にかけるようになっただけでも進展したと思う。

「はい。数日予定が長くなることはよくあるそうですから」

よくあること、とは聞いているが不安にはなる。予定が延びているということは、討伐になんらかの問題があったということだ。

「……そう」

「はい」

リィナに危険が及んでいる可能性、それを考えると胸が冷える。それを紛らわすように温かい紅茶のお代わりを貰っていると、遠くから悲鳴が聞こえた。

声に驚き、そのままの勢いで食堂を飛び出す。悲鳴とざわめきを辿ればそこは西館で、嫌な汗が背中を流れた。

西館の中に飛び込めば、砂や土の湿った匂いに血や腐敗臭の混じった匂いが充満していた。

エントランスの隅には洗濯物を回収に来たらしいランドリーメイドが座り込んでいて、洗濯物の入った籠が転がっている。そしてメイドの視線の先に匂いの元がいた。

土に汚れ、変色した血にまみれ、ぼろぼろになった格好で床に座り込んでいたそれは、ゆっくりと顔をあげた。

「……あ、お騒がせしてしまって、ごめんなさい」

「リィナ！」

「やっと戻って来られたと思ったら、力が抜けてしまって。驚かせて、本当にごめんなさい」

「そんなことより、大丈夫なのか⁉」

手を伸ばすが、リィナは首を左右に振って近付く私を制した。

「大丈夫です。汚れてますから、触ったら駄目ですよ」

「しかしっ」

「本当に大丈夫です、ご心配には及びません。すぐ身綺麗《みぎれい》にしますから……お話はその後で」

「馬鹿を言うな、どこが大丈夫なんだ。私の目には大丈夫な所が見つけられない」

リィナの言葉を無視し彼女を抱え上げる。

「ちょっ……下ろしてください！　重たいですし、汚れますからっ」

頬と耳を赤く染め、リィナは身じろぎする。討伐の時に身に付ける装備を全て纏っているはずなのに、リィナの体は想像よりも軽い。その華奢《きゃしゃ》さに内心酷く驚いた。この細い体で竜に立ち向かうなど……信じがたい。

使用人に風呂と着替えと食事の用意を言いつけて、奥にある浴室へと向かう。

「文官の私に抱え上げられるようでは、重いとは言わない」

「ヨ、ヨシュア様！　でも、下ろしてください、自分で歩けますからっ」

「私が運んだ方が早い」

脱衣場にある椅子にリィナを座らせ、ローブと肩当てや胸当てなどの装備を外してやる。

私の持つ最大級の加護魔法を付与したつもりだ。防御魔法、身体強化魔法、速度上昇魔法、持続回復魔法、結界魔法。リィナの戦い方を考慮すると、重装備とはいかないため身に着ける肩当てや手甲、胸当て、ブーツ、ローブその全てに付与した。耳飾りにも回復魔法を付与させておいた。

それでも装備はボロボロになっていた。

手甲など、これがなければ手が千切れていたのではないかと思うほどひしゃげ、強度を失っている。

私の指が触れた所から崩れたのには、心底驚いた。肩当てにも大きなヒビが入り、彼女が握り込んだままでいる主武装の大弓にも爪で引っ掻《か》いたような傷がいくつも付いていた。

もし、私の加護魔法が僅かでも劣っていたら……そう思うとゾッとする。

使用人たちが慌ただしく用意した風呂にリィナを押し込み、侍女に入浴の手伝いをするよう命じてから、私はボロボロになった彼女の装備を手に西館の居間に戻った。二度と使い物にはならないその装備品を見て、私は何度も何度も恐怖を感じた。

それは、例えようのない深い恐怖。妻を失うかもしれない、という恐怖。

その後、騎士団からの報告でリィナが今回行った討伐にて、一人の黒騎士が重傷を負い一線から引くことが決まったと聞いた。〝蒼の大砂海〟に新種の竜が現れ、その黒騎士は片足と片目を失い、背中に巨大な裂傷を負い引退を余儀なくされたと。

新種の竜に対する対応は難しく、討伐に苦戦したらしい。討伐が延びた理由はそこにあった。新種の竜と遭遇する確率はかなり低いらしいけれど、今後も絶対にないとはいえない。

こんな討伐が毎回続いたら、近いうちに取り返しのつかないことがおきそうな気がする。

引退を余儀なくされた黒騎士が、リィナだったら？　手足をなくし、大きな傷を負ってリィナが帰って来たら？　もし、物言わぬ冷たい骸《むくろ》になって、帰って来たら？

想像するだけでゾッとした。心臓が凍り付きそうな感覚だ。

ドナルドの「万が一のことが起こらないという事実は、とても重要なのです」という言葉が頭の中に響く。騎士の伴侶として間違っていると私も思う、けれど今の私には友人の言うことがよく分かる。

手の中で粉のように砕けた手甲を眺めながら、私は心を決めた。

己の妻を守る行動を迷うことなく取ろう、と。

＊　■　＊

月日が流れるのはとても早い。年齢を重ねてからは、より一層早く感じる。

私がヨシュア様と小さな聖堂で結婚式を挙げてから三年、王国暦は７８４年になった。

長い間お世話になったローチ黒騎士団事務局長が年齢を理由に退任されて、新しい事務局長に変わった。若くて、優しくて、貴族学院では王太子殿下のご学友でもあり信頼も厚く、ご本人も女性黒騎士の伴侶の白魔法使いとしての責務もこなしている人物らしい。

一度だけご挨拶をしたけれど、有能を寄せ集めて出来たような人だと思った。まあ、私のような平の黒騎士にとっては雲の上の人なので、事務局長の交代はローチ事務局長が居なくなるという少しの寂しさを伴う程度のことだった。

この三年、ヨシュア様との結婚生活は順調……だった。けれど、最近は全く顔を見ていない。王宮での仕事が忙しいらしく、ほとんど帰って来ない。グランウェル侯爵家の西館は夫婦二人暮らしのはずなのに、すっかり一人暮らしのようだ。おかげさまで、居心地がとても悪い。

元々タウンハウスに暮らす前侯爵夫人と使用人たちは、ヨシュア様と私の結婚に賛成していない。それでも西館で私たちが快適に生活出来ていたのは、ヨシュア様が暮らす家であったからだ。

私ひとりが暮らすために整えている家ではない……使用人のほとんどが、そう思っている。だから、ヨシュア様があまり帰って来なくなって以来、当たりが強い。

私自身、砦勤務が増えたり少し離れた地域への討伐任務が入ったりして、西館に暮らす時間が減っているのがせめてもの救いかもしれない。使用人たちのつっけんどんな態度や物言いは、結構心に堪《こた》えるのだ。

ヨシュア様と顔を合わせないことで困るのは、装備に加護魔法の付与をして貰えないこと。討伐任務や砦勤務がないときは問題ないのだけれど、あるときは困る。加護魔法のない、無防備な状態での討伐は私の命に関わるし、共に戦う黒騎士たちの命にも関わる。

私自身が会えなくて寂しい、西館でひとり暮らしは寂しいと思うのは……別の問題だろう。

三日後から、私には砦勤務が入っている。その砦は三大魔獣区域と呼ばれる魔獣や竜が多く出る箇所に程近いため、準備は万全にしたい。けれど——

「先ほど王宮より連絡が入りまして、ヨシュア様は週が明けるまでお戻りにならないそうです」

そうつっけんどんな侍女に言われてしまった。週が明けるまでって、その頃私は砦に勤務中だ。どうにも時間の都合が合わない。

ならば、装備を持って王宮にいるヨシュア様の元へ出向いて、休憩時間に加護魔法を付与して貰うしかない。今までも、何度かやって貰ったことがある方法だ。

私は自分の装備を確認しながら、まとめはじめる。ヨシュア様が加護魔法を付与するだけ、の状態にして行けば大幅に時間が短縮出来て、お邪魔する時間が短くなるはずだから。

肩当てや胸当て、手甲などを確認していると、本館から前侯爵夫人がいらっしゃった。侍女ふたりとキャメロン執事を引き連れて、突然のご訪問だ。

「少し、よろしいかしら？」

「は、はい」

私に否やは許されない。執事と侍女、六つの目が私を射抜く。

「あなたは、ヨシュアが今どのような立場に居るのか、理解していますか？」

「……え？」

前侯爵夫人はソファにゆったり座ると、扇を手に握った。

「あの子は今、大事な立場に居ます。将来、宰相という立場になるために必要なことをこなす時間を過ごしているのです」

「は、はい」

「今の時間がどれだけ大切なものなのか、あなたは全く理解していないようです。ですから、はっきりと申します、いいですか？　ヨシュアの仕事を邪魔するようなことは止《や》めて頂戴」

前侯爵夫人の言葉に対して、キャメロン執事は補塡するように言葉を続けた。

「つまり、それを持ってヨシュア様の元へ行くのを今後一切止めるように。ヨシュア様のお邪魔になるようなことはするな、そういうことです」

「えっ、でも……それは困ります！　討伐任務に当たるというのに、竜や魔獣から人々を守るための準備をするなというのは……」

私が言い切る前に、テーブルにお金が入っているらしい革袋が置かれた。中身のコインが動き、ジャラッという音が響く。

「ヨシュアとの結婚前、あなたは有償で魔法の付与をお願いしていたのですってね。その白魔法使いの方にまたお願いしたら良いではないかしら？　お金さえ払えば問題ないのでしょう？　そのお金を使って構わないわ」

「そういうことでは……！」

魔力の相性について、ご存じでいるはずなのに！

「こちらを預かっています」

キャメロン執事は上着の内ポケットから一通の封筒を取り出し、差し出して来た。宛名は私、差出人は黒騎士団事務局。

封筒を開ければ一枚の用紙が入っていて、そこにはまるで教科書のお手本のような美しい文字。

『討伐任務及び呰勤務により一層励むよう求める。しかし、伴侶の仕事を煩わすことなかれ』

お仕事が忙しいヨシュア様から、加護魔法の付与を貰うことは駄目。けれど、竜や魔獣の討伐は頑張るように……新しく就任した黒騎士団事務局長じきじきのお手紙は、そんな内容だった。

「……そんな」

「ヨシュアを大事に思うのならば、気を遣ってくださるかしら。お願いしますわね」

前侯爵夫人は立ち上がり、やって来たときと同じようにゆったりと居間から出て行く。

「ああ、そうだわ。……あの子があなたと暮らすこの西館に帰って来ない、その本当の理由も察してくださいね」

侍女をふたり引き連れて、前侯爵夫人は西館を後にした。うるさいわけじゃない、強い口調で話をしたわけでもない、けれどまるで台風でも通った後のように私の心は疲弊している。

「……ヨシュア様がこちらへ戻られない、その本当の理由、分かっていますよね？」

「本当のって、お仕事が忙しい……のですよね。だから、帰宅している時間がないと」

キャメロン執事は首を左右に振って、大きく息を吐き出した。その表情は〝本当に理解出来ていないなんて〟と馬鹿にするような顔。

「あなたに会いたくないから、とは思わないのですか?」

「え……」

「お仕事が忙しいことは確かです。今、ヨシュア様は王宮文官としてとても大事な時間を過ごしておられます。けれど、何日もご自宅に戻られないなんて、そんなことがあり得ると?」

息が詰まる。西館に帰ってこない理由は、まさか、私と会いたくないから……? 会いたくないから、表向きの理由を前面に出している?

「本来なら、ヨシュア様の奥様には文官として名高い家柄のご令嬢がふさわしい。侯爵家を継がない、そうお決めになられたのですからより一層貴族同士、横のつながりが大事になるのです。それなのに……いくら国の決まり事とはいっても、あなたのような者が奥様ではね」

「……」

「ヨシュア様がここにお戻りになられたとき、穏やかに過ごしていただくためにも……あなたには先のことを考えていただきたい」

結婚して三年、上手くやれていると思っていたのは、私だけだった? 私の独り善がりだったんだろうか? 守って貰ってばかり、支えて貰ってばかり、そういう自覚はあった。私がヨシュア様の助けになったことがあったのか? どう考えても、答えは分からない。

「あなたは幸い騎士職です。騎士団には寮が存在しています……暮らして寝る場所には困りませんね。良かったです」

「で、でも……ヨシュア様が私を邪魔だと言ったことは……」

もう何日も顔を見ていない。忙しくなり始めたころには届いていた、手紙やカード類も届かなくなった。固定式魔導通信具を介した連絡も、私宛ではなくて侍女や執事に宛てている。

私の顔、見たくない、のかな？

「そんなこと、あるわけがないでしょう？　ヨシュア様はお優しい方ですから。ですが、お帰りにならない、それが答えだと言っているのです」

私は荷物をまとめた。今までに買って貰った物を持ち出すのは、気が引ける。でも、手元にどうしても持っていたい品も数点あって……後で怒られるかもしれない、そう思いながら持ち出すことにした。

お出かけ用の綺麗なワンピース、普段に着るシャツやパンツ、ワンピースを数点。結婚の記念に贈られた翠玉の耳飾り、一年ごとの記念に贈られた首飾りや腕輪などの記念品。それだけは持って行きたかった。

騎士としての装備一式と手入れ道具をまとめ、騎士服を身に付ければ……それで支度は終わり。

私は翌朝早く、ひとり西館を後にした。きっと、侯爵家では私がようやく出て行ったと喜んでいるに違いない。

ヨシュア様がどう思うのか、本音で私をどう思っているのか……それは今でも分からない。でも、その本音を聞くのが怖い。「キミとは契約を交わしたから、約束をしたから。だから、そう接してきただろう。だから、邪魔しないでくれ」そう言われるのが、怖い。

竜と対峙する、それと同じくらい、怖い。

私は騎士団総局が開くと同時に騎士団寮に再び入り直す手続きを取り、お金の入った革袋を持って三年ぶりにブレンダンの元へ向かう。

白魔法使いの友人は私を見てどんな反応をするだろう？　笑うだろうか、怒るだろうか、それとも呆《あき》れるだろうか？　出来ることなら、笑い飛ばして欲しい。

「……な、なんでこんなところに居るんだよ⁉」

直接顔を見るのは久しぶりである友人の声は、人気のない食堂に響き渡った。

四章　彼と彼女の縁が切れるとき

メルト王国暦　785年

治療院を退院し、王都へ向かう辻馬車《つじばしゃ》に乗った。王都には、途中の街や村で馬車を乗り換えながら五日ほどかかる道のりになる。

まだケガが完治していないので、途中の街で休息を入れながら辻馬車を乗り継いでゆっくり王都へと戻って来た。

王都中央にある馬車溜《た》まりで辻馬車を降りて、メルト王国騎士団総本部へと向かう。七の月の末までに提出するように言われていた書類提出日が迫っていたから。

総本部は全ての色の騎士団を取り纏《まと》める部署、退団届や退寮届は黒騎士団事務局本部ではなく、総本部事務局に提出するものだろう……と思う。もしも違っていたら、総本部事務局から書類を回して貰《もら》おう。

白っぽい石造りの建物に入り、受付を通り越して事務局の窓口に向かった。受付にはまだ若くて可愛い女性事務官が座っている。

「すみません、書類の提出に来ました」

「はい。書類をお預かりしますね」

女性事務官は笑顔で私が出した書類と、私の身分証明章でもあった騎士章を受け取る。その場で書類の内容を確認し、代わりの身分証明章を受け取れば退団手続きはおしまい。

入団するときは体力・実技試験や筆記試験、面接など沢山の試験があるのに、辞めるときはあっという間だ。

「あと、こちらのお手紙を預かっています」

「ありがとうございます。長い間お世話になりました」

そう言って手紙を受け取って立ち去ろうとすると、総本部事務局にいた全員が仕事の手を止めて立ちあがり騎士礼を取った。

「「長い間、お疲れ様でした！」」

「こちらこそ、ありがとうございました」

騎士礼を返してから、私は騎士団総本部事務局を後にした。その後、使わせて貰っていた騎士団寮の部屋を片付ける。大した荷物はなかったから、あっという間にそれも済んだ。

騎士団の礼服は寮監督を通じて返却して、普段着ていた騎士服は好きにしていいと言われたから荷物に入れた。一応、記念品的な気持ちで。

その後、下町にある宿屋に部屋を取って一息ついてから騎士団総事務局で受け取った手紙を見る。

真っ白で上質な封筒には、一角馬と蔦《つた》模様の封蠟《ふうろう》。グランウェル侯爵家からのお手紙だった。

＊＊＊

翌日、宿屋で一泊した私は荷物を預けて、王都貴族街の一等地にあるグランウェル侯爵家のお屋敷に向かった。

王都に戻り次第、いつでも構わないので顔を出すように、という内容の手紙に酷《ひど》く緊張する。侯爵家からの呼び出しといっても、ヨシュア様からではない……前侯爵夫人からの呼び出しだ。緊張するなという方が無理。

グランウェル侯爵家の敷地に足を踏み入れるのは久しぶりだ……結婚して三年はこの敷地にある西館を家にしていた。敷地に足を踏み入れるのは一年ぶりになる。

一年と少し前くらいからヨシュア様はあまり西館に帰って来なくなって、魔法の付与も王宮で隙間時間を狙って行う感じになった……主のいない西館に暮らすのは侯爵家に関係する人たちの目も冷たくて厳しくて、結局耐え切れずに出てしまった。騎士団寮の狭くて簡素な一室がとても暖かくて、安心出来た。

ヨシュア様がいたころの西館は、とても安心できる私の家だったのに。遠い昔のことのようだ。

敷地東側にある使用人用の出入り口から中に入り、本館裏にある呼び鈴を鳴らせばキャメロン執事が顔を出した。

「……黙ってついて来なさい」

「はい」

侯爵家の本館に入るのは二度目、一度目は四年前に宰相補佐様と婚約したあとご家族に挨拶へ伺ったときだ。あのときから今まで一度も本館には立ち入ったことはない。以前と変わらず、本館は豪華で目がチカチカするほど立派だ。落ち着かないのも変わらない。

庭に面したサンルームに入れば、ヨシュア様の母君シャーリー夫人がいらした。落ち着いたデイドレス、装飾品の類いは最低限という感じで、丸いテーブルにはお茶とお菓子が用意されていたけれど、夫人の分だけで私のものはない。

「……大きなケガをしたようね」

「申し訳ありません」

夫人は杖《つえ》に縋《すが》って歩く私を見て、不愉快そうに眉を顰《ひそ》めた。

「騎士団を辞めることとなった、と聞きました。そのケガが原因ね？」

「はい。申し訳ありません」

キャメロン執事が私用の簡素な椅子を運んで来て、夫人の正面に置いて「座りなさい」と言われるまでしばらくの間があった。夫人からしたら、平民である私と同じテーブルにつくことは覚悟がいることとなんだろう。

「ヨシュアとあなたが結婚して、四年になりますわね。早いものです」

「はい」

「大前提として黒騎士であるあなたと白魔法使いであるヨシュアが婚姻関係にある、ということも理解していますわね？」

夫人の言おうとしていることは察することが出来た。

私が黒騎士であるからこそ、ヨシュア様との婚姻関係が成立していた。けれど、私が黒騎士でなくなれば……その関係は成り立たない、そういいたいのだ。元々夫人も、妹様もヨシュア様と私の結婚には賛成してなかった。けれど、黒騎士と白魔法使いという名誉があったから、国で決められたことであったから渋々認めていただけ。

今の私に、彼の隣に立つ資格はないのだ。

「あの子はあなたとの結婚を機に侯爵家当主にはならないと決めました。文官として生きるのだと……わたくしはそれを認めました。本音を言うのなら、亡き旦那様に続いてグランウェル侯爵家の当主となって欲しかったけれど」

夫人は小さく息を吐いた。最愛の息子に侯爵家当主になって欲しいという自分の希望が叶うことはなかった、その現実を認識する度に切ない気持ちと共に息を吐くのだろう。

「あの子が文官として生きる、というのならわたくしはそれを応援します。そして、将来は宰相となってこの国を守って欲しいと思うのです。あの子が宰相になる……そのために利になることは、なんでもするつもりです」

テーブルの上に乗っていた小さな銀色のベルを夫人は鳴らした。リリンッと澄んだ音がして、奥の扉が開きキャメロン執事が黒塗りのトレイを持って入室する。

トレイの上には一枚の書類と、羽ペンとインク壺《つぼ》。

「あの子には釣り合った身分で、宰相になるための後ろ盾になることが出来るご令嬢が妻として必要です。あなたとの間には子どももない。貴族は基本的に離縁が認められません、例外的に認められるのが、大きな罪を犯したときと、子が出来なかったときなのです。ご存じかしら、この国の貴族社会では結婚して三年から五年の間に子どもが出来なければ、離縁するか第二夫人を娶《めと》ることが一般的なのですよ」

差し出された書類は〝離縁状〟だ。

ヨシュア様と私が婚姻関係を結んで四年、私は子どもを産んでない。離縁の対象で、さらに黒騎士でもなくなったのなら尚更結婚している理由がない。

貴族社会のことは分からないけれど、きっと文官として出世するためには本人がこなしてきた仕事の内容は当然として、お家柄ものを言うのだろう。ヨシュア様が宰相という地位に就くためには、伴侶の実家、その親類縁者の力というものも必要で、その力のある妻との間に子どもを作ることも必要なんだと思われる。

私にはなにもない。

平民で親類縁者を全員亡くしている私には実家の力なんてないし、子どももない。もし、子どもがいたとしても平民の産んだ子どもだ、ヨシュア様の政治的な追い風になんてなれるわけがない。なにもしてあげられない。

「あなたがヨシュアを大事に思って、好いてくれていたことは感謝しているわ」

「……え？」

夫人が顔を上げて、初めて私を真正面から視界に入れた。薄い色の金髪、薄青い瞳、白い肌に華奢《きゃしゃ》な体格のシャーリー夫人。ヨシュア様も妹のマーゴット様も亡き先代侯爵様の方に似たのだろう、そう思う。けれど、意思の強そうな目元はヨシュア様と同じだと感じた。

「息子を大切にしてくれたのですもの、そこは感謝しているの。世の中には、お互いを大切に出来ない夫婦が沢山いることを知っているわ。だから、感謝していますし……けれど」

「いえ、私ではこの先、宰相補佐様のお役には立てないでしょうから」

羽ペンを受け取り〝離縁状〟に自分の名前を書き込む。

手が震えて、元々きれいじゃない字がいつも以上に汚くなったけれど許して欲しい。

自分なりに大切だと思って、男性として慕い想ってきた相手と突然別れろと言われて、泣き叫ぶことも怒鳴り散らすこともせず、文句も言わずに立ち去るんだから。字が汚いことくらいは、許して欲しい。

「え?」

「そう言えば、一年ほど前のあのときも、あなたはすぐに受け入れてくれたわね」

シャーリー夫人は署名を確認し、書類をキャメロン執事の持つトレイに戻した。書類を受け取ったキャメロン執事は入って来た扉から音もなく出ていく。

「グランウェル侯爵家の一員として、あの子のために、あの子の仕事の邪魔をしないで欲しい、と」

「……はい」

夫人からそのお願いをされたのは、丁度宰相補佐様との時間が合わなくなり始めた一年ちょっと前のこと。〝蒼の大砂海〟で新種の竜が新しく発見され、戦闘になった後くらい。

西館に戻ってくる日も少なくなって、二人で暮らしているはずの西館に私は一人でいる時間が長くなった。最初は届いていた家に戻れないことを謝罪したり、会えなくて寂しいという内容の手紙やカードも徐々に減って、侍女から「本日はお戻りになられないと連絡がございました」と言伝を貰うようになって、最後にはそれもなくなった。

西館に戻る時間がないのならば会いに行けばいい、と加護魔法付与や差し入れを口実に王宮へ出かけていって顔を合わせたりもしたけれど……それも新しく赴任した黒騎士団事務局長と前侯爵夫人から、ヨシュア様は今大事なときなので仕事の邪魔をしないように、と注意されてしまった。

私はヨシュア様と会えなくなった。屋敷の主が帰ってこない西館にひとりで暮らすのも気が引けて、西館を出ることを決めた。キャメロン執事や侍女たちには喜ばれ、呼び出されない限りは二度と来るなと言われた。

彼と会えなくなっても、討伐任務は入って来ることに変わりはなくて、ブレンダンに再び加護魔法付与と魔石への魔力封入をお願いするようになった。結婚する前の状態に戻っただけだ、そう思っていたけれど……実際の落差は激しかった。

ケガが増え、装備を駄目にする確率も高くなった。

ヨシュア様の加護魔法がどれだけ強力だったか、それを実感しながら戦う日々が始まったのをよく覚えてる。竜のブレスを弾き、攻撃を掠《かす》めても傷ひとつ負わなかったのが嘘《うそ》のようだった。

私は席を立ち、正式な騎士礼をした。

「……今までお世話になりました。宰相補佐様に素晴らしいご令嬢とのご縁がありますよう、心からお祈りしております。ありがとうございました」

そう最後の挨拶をして、振り返らずにサンルームを出た。廊下に待機していたキャメロン執事の先導で東側の出入り口からお屋敷の外に出て、敷地の外にも出た。

「二度とヨシュア様にもマーゴット様にも近付くな、おまえはもう無関係の人間だ。平民の分際で貴族の家に入り込もうなど、二度と考えるんじゃないぞ」

そういう言葉が聞こえ、同時に背中で扉が閉まった。

バタンッという重たい音が、宰相補佐様との縁が切れたことを私に教えてくれた。


一緒に行ったレストランは平民的な店が多くて、大皿料理を取り分けるのが上手だった。好きな料理は田舎っぽい煮込み料理で、味覚は平民的なんだなと意外に思ったのを覚えてる。

人生で初めて見た演劇は、魔物の生贄《いけにえ》にされそうになった王女様を勇者が退け、二人で協力して魔物を退治する。協力する中で恋に落ちた二人は結婚して、幸せに暮らすという当時流行《はや》っていた物語だった。面白くて物語の中に自分が入り込んだかのような体験で、とても感動的だった。

劇場では見知らぬご令嬢たちに嫌な話をされたけれど、そこから颯爽《さっそう》と救い出してもくれた。そのときのヨシュア様はとても格好良くて、ドキドキしたのをよく覚えている。

後日その演劇で見たお話の原作となった本を贈ってくれた。それからというもの、一緒に演劇を見に行った後には元になった物語の本が贈られるのが約束事のようになって、思い出をいつでも見返せるようで嬉《うれ》しかった。

結婚の記念に、と透き通った翠《すい》玉の耳飾りを贈ってくれた。宝飾品を異性から贈られるなんて生まれて初めてで、とても嬉しかった。自分の瞳の色の宝石を贈ることは、独占欲とか支配欲の表れだなんて後から聞いて恥ずかしく思ったけど、嬉しかった。

戦うことしか知らずにいた私に、人として女性としての楽しみや幸せを少しずつ教えてくれたのが、ヨシュア様だった。

竜や魔獣と向き合う度に、宰相補佐様の加護魔法が私を助け守ってくれた。あの少し冷たい感じのする魔力が私を包み、守ってくれていて……何度命を助けられたか分からない。

この一年はほとんど会えていなかったけれど、家族として歩み寄る努力をするという私との約束を守ってくれていたと思う。だから、私は彼を好きになったし大事にしたいと思った。今でも思ってる。

黒騎士でなくなった私では、彼の足を引っ張るばかりだ。なんの手助けも出来ない。

貴族街から荷物を預けている宿屋に向かって歩く。出来るだけ人の居ない道を選んで、杖を頼りに進む。

一緒にいるだけが、大事にすることじゃない……離れることの方が良いこともきっとある。

きっとそう。私は、そう思う、思いたい。

宿屋に戻り、借りている部屋に入るのと同時に涙が零《こぼ》れた。目の前が大きく歪《ゆが》んで、呼吸が上がって……私はその場に崩れるように座り込む。

「うえっ……う……ふぅ」

でも、近いうち彼の隣には美しい貴族のご令嬢が寄り添って、彼女と一緒にあの煌《きら》びやかな侯爵家本館で暮らしていく……もう自分は側に居られない。一緒に食事をしたり、一緒に演劇を見に行ったり、街を散策したりはもう出来ない。だって、縁が離れてしまったから。

「うっ……う……」

胸が張り裂けそうに苦しくて、辛《つら》い。人を恋しく想うことが、こんなに苦しいことだとは知らなかった。

零れた涙が膝や床に沢山落ちて、丸い染みを作っては広がった。

この先、私は一人でいるから……もう近付かないから。

好きになった人のことを、たった数年間だったけれど私の夫であった人のことを想い続けることだけは、許して欲しい。

＊□＊

約五か月ぶりに踏んだ故国の土、故国の空気だと思うと自然に足が止まった。故国の土は少し湿り気があって、空気にも水分が含まれている感じがする。

「補佐様？　どうかなさいましたか」

「いや、ようやく帰って来られたなと思ってな」

「ああ、確かにそうですね。隣の国、とは言いましてもキニアス諸侯連合国は海を挟んでおりますから、間に国をひとつふたつ挟んでいるのと同じですよ」

私と共に今回の外遊で海を渡った魔導文官はそう言って笑い、故国の空気を思い切り吸い込んだ。

「国が変われば空気も変わる、と聞いていましたが本当でした」

「そうだな」

キニアス諸侯連合国は乾いていて、空気も乾いた大地の匂いがしていた。気候も環境も違う国の視察は楽しくもあり勉強にもなり、充実していたと言える。

馬車止めに用意されていた馬車に文官たちと乗り込めば、護衛の騎士たちと共に馬車は出発した。

「それよりも、季節外れの大砂嵐とやらのせいでひと月半も街に閉じ込められたのには、参りました。砂嵐を防ぐ技術を実際に見ることが出来たのは僥倖《ぎょうこう》でしたけれど……ひと月半ですよ？」

砂漠と乾燥地帯が多いキニアスでは、砂嵐が最もよく起きる自然災害だ。そのままなにもしないでいては、街も人も砂に飲み込まれてしまう。そのために結界を張る魔道具を街中に配置し、砂嵐の間街は結界に包まれるようになっているのだ。

長ければ二か月にも三か月にもなる砂嵐に耐える強度を保つ結界を維持出来る魔道具、そんなものは我が国にはない。魔導文官や魔道具師たちが目の色を変えたのは、仕方がないことだろう。

「だが、そのお陰で数か月閉じ込められても、街中の人間や家畜が食うに困らない理由を知ることが出来ただろう。実際に目にすることは、大事なことだな」

魔法は竜や魔獣への攻撃や加護魔法に特化した我が国とは違い、あちらでは魔法は魔道具という形で発展していて、攻撃魔法よりは防御や生活魔法など、人々の生活に密着している。だから砂嵐によって街に数か月閉じ込められても、食料や飲料水に困らないようになっていた。

魔道具や生活魔法、各種補助魔法の技術提供を受け、代わりに我が国の加護魔法の技術提供と食料品の輸出での交易、学生の交換留学など……双方の国にとって実のある仕事が出来たと思っている。

「それは、補佐様のおっしゃる通りですけどね！　大変興味深かったですよ！　ですけど、三か月の予定が延びて五か月ですよ。私は婿入りした身なんです、妻と娘から愛想を尽かされて、捨てられるようなことは御免被りたいです」

「……大砂嵐は本当に予定外だったな。閉じ込められていた間に仕事を片付けておいたから、報告と報告書の提出を済ませれば纏《まと》まった休暇だ。家族水入らず、ゆっくり過ごしてくれ」

「そうさせていただきます。土産を気に入ってくれるとよいのですが……」

皆同じような気持ちなのか、他の魔導文官や外務文官も頷《うなず》いているのが見えた。

全員が仕事熱心で向上心のある文官ばかり、だからこそ今回の外遊に選ばれている。仕事にはやりがいを感じているし大事にも思っている、けれど家族や婚約者を蔑《ないがし》ろにしているわけではないのだ。皆、家族や婚約者とは円満な関係でいたいと思っている……それは、私も同じだ。

仕事としては満足しているし充実もしているが、リィナのことがずっと気になっていた。

本人の希望を聞かずに、私は彼女を騎士学校の教官職へと黒騎士団事務局を通じて異動させてしまった。その直後からハーシェル宰相とコネリー補佐官の命により、各国への外遊と国内視察などが始まってしまい、この一年まともにリィナとは顔を合わせていない。

通信魔道具は魔力の量と距離による不安定さがあって、遠距離では使えない。結局のところ、長距離間の連絡手段は手紙しかない。その手紙も外遊中などは常に移動しているために、こちらから出すことは出来ても受け取ることが難しい。

私からの一方通行になろうとも、リィナには事務局経由で手紙はまめに出したし（大砂嵐中は完全に街が孤立していたため手紙を出すこともままならなかったが）、出向いた先で見かけた髪飾りやリボンなどを買っては共に送った。そんなことでリィナの不安やら不満やらを取り除けるとは思っていないし、勝手に転職させてしまったことへの詫《わ》びにもならない。それでも、今の自分に出来る全てだった。

コネリー補佐官がいうには、私の外遊行脚も二年から三年、長くても五年らしい。五年なんて勘弁して貰いたいが、二年程度だと信じている。

外遊行脚が終わったら、リィナとまた一緒に過ごせる。溜《た》まった休暇を使って、侯爵家の領地に行ってもいい。

歩みを止めていた関係も再び二人で進められるだろう。空白の時間が出来たことは残念ではあるが、この先老人になるまで一緒にいるのだから……大丈夫だ、取り戻せる、と思いたい。

＊＊＊

馬車は港街から王都に向かって走り、王宮へと到着した。

留守にしていた間に王都も王宮の装いもすっかり秋めいて、王宮で働く侍女や文官たちの制服も冬物に替わっている。

「今回の長きに渡る外遊、皆のお陰で成功を収めた。ありがとう。大砂嵐という予定外の災害に巻き込まれ、大幅に時間を取られてしまったことは……自然災害とはいえ申し訳なかった。ご家族にも謝罪をしたい。今回の外遊隊はここで解散とするが、各部署にて持ち帰った成果を有意義に使って欲しい。また、後日慰労会を開催するが、しばしゆっくりと休暇をとって体を休め、家族と過ごして欲しい。以上、解散！」

外遊隊を率いていた外務長官長の挨拶がロビーに響き、今回の外遊も無事に終わりを迎えた。

「……お疲れ様でした」

「ああ、補佐官殿もご苦労だったな。今から宰相閣下の元へ？」

「はい、提出用の書類はすでにまとめてありますので、提出し宰相閣下にご挨拶をと」

私と一緒に行った政策課の若い文官たちは、重たそうに報告書類や資料を抱えている。

「仕事熱心なのはいいが、程ほどにするように」

外相文官長はそう言って私たちの肩を軽く叩《たた》き、外相課の若い文官たちを連れて立ち去った。きっと今から外遊で仕入れてきた資料を吟味精査していくのだろう。

本来なら、私もそうしなくてはならないのだろうけれど……さすがに疲れた。この一年弱、ほぼ休みなく海外に国内にと飛び回ってきて、疲労が溜まっている。

「……では、我々も行こう。報告書と資料を提出したら、休暇だ」

「はい」

宰相室に入りハーシェル宰相とコネリー補佐官、同僚のバージルに無事に外遊隊が戻って来たことと、戻りが遅くなったことを詫びた。

「災難だったな、ヨシュア。だが、得られたものは大きかったな」

「はい、我が国にとって良いものを沢山入手出来たと思います」

「ヨシュア、お疲れ様でした。実りある外遊だったようで、喜ばしい限りです。……それで、次の外遊なのですけれども」

コネリー補佐官はにこやかに資料を手に言い出した。

外遊から戻って来たばかりの所へ次の外遊話を持ち出されて、私は驚きを隠せずに息を飲み、ハーシェル宰相もバージルも驚いた顔をして固まった。

「今度は陸続きで期間も短いですから、少しばかり楽ですね。エウーロ王国の……」

「待て！」

ハーシェル宰相がコネリー補佐官の言葉を遮った。

「はて、どうなさいました？」

「ヨシュアは今戻ったばかり、しかも、五か月に及ぶ長期外遊からだ」

「それがどうかしましたか？」

分からない、という顔をしてコネリー補佐官は次の外遊資料を私に差し出す。

「……エウーロ王国への外遊はいつからの予定だ？」

宰相の質問に資料を見ると、五日後の出発になっている。その間にエウーロ国に関する資料を読み直して復習、外遊内容の再確認、各部署との打合せ、人員の選別、日程についての確認などをこなせと？

私は固まり、バージルは頭を抱え、ハーシェル宰相は私から資料を奪い取った。その顔には怒りが見える。

「どうしたのですか、なにか問題が？」

「これで問題がない、という方が問題だろう！」

「なぜですか、ヨシュアならばこなせます。この程度をこなせぬようでは、次代の宰相室は成り立ちません。今のうちに出来る限りの……」

ドンッと大きく低い音が響き、政策課の文官たちも手を止めた。ハーシェル宰相が机を叩くなんてことは、今までに一度もなかった。

「いい加減にしないか。そもそも、この一年の間、ヨシュアがこの部屋の椅子に座っていた姿をほとんど見ていない。常に外遊、外遊、地方都市の視察……なぜヨシュアばかりに外回りの仕事を振るのだ、コネリー補佐官？」

「……彼に期待しているからですよ。この国の次の代、サイラス殿下が王となられたときに宰相室と支えるのは、ヨシュアとバージルなのですから」

「次の宰相室を支えるのが彼らだということは、私も異論はない。補佐官時代にしか経験出来ないことが多くあることも否定しないし、経験は積んで欲しいと思っている」

「では、なぜ私の行動を否定なさるのですか？」

コネリー補佐官は、聞き分けのない子どもを諭すような口調でハーシェル宰相に質問を投げかけた。本気で否定されている理由が分からないといった顔をしている。先代と今代の宰相の右腕として長年宰相補佐を務めたフレドリック・コネリーという男は、こんな無謀なことをするような男だっただろうか？

「なぜ？　ヨシュアもバージルも、ここで働く者全員、働くだけの存在ではない。彼らにも家族があり、私的な時間がある。休暇がなければ疲労するばかりで、質の良い仕事など出来ない。五か月にわたる長期外遊を終えたヨシュアには、休暇が必要だ。そんな当たり前のことがなぜ分からない？」

「……休暇？　ヨシュアに？　そんな、こと……そん……、きゅう……かなんて……」

コネリー補佐官は突然目から光がなくなり、虚ろな表情を浮かべてぶつぶつと小さな声で呟《つぶや》き始めた、光を失った目は焦点があっていない。自分の意思や生気が感じられない。

明らかに様子がおかしい。彼はふらふらとした足取りで宰相室を横切って廊下へと出て行く。今の彼は普通じゃない。

ハーシェル宰相は大きな息を吐くと「誰か、コネリーを捕まえてきてくれ」と指示を出し、手にした資料に視線を落として握り潰した。そして、その紙くずとなった資料をゴミ箱に投げ捨てる。

「とにかく、長い間の外遊、資料や報告書作成もご苦労だったな、ゆっくり休んでくれ」

「はい。ですが、エウーロ王国への外遊については？」

「エウーロ王国の外遊には政策課は関係がない。学生たちが主役で文化や芸術関係の交流会だ。おまえが同行する必要はない」

バージルは大きなマグカップで紅茶を飲みながら頷き、キニアスから持ち帰った資料を手にした。

「にしても、コネリー補佐官、どうしたんですかね？　あんな無茶言う人じゃなかったと思ってたんですけど。それに、なんか様子がおかしかったような」

「そうだな、なんだか……急におかしくなったような感じがしたが」

「寝ぼけちゃうような年齢でもないですし、急に変わった感じもして、大丈夫なんですかね」

休暇、という言葉を聞いた後でなにか心ここにあらずという感じで口の中でなにか呟いていた。分からない、ただ不気味だと思うけれど、放置しておくのも落ち着けない。

「コネリーのことは後にしておけ。ヨシュアはゆっくり休むことだ。リィナ卿《きょう》も騎士学校の教官についていたはずだったな、事務局にいってあちらも休暇にして貰うといい」

「あとのことは任せてくれていいから」

ハーシェル宰相とバージルに言われて、私は「では、しばし休暇をいただきます」と頭を下げて宰相室を後にした。時刻は昼前、騎士学校が終わるのは夕方だろうから……今日の夕食からは一緒に食事が出来るだろう。

今日明日くらいには帰ることが出来る、と家には手紙を出しておいたけれど、日にちも時間もはっきりとしていなかった。だから突然の帰宅にリィナも驚くかもしれない。

もしかしたら、リィナは怒っているかもしれない。一年前の討伐任務から教官職への異動は私が勝手にしたことであるし、その話をきちんとする間もなく私は外遊や地方視察に明け暮れて、家にあまり帰っていない。

少しばかり自分の都合のいい方に考え過ぎていたかもしれない。そう思うとリィナに会うのが少し恐《こわ》い。だが、怒っているのならば謝ろう、自分の気持ちや考えを話して聞いて貰う。それと同時にリィナの気持ちも聞く。それで二人の妥協点を見付けるのだ。

私はそんなことを考えながら、自宅に向かう馬車に揺られた。


馬車は王宮から出て城下街の方へと下がり、貴族街へと向かう。貴族街の中でも奥の方に侯爵家のタウンハウスはある。

見慣れたはずの貴族街の景色も、タウンハウスの様子も五か月ぶりに見ると新鮮に思えた。本館はすっかり秋用のカーテンや調度品に変更されていて、窓から見える西館壁は植物で覆われ、それは黄色や赤に紅葉している。

「お帰りなさい、随分と長い外遊でしたね」

本館に入れば母と執事のキャメロン、侍女たちが出迎えてくれた。当然ながらその中にリィナの姿はない、それが寂しく感じる。

「職務のこととはいえ、長く留守にしてしまいまして申し訳ありませんでした、ただいま戻りました。母上もお変わりないようで安心しました」

「ええ。……ヨシュア、話したいことがあります」

母の表情は嬉しそうではありながら、どこか緊張を含んでいるようだった。

＊＊＊

軽く入浴し、着替えてから昼食をとって居間へ入る。

居間も、花瓶もそこに飾られた花も、クッションなども全てが秋らしく整えられていた。侍女が淹《い》れてくれた紅茶も果物の香りのするもの、並べられた菓子も栗《くり》をシロップで煮て砂糖をまぶしたもの。相変わらず母は細々と季節を演出するのが好きなようだ。

大きな夜会に参加してドレスを作り、装飾品を買うことを思えば可愛らしいと思う。

「……それで、改まって話とはなんです？」

ソファに座り、リンゴのような香りのする紅茶を飲めば、母は小さく頷いた。

「まずは書類に署名をして欲しいの」

キャメロンがローテーブルに一枚の書類を出したので、それを手に取る。書類は〝離縁届〟で、なぜかリィナの署名が入っていた。署名の文字は酷く乱れていて、普段彼女の書く文字とは思えないほどだ。

「…………は？」

「あなたの署名が入れば、すぐ王宮に提出します。それから、この中から気に入ったご令嬢を選んでちょうだい」

ローテーブルに載せられた立派な身上書が山を作る。白やピンク色の表紙が付けられた身上書から、その中身のご令嬢が全員高位貴族なのだろうと分かった。

「なぜ、私とリィナが、離縁しなくてはいけないのですか？」

私は母を見つめた。ただ、腹の中に怒りの感情が湧き上がってきていたため、見つめるというよりは睨《にら》み付ける形になってしまった。

母が「ひっ」と小さな悲鳴をあげ、キャメロンが顔を真っ青にして二、三歩後ろに下がった。だが、私は気にせず目線を外さなかった。

「だ、だって……あの子はもう、あなたの妻でいる資格がなくなったではないの」

「なに？」

「だったら、将来宰相という立場に立つためにも、有力貴族のご令嬢を迎えた方がいいわ。あなたは二十代の半ばを超えたけれど、十歳くらいの年の差なんて貴族にはよくあることですし。あちらもそれは納得して……」

手の中で〝離縁届〟がぐしゃぐしゃに潰れていく。

「リィナが、私の妻でいる資格がない、とはどういうことです？　そこから説明していただきましょう、母上」

「……なにをいっているの？　だって、あなた……この一年あの子を放置していたでしょう。加護魔法の付与をする時間もとらないで放っていたから、あの子のことはもうどうでもよくなったのでしょう。人の心は移り変わるものです。ですから気持ちが離れたとしても仕方がないことです」

「……は？　なにを、リィナを放置だなんてしていませんよ！　心変わりなんてとんでもない」

放置した、といわれて殴られたかのような衝撃を受けた。確かにリィナと直接顔を会わせて話をする、そんな時間を作ることは出来なかった。手紙やちょっとした土産を送るなど、出来るだけのことをしたつもりでいるのに、それを放置といわれるとは思ってもみなかった。

「嘘を言わなくても大丈夫よ、あの子自身だってもうあなたと一緒にいるつもりはなかったのだもの。あの子も心が離れていたのだわ」

母は手にした扇を両手でぎゅっと握り込む。

「離縁の話をしたとき、あの子はなにもいわなかった。反論するでもなく、食い下がるわけでもなくすぐに署名したの。だから、もうあの子の気持ちもあなたからは離れていたのよ。離れている時間が気持ちを変えたの。一年って短いようで長いものですもの」

「……そんな」

リィナがなにもいわず、離縁届に署名したと？　信じられない、信じたくない。

「結婚した当初、わたくしはあなたたちの結婚に賛成は出来なかったわ……だって、あの子は平民で孤児で、侯爵家の一員になってもあなたに白魔法使いとしての名誉しか与えてくれないのだもの。でも結婚して四年、あなたたちが寄り添っているのを見て、あの子があなたを大事にしてくれているのを見て、悪くない結婚だったのかもしれないって思い始めました」

母はそう言って膝の上で両手を強く握り込んだ。

「上手くやれているって、わたくしは思い始めていたけれど、あなたは三年であの子を放置した。この一年は宰相補佐として外遊や地方都市の視察に明け暮れて、家に帰っても来ない。加護魔法の付与がなくなったあの子が傷付いて、弱っていっても、構わずに無視して見向きもしなかった」

「馬鹿なっ！　なにを言っているのですか、母上！　リィナが傷付く？　弱る？　あり得ない！」

リィナは騎士学校の教官だ。事務局から渡された書類には、学校での教育内容も入っていた。一年目の生徒に魔獣学（魔獣や竜についての生態を学ぶ座学）と弓術の基本を教えているのだと書いてあった。なにをどうすれば傷付き、弱るというのか。理解が出来ない。

「馬鹿なことを言っているのはあなたです、ヨシュア！　加護魔法の付与も受けられず、討伐に出て無事でいられるわけがないでしょうに！」

「リィナは討伐任務になど就いておりません！　リィナは、騎士学校で子どもたちに教えているのですからっ」

そう言えば、母もキャメロンもまん丸になるほど目を見開き、硬直した。

室内は一瞬だけシンッと静まり返った。

お互い大きな声で叫ぶように話していたから、息が上がっている。呼吸を整えようとする呼吸音が室内に大きく響いた。

「ヨシュア、わたくしはあなたのことを……」

母の声を振り切るようにサロンを出る、背中に母や使用人の声が投げかけられたが無視して西館へと急いだ。リィナと私が二人で暮らす家に。

長く留守をしていた西館は変わらない様子だった。大きな扉を開ければエントランスが広がり、落ち着いた色合いの家具やカーテンが私を迎えてくれる。メイドが掃除を欠かさずにしてくれているお陰か、埃《ほこり》っぽくもなく整えられている。だが、全く生活感がない。人が暮らしている気配や温かさが全くないのだ。リィナはここで暮らしてはいない。

「……」

足早に階段を上り、リィナの部屋に入る。

白い壁に木目が活かされた家具、光が入るレースと深緑のカーテン。寝台、鏡台、小さな衣装簞笥《たんす》。華美な所などひとつもない、落ち着いた空間だ。

衣装簞笥を開ければ、中には普段に着るワンピースやデイドレスが数着。隙間があるところから、着る服を何点か持ち出したのが分かる……シャツとズボン、簡素なワンピースなどが消えていて碌《ろく》な服を持って行っていない。簞笥の中にある小さな宝石箱を開ければ、私が贈った装飾品のほとんどが残されている。

「……どうして、リィナ」

それでもわずかに空いている場所があり、数点だけだが持ち出しているのが分かった。

「あの子は黒騎士団を退団したのです。もう、あなたが一緒にいる必要はなくなったのですよ。今度はあなたが出世するため役に立つ家の、若いお嬢さんに来て貰いましょう？　それがいいわ」

私を追いかけてきた母の、訴えかけるような声が聞こえた。

「どうして、リィナは黒騎士を辞めたのですか？」

「どうしてって、討伐任務で大きなケガをしたのよ。ここに呼んだときも、杖を突いて足を引きずるように歩いていたわ。あの体では騎士なんてとても務まらないでしょう」

騎士を辞めるほど大きなケガ……杖を突いて足を引きずって歩くほどのケガを、リィナが？

「ですから、もうあなたとの関係は……ヨシュア？」

「……私は、なんのために…………こんなことにならないようにと、したつもりだったのに。どうして、こんな……」

リィナを守りたかった。危険から遠ざけ、命の心配がないようにケガをしないように。痛い思いも苦しい思いもしないように。それなのに……私の行ったことは、無意味だったのか。

「ヨシュア、あなた……もしかして、あの子になにか……」

「リィナは討伐任務から、騎士学校の教官へ転属指示が出ていました。私が希望し、転属願を出して騎士団事務局から了承された正式なものです。宰相閣下もそれは確認しておられることですよ、一年数か月前の辞令になりますが」

「そんな、そんなこと……！」

手にした宝石箱の中にある装飾品は、翠玉をはじめ緑色のものばかり、私の瞳の色のものばかり。装飾品としての価値があるものばかりが残っていて、平民でも買えるような値段のものと一緒に、結婚の記念に贈ったものが無くなっている。

記念の品を持ち出したということは、まだ私への想いが少しは残っていると受け取っていいだろうか？

「母上、リィナはいつここを出て行ったのですか？」

「…………かれこれ、一年前になるかしら。ここを出てからは騎士団の寮で生活している、と聞きました。けれど黒騎士を辞めたのなら、騎士団の寮も出ているはずです」

「リィナをここに呼びつけたのはいつです？」

「……ほんの数日前よ」

「では、リィナは今どこに？」

そう尋ねれば、母は顔を真っ青にして「知らないわ」と首を左右に振った。

捜さなければ。そう思いながら、私は宝石箱を元々置かれていた場所に戻す。

叔父の手を借りてリィナの足取りを追いかけ、ケガが今以上悪化する前に保護し療養させなくてはならない。

私と母がいるリィナの部屋の扉をノックする音が響く。

「ヨシュア様、……お客様がお見えです」

侍女の一人が入ってきて、来客を告げた。その慌てた様子から、事前訪問の知らせはなかったらしい。

「誰だ？」

「それが、その……王宮監査官の方でいらっしゃいます」

声を震わせながら侍女は一通の書簡を差し出す。

「その、リィナ様が……今どちらにいらっしゃるのか教えて欲しい、とも仰っています」

「リィナの、居場所だって？」

私がリィナの行方を、居場所を知っていると？

手の中の書簡は、王宮監査室からの正式な召喚状だった。

五章　湯煙の郷の彼女

メルト王国暦　７８５年

国の北側、地図で見れば北の辺境伯様が統治する地域は寒さが早くやって来る。暦の上ではまだ秋のはずだけれど、気温は低く吐き出す息が白く煙った。

郷を囲む森は赤や黄色に葉の色を変えて葉を落とし、常緑のツンツンした葉を持った木々の姿が目立つ。数週間もすれば雪が降り始めるらしい。

ここはメルト王国でも有数な温泉の郷・ササンテ。

湧き出る白く濁った温泉には、疲労回復、冷え性の改善、傷の回復を早める、などの効能があるといわれている。そのため辺境の地であるにもかかわらず、国内外から多くの人が温泉療養や治療にやって来る。

その療養や治療を必要としている人の中には当然貴族も入っているため、領都から離れた温泉の郷にも関わらず警備の赤騎士が配備されて、街の警備を担い魔獣の侵入を防いでいる。

郷は大きく三つの区域に分かれていて、郷の中央には温泉の噴き出る大きな噴水があり、そこを中心に店が並ぶ。その中央から北側に貴族街（貴族専用のホテルや個人所有の別荘など）が広がり、反対の南側に平民街（平民用のホテル、長期滞在用の貸し集合住宅など）がある。

今私が歩く遊歩道は、散策用に整備されたもので郷の外周を一周出来るようになっている。私は遊歩道に設置された魔獣避けランタンに魔力を注ぎながら、歩く練習をしているのだ。

これは歩行訓練というだけではなくて、ランタンに魔力を注ぐことで私が借りている部屋の家賃を無償にして貰《もら》っている、仕事でもあるのだ。年金生活をしながら長期療養をしている私のような者には、こうした小さな仕事でお金を節約出来るのでありがたい。温泉療養の効果で手足の引き攣れが少なくなり痛みも薄くなって、以前より動かしやすくなっているし、この郷に来て良かった。

今日の分の仕事を終えた私は、ゆっくりと遊歩道を平民街の方へ向かう。

貴族街にある貴族様専用施設とは違って、落ち着いて暖かみのあるホテルやレストランが並ぶ。更にその奥には、この温泉郷で暮らしている人たちの生活地域がある。昔からこの郷で生活している人たちの家や、他の街出身のホテルで働いている従業員の寮や集合住宅、地元民用の食堂に食料品や雑貨を扱う店などだ。

私は生活地域に入って一番奥にある薬局へと向かう。メアリという名のお婆さんが営む店で、薬と生薬を使った化粧品や生活雑貨を扱っている。

ドアを開ければ、木製のドアベルがポコンポコンと優しい音を立てた。

薄暗くて、天井からは干した薬草が吊《つ》り下がっている小さな店内。壁に設置された棚にはトカゲっぽいものや、虫っぽいものが入っているビンが並んでいて……まあ、不気味な感じがする。でも、用意される薬は効果抜群なのだから、多少の不気味さや匂いは我慢だ。

「ありがとう、メアリ婆さんまた来ます。お先にすみません」

「あ、お先に」

丁度入れ替わりになるらしい若い夫婦が、薬の入った袋を持って店から出て行く。

「あ、どうも。メアリさん、こんにちは。いつものお薬お願いします」

私は手足の引き攣《つ》れを解消するクリームと、体内に残った毒成分を排出する飲み薬と、魔力焼けを治療する飲み薬を作って貰っているのだ。このクリームと飲み薬のお陰で、私の傷んだ体も随分良くなった。

「……はいよ、用意するから待ってな」

カウンターの奥で薬を調合していたらしいメアリさんは、私の姿を確認すると準備を始めてくれた。店内の隅に用意されている椅子に座る。こうやって座って、薬の出来上がりを待つのももう慣れたものだ。

さっき薬を買って店を出た夫婦が腕を組み、体を寄せ合って帰宅していくのが窓から見えた。確か、結婚四年目だといっていた……同じころに結婚した夫婦は未だ幸せそうに寄り添って歩いている。幸せそうな夫婦、子どもを連れた親子、そんな人たちを見かけると胸が痛い。

比べたって仕方がない、人それぞれ事情も立場も違う。分かっているけれど、やっぱり切なく思うのは止《や》められない。

「……さて、傷の様子を見せてごらん」

どこかニヤリとしたメアリさんの笑顔に、私は「はひっ」と妙な返事をしていた。

＊＊＊

私の普段着は、一年中長袖のブラウスにコットンパンツかロングスカート、ぺたんこの靴と決まっている。冬はその上に厚手のカーディガンを羽織ったりする程度だ。

年中長袖やパンツ、ロングスカートなのは、右腕と右脚の傷痕が酷いことと、毒で変色してしまった肌の色が理由だ。他人様の目に触れたら気分を悪くするだろうし、私自身が他人様にこの腕や脚を見せてもいいとは思えないから。

「……なかなか解毒がすすまないねぇ、やっぱり竜の毒は厄介だよ。魔力焼も何度も繰り返してるから、回復が遅い」

カウンターの内側にある椅子に座って、メアリさんはシャツの袖を捲《めく》った私の右腕を両手で包むように触れた。

基本的に薄橙色だけれど、内部組織が毒に汚染されている場所は紫色から赤黒色に変色している。そこへ大きな切り裂き傷跡が重なって、かなり見苦しい。右脚も同じような感じになっている。

けれどメアリさんは躊躇《ちゅうちょ》なく私の腕と足に触れる。「長く薬師として生きていれば、これより悲惨な状態になった人を何百人と診てきているよ」とのことだ。

「傷もまだ引き攣れて痛むだろう?」

「あー、でもここに来てメアリさんの薬とクリームを使って、随分楽になりましたよ」

「そうかい、アタシの作ったものを使ってるんだから当然だけどね」

ヒヒヒッと笑って、メアリさんは私用のクリームと飲み薬を用意し始める。毎回私の状態を確認して、少しずつ調合を変えてくれているようだ。

「アンタはどうなんだい、リィナ」

白いすり鉢で乾燥した薬草やなにかの粉末を擂り合わせながら、唐突にメアリさんは言う。私は首を傾げた。

「どう、とは？」

「さっきの夫婦を羨ましそうに見てただろ」

「えっあっ……あの、その……すみません、そんなつもりはっ」

「……なにそんな慌てるんだい。アンタ、旦那は？　引退したとはいっても黒騎士だったんだろう。その傷も旦那から治癒魔法を毎日受けていれば、もっと早く楽に治るだろうにさ」

ゴリゴリとすり鉢とすりこぎが立てる音が店内に響く。

「離縁、しました」

「はあ、離縁!?　アンタねぇ、伴侶の白魔法使いとどういう生活を送って来たんだい？　そもそも夫婦として普通に生活していれば、そんな大きな傷を負うことなんて滅多にないんだよ。負ったとしてもすぐに伴侶が治してしまうもんだ」

「……えっと」

「分かってるとは思うけどね、黒騎士が大ケガを負って引退、もしくは死亡するのは若い頃の方が圧倒的に多い。黒騎士が独身時代と、結婚したてでまだ仲が深まっていない頃だ」

「……うん？」

私のはっきりしない返事と態度に、メアリさんは大きなため息をついて、いつもより乱暴にすり鉢の中身を混ぜ合わせる。

「アンタ、黒騎士と白魔法使いの関係を正しく理解しているかい？」

「結婚相手で、加護魔法を装備に付与してくれる人、ですかね」

そう答えると、メアリさんはすり鉢から顔をあげて私に怒りの表情を見せて、そしてすぐに呆《あき》れた顔になった。

「………アンタって子は、どうしようもない子だよ。アンタの伴侶はなにしてたんだい？」

私はメアリさんに、夫であった宰相補佐様とのことを話した。

あまり良い印象の出会いではなかったお茶会、三か月の交流期間を設けたのはいいけれど、実際にはあまり交流はなかったこと。それでもお互いに家族になる、歩み寄る努力をするという約束もあって、婚約してそれなりの関係になっていった。

結婚してからの三年間は幸せだったこと、この一年私から気持ちが離れたのか仕事を物凄《ものすご》く詰め込んで国内外を飛び回り、家にもほとんど戻って来なくなったこと。それは将来、宰相という地位に就くためには必要なことなのだと周囲から聞いていて、邪魔をしてはならないと何度もいわれて引き下がっていたこと。当然会える時間もなく、魔法の付与なんてして貰えるような状態ではなくなったこと。

婚約前に加護魔法を付与してくれていた白魔法使いに頼んで、また付与して貰ってはいたものの……宰相補佐様ほどの威力はなく、討伐任務をこなす度にケガをして、装備を駄目にした。そして、毒竜の討伐完了と同時に私の騎士として活動出来る時間も終わったのだ。

黒騎士ではなくなった私に、白魔法使いの加護魔法は必要がない、結果、契約を元にした婚姻関係は終わりを迎えた。

かいつまんで話し終わる頃には、外傷用のクリームも解毒用の飲み薬も出来上がっていた。

「……と言うわけで、私と元旦那様との関係は終わったわけです。あちら様には、今後貴族としての政治力とか経済力とかが必要になって、私では伴侶として足らずですから」

「全く、本当にどうしようもない。アンタも、アンタの旦那も」

メアリさんは、優しい香りのするハーブティーを淹《い》れて私に出してくれた。淡い緑色のお茶は花のような香りがして、飲むとほんの少し甘い味がする。

「いいかい、黒騎士と白魔法使いの縁っていうのは、切っても切れないものなんだ。魔力の相性がいいいってことは、全ての相性がいいいってこと。それは、お互いに足りないものを補い合えるってことだ」

そこまではいいかい？　と念を押されたので、頷《うなず》く。

「アンタとアンタの旦那はお互いを補い合ってたんだ。それは目に見えるものじゃなかったかもしれない、政治的なものや経済的なものでもなかったかもしれない。でもね、アンタはちゃんと旦那を支えられていたんだよ」

「……メアリさんの言うように、私が彼の助けになれていたんだったら、嬉しいです」

私にその実感はない。

私はいつだって守って貰ってばかりだった、私が宰相補佐様の役に立っていたとは思えない。でも、私が自覚出来ていなかっただけで一助になれていたのだとしたら、嬉しい。

「でも、これから元旦那様に必要なのは、私じゃないはずです。それに、私が黒騎士だったから白魔法使いである元旦那様との結婚話が出たわけで、黒騎士でなくなったのなら縁が切れる。それに私は納得して、きっと、元旦那様もそう思ってると思いますよ」

「なら、それを旦那に直接確認したかい？」

「……え」

「どうして、旦那に聞かなかったんだい？　黒騎士ではなくなったけれど、自分と婚姻関係を続ける意思があるのか、ないのか」

「でも、その、離縁の話は前侯爵夫人から言われて……これから出世するのに差し障りが」

「馬鹿だね、アンタは。アンタと結婚しているのは、旦那の母親じゃないだろ。アンタと旦那だよ。二人のことを二人で話し合わなくてどうするっていうんだ！　そもそも、母親が出てくることじゃないだろ。二人の今後だ、アンタが一人で決めていいことじゃないし、母親が出てくることでもないんだよ！」

息をするのも忘れるくらい、衝撃的だった。

メアリさんに言われたことは、至極当然のことだ。

宰相補佐様と私の結婚は、私が黒騎士で宰相補佐様が白魔法使い、お互いの魔力相性が良いからという理由で決まった。今までは私が黒騎士であったから、誰もなにも言わなかった。けれど、私が黒騎士でなくなった以上気持ちなんて関係なく、二人の関係は終わるものだと私は思っていた。

それでも確かに二人の関係なのだから、結果、婚姻関係が解消になるとしても、一度話し合うべきだったのだろう。

「アンタのことだ、いくら歩み寄って良い関係をと言ったところで、貴族の平民に対する態度なんてそんなもんだろう、とか思ったんだろう？　上級貴族の出身だからこそ、気持ちなんて関係ない」

図星を突かれすぎて声も出ない。

「契約だの義務だのとして妻として扱って貰えていただけ、なんて言われると思ったのかい？　自分の想いなんて無視されるだろうって、決めてかかってたんじゃないのかい？　それを面と向かって言われるのが怖くて、先手を打って逃げた。違うかい？」

私は返す言葉も見つけられず、人形のようにただただ固まっていた。

＊＊＊

「これが今日の分だ。毎日変則的ですまんな」

温泉の郷・ササンテを守る赤騎士たちの詰め所で、今日の仕事内容と場所が書かれた資料を貰う。

内容を確認すれば、郷の入り口付近と貴族街の一番奥にある噴水公園周辺の魔獣避けランタンの確認と、魔力の補充となっている。

「いえ、身分の高い方がいらっしゃるんですよね？　仕方がないですよ」

「三日後からひと月ほど滞在するらしい、祭りのこともあるしな。まあ、ランタンの魔力補充や確認は常にやる業務だから、多少場所の変更をしても困らないんだが……おまえさんに忙《せわ》しない思いをさせちまってすまん」

「構いませんよ、指示通りにこなすだけですから」

再度場所を確認して、杖《つえ》を持ち直す。

「あ、そうだリィナ、コレを持っていけ」

髭《ひげ》が立派な隊長は私に小さな紙袋を寄越した。袋の中には親指の爪くらいの大きさの火薬玉が四つ入っている。

「同じもの、持っていますよ?」

「それ十日くらい持っているだろう。中身の火薬玉が湿気《しっけ》てきているだろうから、乾いているものと交換だ。湿気ていてはいざというときに使えないからな」

そういわれ、ポケットに入っていた以前渡された袋と交換する。

この袋は緊急事態、例えば侵入してきた魔獣と遭遇したとき、袋ごと地面に投げ付けると大きな音と大量の煙を発生させる。音で相手を怯《ひる》ませ煙で鼻を効かなくさせる、立ち上る煙で位置を確認し、赤騎士たちが駆けつけてくれるようになっているのだ。

火薬玉は乾燥していることが音と発煙の条件で、袋に入れて持ち歩いていると徐々に湿気ていく。そのため、使われなかった火薬玉は定期的に回収され、再度乾燥させるらしい。

「この秋って季節は、魔獣の目撃情報が多いんだよなぁ。数年に一回くらいだが、郷の中に大きな魔獣が侵入してくることもある。特に貴族街の奥はムリヤン山に近いからな、気を付けてくれ」

「分かりました」

新しい火薬玉の入った袋をポケットに入れ、待機している赤騎士たちに挨拶をして詰め所を出る。

郷の入り口付近に設置されている魔獣避けランタンの動作確認をして、足りなくなった魔力を注ぐ。ランタンは問題なく稼働して、人間には分からない魔獣の嫌う音と匂いを放っている……らしい。音や匂いでは分からないので、稼働しているという証である明かりで確認だ。

渡された指示書の入り口付近に確認済みの印をつけ、貴族街へと足を向ける。

ここに療養に来て数か月が過ぎて、この郷での生活にも慣れた。でも最近、落ち着かないでいる。その理由は自分でちゃんと分かってる。

メアリさんと話してから、もう縁が切れてしまった旦那様であった人のことを考えては、後悔しているのだ。ちゃんと逃げずに話をしておけばよかった、と。

婚姻関係の継続について確認すればよかった、どうして最後の一年間は顔を見るのも難しいほどになっていたのか理由を聞きたかった。なにより、加護魔法を付与して守って貰っていたことに対してお礼を伝えたかった。

結界魔法や障壁魔法が自動発動して、竜のブレスを遮断し爪を弾いて守ってくれる度に、宰相補佐様の魔力が私を包み込んだ。まるで、彼に抱き込まれているかのように。

私はその都度、命をかけた戦闘中だというのにドキドキした。その都度、彼に感謝していて……好きにならないなんて無理だった。

私が誰かに恋をするなんて思ってもいなかった、けど、恋という気持ちを教えてくれた。恋することは凄く幸せで同時に苦しい。でも、知ることが出来て良かったと思う。

だから、やっぱり最後に直接話をしておけば良かった、そう後悔している。

前侯爵夫人に呼び出されて〝離縁届〟に署名をした後、私は宿屋で涙が枯れるまで泣いて、その後、長距離辻馬車《つじばしゃ》に乗って王都を出た。誰にもなにも言わずに。

今思えば、黒騎士団を正式に七の月末日で退団したこと、ケガの療養をすることくらい、師匠夫妻とコーディ兄さん、私とずっと親しくしてくれている同期の女性騎士仲間たち、加護魔法を付与し魔石に魔法を込め続けてくれていたブレンダンには、連絡しなくちゃいけなかった。

感情も思考も全てを大量の涙と一緒に体の外に出してしまった私は、ぼうっとしていてそんなことまで頭が回っていなかったのだ。

今日、この魔力込めと魔獣避けランタンの確認仕事が終わったら、雑貨屋でレターセットを買おう。それを使って手紙を出す。

黒騎士団を正式退団して、今はケガの療養でササンテに滞在していること。そのうち、移動してどこか落ち着いて暮らせる村でも決まったらまた連絡する、そんな内容でいいはずだ。一緒にササンテ名物でも贈ろうか。

同期の女性陣には甘いお菓子、温泉の蒸気で蒸しあげたクマの顔をしたケーキ。師匠やコーディ兄さんには温泉水を使ったお酒とか、北の冷たい風に晒《さら》して作られる干し肉や干し魚なんかを贈れば完璧。ブレンダンにはなにが良いだろう？　お酒は飲まないらしいから、お菓子だろうか。

ひとつやる事が決まれば、少しだけ気持ちが楽になる。

私は親しい人たちへの贈り物を考えながら、お祭りの準備が進む郷の遊歩道をゆっくりと歩き出した。

＊＊＊

郷の中心にある中央広場では、お祭りの準備が進んでいる。

秋の収穫を祝うお祭りは各地域にあるが、ササンテでも開催される。

周囲の森で収穫出来る森の恵みと、一番近い街で水揚げされる秋が旬の海の恵みを使った料理を振る舞い、豊穣神《ほうじょう》に感謝を捧《ささ》げる。

郷の人たちによって豊穣神をかたどった人形が飾られ、郷全体には華やかな飾り付けがされている。お祭り開催中にはナッツをふんだんに使ったクッキーやケーキ、きのこと貝の濃厚なシチュー、猪肉《ししにく》や鹿肉のステーキや魚を包んだパイなどのご馳走《ちそう》が並ぶそうだ。

徐々にお祭りの準備が整っていくのを見るのは楽しい。街も通りも旗や飾りで彩りに満ちて、活気にあふれている。

郷の貴族街に続く最短ルートを進み、目的地である貴族街最奥にある噴水公園に到着した。

円形に整えられたこぢんまりとした公園で、中央には森の妖精をモチーフにした噴水、園の外周は季節の植物と花や実をつける樹木が植えられている。

中央広場ほどの大きさも華美さもないけれど、落ち着いた雰囲気があって高齢の貴族には人気なのだそう。

「やあ、今日はここのランタンの確認かい」

「こんにちは。そちらはお掃除ですか、お疲れ様です」

噴水に浮かんだ落ち葉やゴミを拾い、周囲の落ち葉を集めているご老人とお孫さんに挨拶を返す。

住人持ち回りで決められた区画を掃除するのは日常の光景だけれど、お祭り前ともなれば力も入るだろう。張り切って落ち葉を集める少年の姿が可愛らしい。

公園と森の境になる数カ所に魔獣避けのランタンは設置されている。私のその一つに近付き、不具合を確認する。と、森の奥が騒がしくなり、空気が響き、地面が大きく揺れる。

「……!?」

木が打ち倒されるメキメキという音が響き、巨大な咆哮《ほうこう》が空気を震わせる。

髭の隊長は言っていた、今の季節は魔獣の目撃情報が多く、数年に一度は郷に大型の魔獣が入り込むと。前回の侵入がいつだったのか、私は知らない。

でも去年魔獣の侵入があったから、今年は安全だというわけじゃない。魔獣や竜といった生き物は、人間とは全く違う理で生きている。毎日のように侵入されてもおかしくはないのだ。

地響きと咆哮が続き、徐々にこちらへ近付いて来ている。

「逃げてっ！」

掃除をしている老人とお孫さんに向かって叫ぶと、私は地面に美しく装飾されているモザイクタイルに向かって火薬玉の入った袋を投げ付けた。

バシッという火薬の弾ける音が響き、黄色味がかった煙がたち上る。この煙を見た警備隊がすぐに駆けつけてくれるはずだ。

けれど問題もある、それはこの場所が郷で一番奥まった場所であること。郷の正面入り口近くにある警備隊詰め所から、ここまで駆けつけるためには時間が必要だ。

それに、足腰の弱ったご老人と小さな子どもが逃げるにも時間が必要。

私が黒騎士として現役だったのなら、イノシシやヘビやクマといった魔獣を相手に戦うことは問題がない。けれど、今の私は動きが鈍った体を抱えて、武装もない状態なのだ。

ご老人とお孫さんが咆哮や森から聞こえる破裂音に追い立てられるように、公園から転がるように走り出て行くのが横目に見えた。それとほぼ同時に、森と郷の境界に設置されていた数個の魔獣避けのランタンが大きく光りを放ち、そして火花を散らして割れた。

鼓膜を破らんばかりに響かせる咆哮と共に木をなぎ倒しながら現れたのは、巨大なクマ型魔獣。

鋭くて長い爪を持ち、前脚の腕部分には爪が変化して出来た手甲のような装甲を纏《まと》っている。

黒騎士として現役時代に何度も遭遇した魔獣で、硬い装甲と毛皮と分厚い脂肪を持っているため打撃はあまり効果がなく、魔法攻撃の方が効く。重たそうな体に反して素早い動きをして、重たい一撃を繰り出し、年齢を重ねると炎を吐くようにもなる山岳地域に生息する魔獣。

現役時代だったのなら、苦戦するような魔獣ではない。けれども、今の私にとっては強敵だ。

ケガと毒による痺《しび》れと麻痺《まひ》で上手《うま》く動かない手足。

許容量を大幅に超えて使い続けた魔法のせいで、魔術回路は焼き付いて発動に際してひりつくような痛みを感じ、尚且つ威力が低い。極めつけに、私は武器をなにも持っていない。持っているのは、私を支える杖のみ。なんの飾りもない棒きれのような杖。

郷の敷地に入り込んだ魔獣はぐるぐると地響きのような唸《うな》り声をあげ、私と貴族街へと続く通路に視線を向けた。なんにせよ、この魔獣を人が暮らすところへ行かせるわけにはいかない。赤騎士たちが到着するまで、この公園に足止めするか仕留めてしまわなくてはいけない。

貴族街へ続く道を封鎖するように、私は立ち塞がった。

メアリさんには魔法は使うな、と言われている。でも、そんなことを言っている場合じゃない。

身体強化の魔法で動きの悪い手足を強引に動かせるようにし、手の中にある杖に大地属性である成長活性の魔法を流し込む。

切り倒され、杖に加工されてしまった木に再び命が吹き込まれる。その杖を地面に思い切り突き刺せば、淡い緑色に光る魔方陣が地面に広がった。

普通なら魔法を使っても違和感などない。血管の中を血液が流れるように、魔力回路の中を魔力が巡るのは自然なこと。血液と違うのは、魔力の流れは自分で制御出来る部分だ。

杖から木へ再生された元杖はその根を勢いよく伸ばし、地面からタイルを突き破り、後ろ足で立ち上がり吠《ほ》えるクマ型魔獣へと絡みついた。そのまま足から胴体に向かって根を伸ばし、締め上げ動きを止めようと成長を続ける。

「……ううっ」

絡みつく根を引き千切ろうと、魔獣は暴れる。それを阻止し絞め殺そうと木の根は成長する……私の魔力が続く限り。

私の焼き付いた魔力回路はすでにはち切れそうで、魔力の流れる腕や手指は焼けるように痛む。けれど、手足が思うように動かない私には、戦う手段が魔法しかない。

暴れる魔獣によって、美しく設えられた噴水公園は無残な姿になっていく。

この地方に伝わる、妖精伝説をモチーフにして作られたモザイクタイルの通路は跡形もなく割れて飛び散り、噴水と通路を囲むように設えられた寄せ植え花壇も砕けてしまっている。

中心に設えた噴水はまだ残っているけど、ヒビが入って傾いているのが分かる。

仕方のないことはいっても、お祭り直前にこの惨状はササンテの住人ではない私から見ても残念に思えた。

クマ型魔獣が一際大きな咆哮をあげる。

大きく体を震わせる魔獣の体に木の根をより巻き付かせ、強く締め上げそのまま絞め殺そうと魔力を多く流した。元杖を握る手指に鋭い痛みが走り、左手中指の爪が縦に割り裂けて血が噴き出した。

「うっく……」

痛い。単純に痛い。正直やめたい。

でも、ここで私が引くことは郷の中心へこの魔獣を招き入れることになる。それは絶対に避けなくてはいけない。

「……リィナ！」

背後にある貴族街へ続く道の方から私の名前を呼ぶ声と、バタバタと走ってくる音が聞こえた。声の主は髭の隊長だ。

赤騎士が来てくれた、その安堵《あんど》からか自然に杖に流す魔力を弱めてしまった。それと同時に「わああああああ！」という悲鳴があがる。どうやら隊長と一緒に来た見習い従士の悲鳴らしい、初めて魔獣を見たのなら悲鳴もあがるだろう。

その悲鳴に刺激されたのか、クマ型魔獣は大きく腕を振り自分を傷付けながら木の根を引き裂いた。ミシミシッと生木の裂ける音が響く。

「……っう！」

魔力放出の衝撃で左手人差し指の爪が裂け新たな血を流しながら、元杖に流れた魔力から新しく生えた木の根が魔獣の目に突き刺さる。

魔獣の青黒い血が噴き出し、痛みで暴れる魔獣を抑えきれなくなってきたとき、黒い影が横薙《な》ぎに走った。

「え……」

クマ型魔獣の首が横に飛んでいた。

首は血を零《こぼ》しながら横に飛んで、花壇の縁に当たって落ちた。首のなくなった魔獣の体は大量の青黒い血を噴き出し、締め上げの緩んだ木の根と共にドッとうつ伏せに倒れる。

倒れた衝撃で通路のモザイクタイルが砕け地面が揺れた……けれど、私も隊長もその場にいた全員、そんなこと全く気にならなかった。

クマ型魔獣の首を一撃で飛ばした張本人がそこにいたから。

書店に並んでいる冒険物語にはよくある、窮地に陥ったときに颯爽《さっそう》と助けに来てくれる騎士や腕の立つ冒険者。あっという間に目の前にある驚異を排除して、輝くような笑顔を向けていうのだ、「大丈夫か？　ケガはないか？」と。

そこにいるのが、騎士や冒険者だったらどんなによかったかと思う。けれど、それは所詮私の頭の中の妄想であって、あるのは現実。

グルルと地響きのように響く唸り声、青黒い血を滴《したた》らせて鈍く光る鋭い爪、大きく伸びた牙。それはさっきまで生きていたクマ型魔獣と同じ種族だった。

違うのは、その大きさだ。さっきの魔獣も大きかったけれど、今目の前にいるクマ型魔獣は二回りほど大きい。クマ型魔獣は縄張り意識が強いから、殺された魔獣はこのより大きな魔獣の縄張りに侵入してしまい追われ、逃げた結果に郷へ侵入することになった……のだろう。

大型のクマ型魔獣は血の匂いのする私に狙いを定めたらしく、鋭い爪の揃《そろ》った前脚を振り下ろして来た。

「つっ……」

風を切る音と風圧を感じながら、魔獣の懐に入り込むよう強引に回避して躱《かわ》す。そのまま転がるように背後へと回り込んだ。

私が居た所に振り下ろされた魔獣の爪はモザイクタイルを粉砕し、突き立てられていた元杖も粉々になっている。

一撃でも食らったら命がない。

そう思った瞬間、二打撃目が振り下ろされる。回避しなくては、頭ではそう思うけれど私の足は動けなかった。ガクガクと震えて、力が入らない。冷や汗と脂汗が一気に吹き出て、肌を流れていく。このままクマ型魔獣の鋭く大きな爪に引き裂かれ、終わる……私は目を閉じた。

魔獣の咆哮が大きく聞こえ、打撃音が間近に響く。けれど、私の体にはいつまでたっても衝撃はやって来ない……不思議に思いながら目を開ければ、そこには薄緑色に輝く防壁魔法が展開されていた。

「……え」

それは一年前まで私を常に守ってくれていた、防壁魔法。何度も竜や魔獣の攻撃を防いでくれた少し冷たい感じのする魔力で作られた防壁魔法。

とうに失くしたはずなのに、その防壁魔法は私を守るように展開して、クマ型魔獣の一撃を完璧に防いでくれていた。

「リィナ、吸い込むなよ！」

隊長さんの声と同時にポンポンッという破裂音が聞こえ、緑がかった薄茶色の煙が大量に発生した。同時に薬草の青臭い匂いが充満する。

煙は魔獣の目を眩《くら》ませ、薬草の匂いは魔獣の鼻を効かなくさせる効果がある魔獣避けの煙玉。都市警備なら不要の品だけれど、地方の砦《とりで》や街の警備では必要不可欠なアイテムだ。

煙と匂いに刺激されて、大型のクマ型魔獣は隊長と駆けつけて来た赤騎士たちの方に目標を変えた。自分に不快な思いをさせた方が気に入らないのだろう。

煙の向こうで赤騎士たちが陣形を組み、魔獣と戦おうとしているのが分かる。けれど、この魔獣の分厚い皮膚と脂肪、硬い毛皮に覆われた体には剣や弓や打撃は効果が薄い。時間がかかれば赤騎士たちに被害が出る。

魔獣の意識が私に向いていない今が好機だ。

ゆっくり気配を殺して這《は》うように公園の中心で崩れそうになっている噴水に近付き、両手を水の中に突っ込んだ。ムリヤン山から湧き出る水は冷たく透き通って美しい。

水を制御する属性を纏わせ魔力を流し込む。手指に痛みが走るのと同時に青色の魔方陣が展開、水はゆらりと動きだしぐるぐると回り始めた。噴水の中で回り勢いをつけた水は、私に背中を向けている魔獣に向かって小さな津波のように襲いかかる。水は魔獣にかかった瞬間から固まって氷になっていく。

煙、匂い、チクチクと刺してくる騎士たちに加えて、冷たい水を浴びせられ、凍り付いて動けなくなっていく事態に魔獣は激怒し咆哮をあげながら暴れる。凍った部分が割れて剝がれるが、すぐに新たな水がかかり凍り付く。

本来なら、一気に水は凍り付いて魔獣は氷の棺に閉じ込められる……魔法だ。けれど、今の私では徐々に凍らせることしか出来ない。しかも発動してしまっている以上、魔獣の息の根を止めるまでどんな苦痛に襲われようとも魔力を止めることも出来ない。魔力を止めた瞬間、魔獣は氷を吹き飛ばし動けない私に容赦ない一撃を食らわせ、赤騎士たちに襲いかかるだろうから。

「っく……う……」

氷は徐々に厚みを増し、後ろ足で立ち上がって氷を剝がそうと藻掻《もが》き暴れていた魔獣の胸元まで凍っている。豊富な地下水を汲《く》み上げている噴水の水が尽きないのが幸いだ。

「リィナ、大丈夫か⁉」

痛い。隊長の声が遠くに聞こえて、魔獣の咆哮も氷が砕ける音もよく聞こえないくらいには痛い。腕が千切れそうな感覚だ。

「おお、もうちょっとだ！」

「凄い、氷の棺だ……」

実際の時間がどれだけかかったのかは分からない。自分の体感では数時間はかかったように感じる。水が凍っていく甲高い音だけが、私の耳に届いていた。

ようやく魔獣の顔まですっぽりと氷で覆われ、分厚くなったのをぼやける目で確認してから私は魔力の放出をやめた。焼け付くような手の痛みは止まったけれど、痺れたように痛む。普通に痛む指先は爪が割れて悲惨な姿になっているんだろう。

「リィナ、大丈夫か。無茶しやがって。アレク、ケガ人の確認をした後で周囲の哨戒《しょうかい》、ランタンの修復と予備の設置、魔獣の処理に班を分けろ。公園は立ち入り禁止にしとけ」

「了解。……首のない方はいいですが、この氷漬けの方はどうします？」

「氷をかち割って息を吹き返されたら厄介だ、このまま数日は保存して確実に死んで貰おう。祭りにここを使えないのはどの道変わらないからな」

隊長と副隊長のやり取りを聞いて、私はようやく力を抜いた。

「すみません、隊長。もうちょっと、上手く立ち回れたらよかったんですけど……」

「おまえさんはもう騎士じゃない、この郷に療養に来た一般のお客だ。戦わなくていい人間なんだよ。……でも、ありがとう、助かった」

隊長は私の肩を担ぐように立たせてくれた。反対側を従士の少年が支えてくれる。

「おまえさんが無理を押して戦ってくれたから、公園が壊れてコイツが擦《かす》り傷作るくらいの被害で済んだ。クマ型が二頭も郷に入り込んだら、本当なら騎士にも住民にも大きな被害が出るもんだ。十年くらい前にクマ型が一頭侵入してきたとき、騎士が三人死んで大ケガをした奴も大勢いた。住民も二人犠牲になった。一頭でだ」

二頭も入り込んで、死傷者がいなかったんだから大金星だ、そう言われて、安心したと同時に嬉しかった。私は人の役に立てた、そのことが嬉しい。

「まずは治療院に行くぞ。ロン、リィナを送ったら薬師のメアリ婆さんを治療院に連れて来るんだ。薬を持ってくるのも忘れるな」

「はい！」

「……全く、本当ならおまえには魔獣解体処理の体験をさせたかったんだがなぁ」

まだ若い従士は隊長の言葉を聞いて顔を青くして「すぐにメアリ婆さんを迎えに行って来ます」といった。

後から解体される氷漬けの方には、絶対参加させられると思う……でも、今言うのは気の毒だと思って黙っておくことにした。

＊＊＊

手足の先がふわりと温かくなって、徐々にその温かさが全身に回っていく。体が温かくなればなるほど、体の痛みや痺れが薄くなっていっているのが分かる。

暖かくてふわふわして、気持ちがいい。

ずっとこの感覚に酔いしれていたい。

そう思っていたのに、顔に冷たさを感じて身震いして目を開けると、渋い顔をしたメアリさんと目が合った。

「…………あれ？」

ゆっくり体を起こすと、自分の居る場所が郷に二軒ある治療院のひとつだと分かった。ひとつは郷のお客様が利用する大きくて豪華な治療院で貴族街にある。私がいるのは郷の人たちが利用する郷奥にある小さな治療院。

回復系の白魔法が使えるという老魔法使いが、週に三日くらい勤務している。緊急事態になったときは、誰かが老魔法使いを家に迎えに行って対処しているらしい。

様子を窺うにここにはメアリさんと私しかいない。治療院の主は帰宅しているのだろう。

「目が覚めて何よりだよ。このまま目が覚めないいんじゃないかって、心配してたんだよ」

メアリさんはそう言ってお茶を淹れてくれた。花のような香りがする薄緑色をしたハーブティー、これを飲むと私の焼けた魔力回路の調子が少しよくなるのだ。

鈍い痛みと軽い痺れの残る両手でお茶の入ったカップを受け取る。私の手は肘まで包帯がぐるぐると巻かれていた。

「私、どのくらい眠ってました?」

「丸一日って所だね。心配しなくても警備の騎士たちに大したケガはないよ、せいぜい打ち身や擦り傷だ。アンタが一番重傷だよ」

「そうですか、それなら良かった」

温かいハーブティーが喉を通ってお腹に入ると、体がホカホカしてくる。少し甘くて美味《おい》しい。

「良くないよ、全く。アンタはもう戦えるような体はしてないんだよ、無茶して戦ったせいでせっかく良くなってきた足や手の魔術回路の焼き付きも元に戻っちまって!」

メアリさんは不機嫌に言いながらも、新しい包帯と腕に塗るクリームを用意してくれた。

お茶を飲み干してからベッドに座り直し、されるまま両腕の包帯を解かれた。

包帯の下から出て来たのは、魔力回路の焼け痕がくっきりと付いた手首。相変わらず右腕は紫から赤黒色に変色していて、裂傷の痕も加わって見目が最高に悪い。

「……魔力焼が進んだね、しばらくは痛みと痺れがとれないだろうよ。お茶だけじゃあ治りが遅いだろうから、薬も作ろうかね」

「はい、お願いします」

「脚の方は……また魔法で強引に動かしたね？」

「そうでなくちゃ、今頃私は挽肉《ひきにく》ですよ」

クマ型魔獣の前脚による攻撃は強打に鋭い爪による一撃必殺、少しでも当たればぐちゃぐちゃに潰されて命はない。

「けど、防壁魔法が展開されたんだろう？」

「あ、あれは……」

宰相補佐様の防壁魔法。あれが展開したのは、きっとこれのおかげだ。指に触れる小さな耳飾り。この翠《すい》玉製の耳飾りは、結婚を記念して宰相補佐様から贈られた品で……西館を出るときに持ち出した数点の記念品のひとつだ。これは初めていただいた装飾品で、彼の瞳の色をした品だったからどうしても持っていたかった。

防壁魔法はこの耳飾りに付与されていて、私が危機に晒《さら》されたことで自動展開したらしい。

宰相補佐様と私は離れてしまったけれど、それでもまた、命を助けて貰った。

「……」

「……とにかくアンタが無事で良かった。さありィナ、クリームを塗って、マッサージと機能回復訓練を一からやり直しだよ」

人肌より少し温めたクリームを膝からふくらはぎに塗って、マッサージをしてくれるメアリさんに「頑張ります」と返事をしたとき、治療院のドアに付けられたベルがチリンチリンと鳴り誰かが入って来た。

治療院の老魔法使いが来てくれたのかと思ったのだけれど、廊下と処置室を区切るカーテンを引いて入って来たのは別人だった。

「……え？」

「なんだい、何も言わずに勝手に入って来て！」

現れたのは小さな平民用の治療院にはまったく似合わない、貴婦人が二人。どちらも黄色味の強い金髪に青い瞳、真っ白い肌を持っていて一目して貴族だと分かる。色味も顔立ちも似ているから、おそらく姉妹だろう。

初めて見る人たちだけど、凄く怒った表情で私を睨《にら》み付けてくる。

「貴方ね、昨日、郷に魔獣を招き入れた赤騎士だが青騎士崩れっていうのは」

「……え？」

郷に、魔獣を、招き入れた？　私が？

「どういう、ことでしょう？」

「自分のしたことが分かっていないの⁉　アナタ、ちゃんと仕事していたの？　していなかったから、昨日のようなことに、魔獣が侵入するなんてことになったんでしょう！」

青色のデイドレスを纏った夫人はそういって、手にしていた扇で私を叩《たた》いた。

女性の力で口元を隠すためだけの華奢《きゃしゃ》な扇で殴られても、大して痛くはない。でも、叩かれる理由は心当たりがなかった。

「なにするんだい！　突然やって来て、意味が分からないことを叫んでいきなり殴るなんて！」

メアリさんが怒ってくれた、けれど夫人はフンッと鼻を鳴らし私を扇で指した。

「この騎士崩れが、ちゃんと魔獣避けランタンに魔力を注いでなかったから、魔獣が侵入して来たのでしょう⁉　今年のお祭りは、大恩ある貴族様をお招きしての大切なものだったの。今後の郷の発展にも繋《つな》がる大事なお祭りになるはずだったのに……なのに、貴方《あなた》がちゃんとしないから、大切な公園は壊れて、魔獣が入り込んだと知ったお客様は予定を切り上げて帰られてしまうし、いらっしゃる予定の皆様も予定を取り止めてしまわれたわ！」

大きな青色の瞳から涙が溢《あふ》れて、白磁のような頬を流れた。そんな夫人を深緑のデイドレスを纏った夫人が抱きしめて慰める。

「魔獣が入り込んだことは事故だよ！　ここは辺境の地ムリヤン山脈の麓、北の山深い郷だ。魔獣との距離は他の都市よりもずっと近い場所さ、魔獣は過去に何度も郷の中に入り込んでるんだ。それがたまたま、起きたってだけさね」

「でも、この騎士崩れがちゃんと仕事をしていれば、防げたことじゃないの！　どうして貴族街の奥にあるランタンを後回しになんてしたの！　それに、元騎士だっていうのなら、どうしてもっと上手く片付けてくれなかったのよっ」

「この子はっ」

身を乗り出したメアリさんの肩に手を置いて言葉を遮ってから、私はベッドから降りる。無理した右脚は思うように動かなくて、少しよろめいたけれど左足で踏ん張って立った。そして深く頭を下げ、騎士としての礼をとる。

「私の力が及ばず、魔獣の侵入を許し、郷の大切な場所を壊してしまう結果となりました。誠に、申し訳ありません」

「あなたのせいよっ！　あなたの責任！　全部あなたが悪いのよ！」

貴族の人には逆らわない方がいい、それは私が子どもの頃からの処世術だ。

貴族の全員がそうだとはいわないけれど、でも基本的に貴族は平民が嫌いで、なにかあったときの責任はいつだって平民になる。

師匠夫妻や兄弟子、同期の黒騎士たちはそうじゃない……彼らは私に対して優しくしてくれたし、同じように扱ってくれた。でもそういう貴族は少数派なのが現実だ。

理不尽でも、私が頭を下げれば問題が解決するならその方がいい。

頭を下げ続けると、なにかが頭に当たって床に落ちた。床に落ちたものは、青いドレスの夫人が持っていた華奢で美しい扇。とても高価そうな品だ、歪《ゆが》んでしまっているけれど。

「落ち着きなさい、マーシャ」

「……お姉様、でもでも！」

郷を案じて泣きじゃくるマーシャと呼ばれた夫人とそれを慰める姉君の姿を、私はぼんやりと見つめた。豪華なデイドレスに身を包んだ、高貴なお生まれの貴婦人が二人。それはまるで演劇のひとコマのように見える。

「リィナさんとおっしゃったかしら？」

「はい」

「平民出身で、灰色の髪、くすんだ灰青の目、ケガをして騎士団を退団した女性騎士。彼女の良くない話を色々聞いたのだけれど……それは、あなたのことね」

彼女はゴミを見るような嫌悪感と侮蔑を混ぜ合わせたような目で、私をてっぺんから足の先までをジロリと私を観察して、鼻で笑った。

「嫌だわ、お姉様。この人のこと、ご存じでいらっしゃるの？」

「ええ、本家筋の方からの話でね。全く持って、聞くに堪えない内容だったわ」

マーシャ夫人の目がより一層侮蔑の色に染まる。

「本当に、貴方って最低よ。平民は皆どこか劣った人たちだけれど、特にあなたは平民の中でも最低中の最低」

姉君がマーシャ夫人を庇《かば》うように一歩前に出ると、手にしていた扇で私の肩を叩いた。

「この郷から出て行って下さる？　ここは温泉の郷として名を馳《は》せているの、高貴な身分の方も大勢利用する郷なのよ。貴方のような、騎士崩れが滞在して良い場所じゃない。わたくしはここに暮らしているわけではないけれど、大切な妹が嫁いだ大切な郷。大勢の方々が療養や休暇で訪れる大事な郷。理解していただけるかしら」

声をあげようとするメアリさんを再度手で制して、「かしこまりました」と頭を下げる。

これでいい、これで私が郷から出て行けば全てが丸く収まる。

せっかくのお祭りに、貴族街の最奥にある美しい公園が使えないのは痛手だけれど、他の場所は美しく飾られて、美味しいお菓子や食事にお酒も用意されてる。きっとお祭りは成功する。

「出立はお早めに、お祭りが始まる前には出て行ってちょうだい」

マーシャ夫人とその姉君は寄り添うように診療所から去っていく。ドアベルがまたチリンチリンと鳴って、そのベル音が消えるまで私は頭を下げ続け、大きく息を吐き出した。

「……リィナ、この馬鹿者っ！　大馬鹿者！」

ずっと言い返したいのを我慢していたらしいメアリさんは、私の肩を押した。私の弱った脚はもう踏ん張りがきかなくて、そのままベッドに尻餅を付くように座り込んだ。

「メアリさん、すみません」

「アンタが謝ることなんて、ひとつもなかったはずだよ！」

「でも、郷に魔獣が侵入して、綺麗《きれい》に整備された噴水公園が滅茶苦茶になったことは事実ですから」

「魔獣避けランタンへの魔力供給の順番は、警備隊と若旦那が相談して決めていることじゃないか。ランタン保守の責任者はマーシャリーの夫である若旦那だよ。アンタの責任のはずがない」

メアリさんは私の変色した足に躊躇《ためら》いなく触れて、クリームを塗ってマッサージする作業を再開した。

メアリさんの手は皺《しわ》が深く、多くの生薬を扱うからか指先や爪が緑色に染まっている。貴族のご婦人は汚れた手だと言うけれど、私にとっては優しくて温かい祖母の手だ。

「魔獣が郷に侵入することだって、過去にもあったことだよ。沢山の騎士や住民が犠牲になったこともある……今回は大きなクマ型の魔獣が二頭も侵入して来たっていうのに死人はいない、大きなケガをした人もいないなんて奇跡なんだよ」

クリームの柑橘系《かんきつけい》っぽい匂いが部屋に広がって、凄くいい気持ちだ。さっきまでは心を殺していたから、余計に気分がいい。

「そもそも大前提として、アンタはもう魔獣と戦えるような体じゃないんだよ。アタシらと一緒、戦う術を持たない側の人間なんだ。それを、二頭の魔獣と戦うなんて無茶をして……」

膝のお皿にぽつんぽつんと雫《しずく》が落ちた。冷たいはずのそれは、酷く温かい。

「ありがとう、メアリさん。私、後悔してないのですよ？　公園は壊れちゃって申し訳ないけど、誰も傷付かなかった、誰も死ななかったから」

「リィナ……」

「元々ここには療養のつもりで来たんです、居心地良くて長居し過ぎちゃったみたいで。そろそろ別の街に行こうかなって思っていたから丁度いいです。急で申し訳ないのですけど、私のお薬とクリームとお茶を貰えませんか？　メアリさんのお薬やお茶が私には一番合ってるので」

そういうと、メアリさんは黒い瞳に涙をいっぱい浮かべながら「よく効くのを用意するよ」と笑ってくれた。

メアリさんの手当を受け、後から治療院に来たおじいちゃん白魔法使いに再度診て貰った。

手の痺れと軽い痛みは時間が経てば治り、足の動きに関しては長い時間をかけて機能回復訓練をやり直すしかないといわれた。魔力回路は元々焼き付いていたのに、今回強引に属性を乗せた魔力を流したせいで大きく損なわれてしまったらしい。

魔道具などに素の魔力を流すことも痛みを伴うようになってしまって、魔獣避けのランタンに魔力を注いで回る仕事も難しくなったようだ。

温泉は気持ち良かったし、メアリさんの薬やお茶は私によく効いてくれて、警備隊の人たち、郷の人たちとも仲良く過ごせた……と私は思ってる。

でも私はここでは余所者で、温泉療養客としてお金を沢山落とせる立場でもなかったし、長居していい存在じゃない。

これは郷から出るよい機会、そう思えた。

＊＊＊

夜のうちに借りていた部屋で荷物をまとめ、軽く掃除をした。右脚は今まで以上に動きが悪いし、右手も痺れたような感覚があって思うように動かない。おかげで荷物のまとめも掃除も手間を食ってしまったが、なんとか終わらせた。

翌朝、ササンテの代表を務めているランドン氏を訪ねる。魔獣避けランタンへの魔力注入の仕事をすることで、庶民街に借りた部屋の家賃に充てるようにしてくれたのがランドン氏だった。

ランタンへの魔力注入がもう出来なくなったこと、部屋を引き払って郷を出ることを報告して、挨拶するべきだろう。

ランドン氏への挨拶が終わったら、メアリさんの所でクリームと薬を買って、警備隊に挨拶をして郷を出るつもりだ。お世話になった人たちに挨拶をしても昼過ぎにはササンテを出られるから、お祭りまでに私は消えることが出来る。

　新しい相棒である松葉杖《づえ》を突いて貴族街へ向かい、ランドン氏が経営する貴族専用のホテルを訪ねた。裏の従業員用の入り口から声をかけて、ランドン氏の仕事場へと案内して貰う。

「おはようございます、リィナさん。どうしたのですか、こんな朝早くに」

「突然申し訳ありません。本日、この郷を出ることになりましたので、そのご挨拶に伺いました」

「……えっ⁉」

「リィナさん⁉」

　ランドン氏と息子のエズラ氏は驚きの声をあげ、慌てて私を打合せ用の椅子に座らせて、お茶の手配までしてくれた。

「郷を出るって、突然どうなさったのですか？　先日の魔獣のことなら、あなたに責任はありませんよ？　魔獣の侵入は森に隣接している以上、避けては通れないことなのですから」

　エズラ氏はそう言って私の向かいに座った。

「そうです、そうです。郷の者たちにケガひとつなく、警備隊の騎士たちも擦り傷や打ち身程度で済んだのですぞ⁉　郷の者全員が感謝している、あなたが気にすることなどない！」

　ランドン氏はそういってくれるけれど、私の責任だと思う人は実際にいて……口には出さないけれど、マーシャリー夫人と姉君以外にもきっといるに違いない。

　お茶を持って来てくれたメイドは、お茶を配膳しながらキッと私を睨んで来たので、早速私の責任だと思っている人を新たに発見してしまった。

「ですが、上手く立ち回れず公園は壊れてしまいました。秋祭り直前だというのに」

謝罪と同時に、私の魔力回路の焼き付きが悪化してしまい、魔獣避けランタンへの魔力注入が出来なくなったことを説明して、ササンテから立ち去ることを伝えた。

「公園のことも気になさらずともよいのですが……」

「ありがとうございます。ですが、私はケガの療養のためにこの郷にお邪魔していた者です。遅かれ早かれここを去る者で、それが今日というだけのことです。ご迷惑をお掛けしまして、申し訳ありませんでした。今日までお世話になりました」

そういって頭を下げれば、年間を通じて大勢の療養客や観光客を迎えて送り出す人たちだ、「こちらこそ、ありがとうございました」と返してくれた。

せっかくなので、お茶をいただいてからお暇《いとま》した。オフホワイトの華奢なカップで飲んだお茶は、庶民である私にはよく分からない変わった味がした。砂糖も入れてないのに、少し甘くて渋いような……高価なお茶の味なんて私には分からない。

貴族街を抜けて、庶民街の奥にあるメアリさんの薬店に向かう。営業中の看板を確認して中に入れば、優しいドアチャームの音と共に薬草の香りに包まれる。

「おはようございます、メアリさん」

「おはよう、リィナ。ゆっくりだったじゃないか、アンタのことだから朝一番で来て、さっさと郷を出て行くと思っていたのに」

「一応ランドンさんにはご挨拶をと思いまして」

「馬鹿だね、あの家の嫁とその姉にアンタは追い出されるっていうのにさ」

「追い出されるなんて。それに、ランドンさんとエズラさんは別の人間ですから」

メアリさんは呆れたように肩を竦《すく》め、カウンターにクリームの入ったケースと飲み薬を置いてくれた。代金をカウンターに置いて品を受け取ると、お湯がティーポットに注がれる音がしていつものお茶の香りが店内に広がった。

「急ぐ旅じゃないんだろ、婆の茶に付き合いな」

「……いただきます」

いつもの椅子に座って、お茶を待つ。

ふと、胃の辺りが熱くなってきているのを感じて、お腹に手を当てた。胃がぐるぐると動いている。お腹の熱さは徐々に体の奥から広がって来て、目の前が大きく揺れ始めた。

「リィナ？　どうした、顔色が悪いが……」

「だいじょう、ぶ……ちょっとめまい……が」

「リィナ！」

胃が焼けるように熱い。まるで高温に焼けた小石を幾つも飲み込んでしまったみたいに、熱くて痛い。目が回る。

椅子に座っていることが出来なくなって、私は床に膝をつく。その衝撃で汗が床に幾つも落ちた。季節は秋の終わりだ、汗なんて出るわけがない気温なのに大量に発汗している。

「リィナ、大丈夫だ。今白魔法使いの爺《じい》さんを……」

大丈夫、と言いたいのに言葉が出ない。はくはく、と荒くなる呼気が出るばかり。

ぐっと胃からなにかがせり上がって来て、口に手を当てるけれど堪《こら》えることが出来ない。口の中に鉄っぽい味が広がって、赤黒い血が大量に零れた。

「リィナッ！」

メアリさんの悲鳴のような声が耳に聞こえる。その声は近いはずなのに、凄く遠い。名前を呼ばれている感じはする、でも遠い。

暗くて深い穴の底に徐々に沈んでいっているような、そんな感じがする。手も足も動かないし、目も見えない。でも、やっぱり遠くで名前を呼ばれているように思う。

その声が……宰相補佐様の声のように聞こえるのは、私の願望なんだろう。またあの方と会って、名前を呼んで貰えたらというかなわない願いのせいだ。

だって、宰相補佐様と私はもう二度と会うことはないのだから。

六章　湯煙の郷の彼

メルト王国暦７８５年

「改めまして、監査室のフロスト・ヴァル・マグワイヤと申します。こちらはフィオン・ホーキング。ハーシェル宰相閣下、アレクサンドル卿《きょう》の両名よりご相談を受け、調査を致しました」

青みがかった銀色の髪と濃い青色の瞳、涼しげな印象のマグワイヤ監査官は優雅に一礼し、机に並べられた資料を手に取った。

監査室の多目的室と言われるこの部屋には、大きな机と装飾の一切ない椅子しかない。多目的室の利用は、聞き取り調査や資料の作成、選別など多岐にわたるのだろう……ときには荒っぽい事情聴取などにも。

王宮監査官の召喚状を受けて王宮に戻った私は監査室の多目的室に案内され、宰相閣下とリィナの師であるアレクサンドル卿、そして監査室の長と顔を合わせることになった。

「まず結論から申し上げれば、訴えのあった書類の不備はありませんでした」

マグワイヤ監査官ははっきりと言い切った。

宰相室側から提出したものは、黒騎士団事務局から送られてきた書類。私の妻リィナ・グランウェルが王都にある騎士学校の教官としての職務に就く、という任命書だ。事務官や事務局長の署名と押印がある正式な書類、偽物であるわけがない。

「では、アレクサンドル卿の提出された書類も、正式なものなのか？」

宰相閣下の言葉にホーキング監査官が頷《うなず》く。

「はい。アレクサンドル卿がお持ちになられた、リィナ卿への討伐指示書。こちらは黒騎士団事務局の担当事務官の署名と押印がある正式なものです。おそらく、リィナ卿はこの指示書に従って、竜や魔獣の討伐任務をこなしておられたかと」

マグワイヤ監査官の言葉に私はめまいを堪《こら》え、唇を噛《か》んだ。

私が出したリィナの異動届は受理された形をとっていた。事務局から届けられた書類がそれを証明している。宰相閣下を始め、政策室の文官たちも全員がそう認識している。

そうでなくては、いくら私が宰相補佐官という立場にいるからと、討伐に赴く黒騎士への加護魔法を付与出来なくなる長期の外遊や地方視察の仕事を担当出来るわけがない。

黒騎士と白魔法使いの関係も、リィナと私が婚姻関係にあることも皆承知のことなのだから。だというのに、リィナが騎士学校の教官として魔獣学と弓術を教えていた事実はなかった。私が異動届を出す前と何も変わらず、竜や魔獣の討伐任務に就いていた……私の加護魔法の付与がないままに。

「これらの書類については、提出されたもの全てが正式書類です。これらの書類の発行、管理は黒騎士団事務局になります。全ての書類内容の矛盾に関しては、監査室が現在調査中です」

マグワイヤ監査官はそう言って書類をまとめ、部下に渡す。そして、改めてマグワイヤ監査官は私に視線を向けた。

「グランウェル補佐官にお尋ねします、リィナ卿は今どちらにいらっしゃいますか？」

「……今、彼女がどこにいるのか、私は認知しておりません」

「入院していたリィナ卿が王都に戻った後、グランウェル侯爵家から呼び出されていた、との証言があがっておりますが」

「母が彼女を呼んだようです。リィナは侯爵家にやって来て、母と話をして……そして屋敷を後にしています。その後の行く先については、母も使用人たちも聞いてはおりません。そもそも、侯爵家を出た後でリィナは宿屋に一泊、翌朝後にしたと聞いています。侯爵家の者が最後にリィナに会ったわけではありませんし、後を追いかけたこともなければ、危害を加えた形跡もないはずです」

リィナの行方が分からない、そう聞いたときの衝撃は今でも忘れられない。

侯爵家の西館と職場である騎士学校を往復する生活を送っているのだと、私は信じて疑っていなかった。まだ年若い騎士の卵たちの相手は大変だろうが、命の危険のない仕事だからと安心していたのに。

実際は一年ほど前に西館から出て騎士団寮で暮らして、私の加護魔法付与もないまま竜や魔獣を討伐していた、と聞いたときは冗談ではなく息が詰まった。あの下級魔法使いの加護魔法を付与された装備で、討伐に出ていたなんて信じられなかった。

同じ防御魔法だったとしても、私とあの男とでは効果が全く違う。薄紙一枚程度の盾と、特殊仕様鋼鉄製の盾くらいの違いがある。無謀だ。

「グランウェル補佐官のおっしゃる通りです。アレクサンドル卿、こちらはすでに監査室の者によって確認が取れております。前侯爵夫人も侯爵家の使用人たちも、当然ですがグランウェル補佐官本人も、リィナ卿に一切の手出しはしておりません。監査室として、事件性はないものと判断致します。リィナ卿は、ご自分の意思で王都を出られたのです」

「……むぅ」

アレクサンドル卿は再び不満そうな表情を浮かべ、私を睨《にら》んだ。どうやら、リィナの行方が分からなくなったことは、侯爵家が絡んでいると考えていたようだ。

リィナの存在が侯爵家として邪魔になったので、加護魔法を付与することなく討伐任務に出し、傷付いて死んでくれるならそれでよし。今回は命が助かってしまったため、呼び出した後で始末したのだろう……とか。

討伐任務中の殉職ならともかく、侯爵家としてもし片付けたい者がいたら……もっと上手《うま》くやるに決まっている。侯爵家の名を一文字も出さず、関与も匂わさずに片付けることなど簡単なことだ。

「リィナ卿が辻馬車《つじばしゃ》に乗ったことも確認がとれています。北部辺境へと向かう長距離辻馬車で、そこから先はどこまで乗ったのかは未だ確認がとれていません、が捜索は続けております。遅かれ早かれ行方は判明するでしょう」

マグワイヤ監査官は席を立つと、私とアレクサンドル卿を交互に視界に入れた。そして、優雅に座っているハーシェル宰相に軽く頭を下げる。

「リィナ卿の行方は分かり次第連絡を入れます。公式書類に対する齟齬《そご》に関しての詳しいことは、黒騎士団事務局への監査が終わるまでお待ちください。今回はこの程度で宜《よろ》しいですか、ハーシェル宰相閣下」

「まあ、よしとしようか。うちが黒騎士殿を虐げたように言われるのも心外だし、我が補佐官が妻を虐げた疑いをかけられるなんて、冗談ではないからな」

「……まあ、書面上で見るのなら、リィナ卿は騎士学校の教官であることは疑いようもありません。どうしてこのような書類が正式に上がって来ているのか、そこが問題です。こちらは我々の管轄ですから、お待ちください」

王宮監査官の二人は資料を持って多目的室を出て行き、残されたのは宰相閣下にアレクサンドル卿と私。

「さて、ヨシュア。我々も行こうか、この件は監査からの連絡待ちだ」

「はい」

本音をいうのなら、今すぐリィナを捜しに行きたい。北部辺境へ向かう長距離辻馬車の巡る街や村を辿《たど》って行けば、リィナの行方は分かるはずだ。どうして自分の妻の捜索を他人に任せなければいけないのか、気が気じゃない。

ハーシェル宰相の後について部屋を出ようとすると、「補佐官殿」と声をかけられる。アレクサンドル卿の低い声は、少々気落ちしているように聞こえた。

「なんでしょう?」

「その……」

「……ヨシュア、アレクサンドル卿の話を少しばかり聞いてさしあげるといい。妻の師匠で親代わりの方となれば、義理の父のような存在になるだろうからな」

＊＊＊

「その、申し訳なかった」

アレクサンドル卿は多目的室のある建物、その裏側にある庭で頭を下げた。裏庭は小さく、人気がなく静かだ。

「補佐官殿を疑ったことを、お詫《わ》びする」

「……」

「申し訳ない」

「黒騎士団事務局での事務手続きに関して何らかの問題が起き、結果的にそんなつもりはなかったけれどリィナを放置することになってしまったことは事実です。そのことに関して、リィナの師であるあなた様や周囲の皆様にご心配をかけたことは、お詫び申し上げます」

事務局の正式な手続きを経て回ってきた書類を確認し、リィナが討伐任務から外れたと判断した。だが、実際にリィナが騎士学校に教官として通っている所を確認したことはなかった。そこは自分の落ち度だ。

頭を下げれば「止《や》めて下さい、顔をあげて下さい」と慌てた声が降ってくる。顔を上げれば、困惑したような表情のアレクサンドル卿がそこにいた。

「自分としては、リィナが幸せに暮らしているのであればなんでも良かった」

呟《つぶや》くように言葉を吐き出す姿は、竜狩りと名を馳《は》せた歴戦の騎士とは思えないほどしおれて、疲れて見えた。

「討伐任務で竜を狩ることは、確かに誉れではあるのだが危険が伴う。子に恵まれなかった我ら夫婦にとって、直弟子であるコーディとリィナは我が子も同然。あの子が伴侶に蔑《ないがし》ろにされながら、討伐をしていると聞いて気が気ではなかった」

娘同然に育てた騎士が伴侶に蔑ろにされ、それでも協力者から加護魔法を得ながら討伐任務に就いている。そう聞けば、心配になるに決まっているだろう。リィナと私の関係を調べるのも、師匠として親として当然のことだと思う。

「大きなケガを負い、騎士としてのリィナの人生が終わったことに関しては、それが天命なのだ。竜や魔獣との戦いに絶対安全はないのだから。ただ黒騎士でなくなったことで、補佐官殿との婚姻がどうなるのかは気になった。結婚して三年ほどは夫婦仲は良いように見えていたからな」

「それは……」

「黒騎士と白魔法使いの結婚は魔力相性の良し悪しによる契約の面がある。だから離縁もあり得ることだ。リィナが納得して決めたことであるのならば、補佐官殿との婚姻関係を続けようとも解消しようとも、我ら夫婦はあの子の決断を応援するつもりであった」

アレクサンドル卿はグッと拳を強く握った。

「しかし、あの子は何も言わず王都から姿を消した。調べれば、騎士団寮も引き払っていた。そもそも、あなたと共に侯爵家のタウンハウスで暮らしているはずであるのに、一年ほど前から以前暮らしていた騎士団の寮に移っていた。あなたとの関わりもほとんどなくなっており、結婚生活が上手く行っているとはとても思えず……補佐官殿の心変わりでもあったのかと考えたりもした。そんなときであったから、黒騎士でなくなったあの子をあなたが邪魔に思っても不思議はない、と判断したのだ」

「ああ、それでリィナが離れたはずの侯爵家に呼ばれたこともあって、邪魔になったリィナをどうにかした可能性を考えたわけですね」

「……申し訳ない」

リィナが実際に置かれていた立場や状況を考えれば、侯爵家が始末したという考えに至り監査室に訴える、というのも理解は出来る。証拠もなく監査室に訴えたのは先走りすぎだが、それだけリィナを思い焦っていたとも言える。

果たしてどちらがリィナをより深く思っているのか？　そう思うと、自分が情けなくなる。

「止めましょう」

「補佐官殿？」

「リィナのことに関しては、当然私にも落ち度があります。アレクサンドル卿や皆が、私に対して思うことがあるのは当然です」

「しかし……」

言葉を続けようとするアレクサンドル卿を手で制する。

「アレクサンドル卿がいわんとすることは分かります。私を含め、宰相閣下を始めとする宰相室の者も政策課の者も、リィナは騎士学校に勤めていると思っていました。それは黒騎士団事務局から正式に書類が上がって来たからです。今回の件の根本は、黒騎士団事務局にあります」

リィナの異動届を受理して正式な書類を発行しておきながら、その一方でリィナ本人に異動を告げずに討伐任務を出し続ける。それが出来るのは黒騎士団事務局しかない。だが、なぜそんなことをしたのかが分からない。

「事務局への監査はマグワイヤ監査官率いる班が担当し、調査を行っています。事務局のことはあちらに任せるしかありません。調査が終わり、全てが明らかになるのを待つだけです。そもそも、リィナ本人がいなければ……謝罪も糾弾もなんの意味もないのですから」

自分に言い聞かせるつもりで言えば、アレクサンドル卿も「そうだな」と同意して項垂《うなだ》れた。

結果的にリィナを放置することになってしまったことに関して、苦しい気持ちで息を吐くと、突然強い魔力を感じた。

アレクサンドル卿は萎《しお》れていた体をシャキッとさせ、魔力を感じる方へ視線を向ける。

秋の乾いた風が吹いて周囲の気温が少し下がり、先程の強い魔力が近付いて来るのを感じて……淡い緑色の輝く光の固まりが飛んで来るのが見えた。緑色のそれはアレクサンドル卿にぶつかるようにして、爆《は》ぜた。

なにが起きているのかさっぱり分からない。だが、悪いものではないらしく、爆ぜた後の緑の輝きはアレクサンドル卿の全身に纏《まつ》わり付いていて、アレクサンドル卿自身もじっとしてなにかを感じているのか受け取っているようだ。

「……」

遙《はる》か昔、古代国家と呼ばれる大昔にあった国に生きていた人々は、今とは比べ物にならないほど強力な魔法、現在〝古代魔法〟と呼ばれるものを国民全員が自由自在に操っていたという。しかし、時の流れと共にその力は薄れて廃れていった。当時の魔法文明がどれだけ発展していたのか、どうして衰退してしまったのかは未だ解明されていない歴史の謎だ。

現在、古代魔法と呼ばれる世界を巡り構成する力の一部を使える者が黒騎士となる。彼らの使う古代魔法には現代魔法にはないものも多く存在していて、これもおそらくその手の魔法だと思われる。

緑の輝きに包まれていたアレクサンドル卿は、眉間に深い皺《しわ》を寄せて厳しい表情を浮かべた。そして、緑の輝きが消えるとヘーゼル色の鋭い目を私に向けた。

「アレクサンドル卿？」

「……補佐官殿、こちらへ」

大股で私のところにやって来ると、腕を掴《つか》まれ引っ張られた。人の力とは思えない程に強い力で私は足を縺《もつ》れさせた。

「ど、どこへ行くのですか⁉」

転びそうになりながら、私は裏庭のほぼ中央に立たされる。

「あ、グランウェル補佐官！　今から宰相室へ伺おうと思っていたんですよ、丁度良かった」

「ホーキング監査官？」

先程の事情聴取で顔を合わせた監査官が近付いて来る。アレクサンドル卿は無言のまま、ホーキング監査官の腕も摑んで私の隣に立たせた。

「監査官殿にも行っていただきたい」

「えっ？　ええっ？　アレクサンドル卿？　あの、一体どうなさったんですか？　え？」

困惑の表情を浮かべたホーキング監査官が疑問の声をあげるが、誰もそれに答えることができない。唯一それに答えることの出来る人が無言を貫いているから。

「……で、あの、なにがどうなっているんですかね？」

「さあ？　私も知りたいです」

ホーキング監査官にそう返せば、私たちの目の前で仁王立ちになった老騎士を見つめた。アレクサンドル卿は、右手を呆然《ぼうぜん》としているホーキング監査官と私の方へと突き出す。

「監査官殿、向こうでのことは宜しくお願いする。正しい目で判断していただきたい」

「？　一体なんの話をしているのですか？」

「補佐官殿、リィナを宜しくお願いする。あの子をどうか助けてやって欲しい」

「は……リィナを助ける？」

アレクサンドル卿の言葉にホーキング監査官と共に疑問の声をあげるも、それに対する答えは貰《もら》えなかった。私たちの足元に薄紫色に輝く魔方陣が展開する。三重に大きく広がる魔方陣はなんらかの古代魔法のものだ。

すぐに周囲の音が聞こえなくなり、目の前にあった景色が大きく歪《ゆが》み、なにかに吸い込まれるような感じがして、体が引き上げられた。その後は風に舞う木の葉のように、右へ左へ上へ下へと揺さぶられて最後には足元から吸引されて、勢いよく放り出された。

体勢を崩しながらもなんとか膝をつく程度で着地すると、すぐ隣でホーキング監査官が真っ青な顔をして薄紫色に輝く魔方陣の上で尻餅をついている。

「うぅおおぇぇ……ぎもぢわるうぅ……」

どうやら木の葉のように揺さぶられたことで、気分を悪くした様子だ。

「ここは……？」

魔方陣の輝きが消え始めれば、周囲の様子も見えてくる。王都ではないことがはっきりとする。随分と山深いし気温も低い、空気の匂いも違う。

「無事に成功ですね！　さすがは師匠、魔法は苦手って聞いていたので心配したんですけど、成功して良かった良かった。失敗していたら、有能文官二名の挽肉《ひきにく》が出来上がってる所でしたよ」

物騒なことを言う声の主は十代半ばを少し超えたくらいの笑顔が眩《まぶ》しい少年で、その横には項垂れるように地面に座り込み荒い息をしている中年の騎士らしい男。

「挽肉にしちゃったらどんな処罰が待ってることか。成功して本当に良かったですね、師匠」

「……うるっせぇ、さっさと補佐官殿を連れて、行け！」

「はぁい。では、宰相補佐様、参りましょう！　監査官様は師匠が復活したら、事情を聞いて下さいね」

若さがにじみ出ているかのような少年に腕を掴まれ、引っ張られる。

私は周囲の様子を窺いながら足を進めた。おそらくアレクサンドル卿の言っていた〝リィナを助ける〟という言葉に関係しているのだろう、と踏んで。

「ひとつ聞きたい」

「なんでしょう?」

「ここは、どこだ?」

「ササンテですよ。北部辺境の中でも一番北にある温泉の郷・ササンテ。正確には郷から出て、少し山の中に入った所にある広場っぽい所です。郷の子どもたちの遊び場だそうです、秘密基地的な。〝転移魔法〟は出来るだけ静かな所かつ、ある程度の広さが必要なので遊び場を借りたのです」

そういう少年に腕を引かれ、私は〝ようこそ、温泉の郷へ〟と看板の掲げられた正門を潜った。

温泉の郷、と呼ばれる街や村は国のあちこちに存在している。

地下から湧き出る温泉の効能による違いは当然として、海を見ながら温泉に入ることが出来るとか、猿や鹿なども利用する温泉だとか、温泉を利用した料理だとか、それぞれに特色を打ち出して観光客や湯治客を呼び込んでいる。

ササンテは国の北部側に位置していて、深い森の中にある温泉郷。年間を通して涼しく、夏は避暑地として、冬は雪見をしながら風情のある入浴が楽しめる。さらに、深い森の中にありながらも近隣の港街から入ってくる新鮮な魚介を使った料理が楽しめる、を売りにしていて温泉の郷の中でも人気が高い。

古代魔法の中でも特別な魔法である〝転移魔法〟により、王都から数日かかるはずのササンテまで一瞬で到着してしまった。

王城の片隅から、温泉の郷へ瞬間移動だ。なんと便利な魔法だろうか。

少年に引き摺《ず》られるように郷の中を抜け、ササンテ第二診療所と看板の掲げられた小さな施設の中へと入る。診療所の廊下を小走りに抜け、突き当たりにある処置室へと入室した。

「お連れしました！」

「やっと来たか！　もう儂《わし》は限界だ、代わってくれ」

白衣を着た白魔法使いらしい老人に呼ばれ、代わりに診察ベッドの前に立てば……そこに横になっている人物が目に入る。

「リィナ!!」

顔色は真っ白、だが不自然に頬や首筋が赤いのは発熱しているからだろうか。呼吸は荒いが薄く、意識はなさそうだ。

「おまえさん、この子の旦那なんだろう!?　急いで解毒を頼む！」

「解毒!?」

「体に蓄積された竜毒の方ではないぞ、今血液中を流れている毒の方だ。急げ！」

老魔法使いは私の耳元近くでそう叫び、私と立ち位置を入れ替わった。

「血液中の毒……」

リィナの手を握り、体中を精査する魔法で状態を確認する。血液中には毒素が含まれ全身を巡っている。他にも右腕と右脚には別種の毒がある。だが、こちらは血液中ではなく筋肉や骨を侵食していて、体全体にはあまり影響を及ぼしていないようだ。

体中の外傷の痕は新しいものから古いものまで多数にあるが、こちらは命に関わらない。まずは老魔法使いの言うように、血液中に入り込んだ毒とやらを先に解毒しなくてはいけないようだ。

「……〝浄化解毒〟」

薄緑に輝いた浄化解毒魔法は、ゆっくりとリィナの体を包み込んだ。

＊＊＊

ササンテの郷には沢山の宿泊施設がある。貴族専用のもの、庶民用のもの、個人所有の別荘もある。その中でも、案内された貴族専用の宿泊施設・アーリスホテルは一際大きく、豪奢《ごうしゃ》な造りに見えた。

一階はエントランスロビーにサロン、レストラン、ダンスホールなどが配置され、二階から上が客室。全室にテラスと個別浴室が付いているらしい。

一晩中リィナに対して浄化解毒魔法と回復魔法をかけ続けた。彼女の体がこの一年でたくさん傷ついているのを見るのは、想像以上に辛《つら》い。

リィナが飲まされた毒を体内から取り出せ、と付き添っていた老薬師が訴えるので解毒と並行して取り出した。だが、よく考えたら飲まされた毒は証拠になるのだから、必要だ。

そんな基本的なことも分からないほど、私は動転していたらしい。

明け方になって容体が落ち着いてくれたときは、安堵《あんど》の息と共に涙が零《こぼ》れた。リィナが助かってくれて良かった、そう思いながらそのまま意識を無くしてしまった。

その後、幾らも眠っていないというのに、ササンテに到着したときに会った少年に文字通り叩《たた》き起こされて、このホテルへ引き摺られるように連行された。

「おー、来た来た」

「皆様、おはようございます」

ロビー奥に用意されている奥まったソファ席で朝食後のコーヒーを飲みながら待っていたのは、小麦色の肌に白いものが混じる黒髪に青い瞳の騎士。背が高く、体もがっしりとしていて、確認しなくてもこの男が黒騎士イライジャ・アルトマン卿だと分かる。転移魔法を使い、ホーキング監査官と私をこの場へ移動させた本人だ。その後ろに立っているのは彼の弟子であり、私を引き摺るように診療所に連れ込み、ここに連れて来たノア・レイクス少年。イライジャ卿の向いには、ササンテに来たときに別れたきりになっていたホーキング監査官が座っている。昨日とは打って変わって顔色がいい。

お互いに名を名乗り、挨拶を交わす。握手をしたイライジャ卿の手は硬く、剣ダコでゴツゴツとしていた。

「改めまして。リィナ卿のこと、ご連絡ありがとうございました、イライジャ卿」

ホーキング監査官が一礼すると、イライジャ卿は頭をガシガシと掻《か》いて首を左右に振った。

「いや、偶然見付けたから連絡しただけだ」

「それで、一応偶然見つけたというところのお話を伺っても宜しいですか」

イライジャ卿はコーヒーのお代わりをメイドに要求しながら頷くと、我々にソファを勧めた。向かいに座れば、メイドがコーヒーを並べてくれるが……私は手をつけようとは思えなかった。

リィナはこのホテルで提供された毒入りの茶を飲んで、血を吐き倒れたのだ。

「……俺がここに来たのは、弟子に実践経験を積ませようと思ったからだ。ついでに温泉に入って、旨《うま》いものを食って、祭りも堪能しようと思ってな」

「ササンテで実践経験、ですか？」

「ああ、この郷の北側はもうムリヤン山脈に続く森なんだよ。秋は冬眠する魔獣たちが準備のために活発に動き回るから、春の繁殖期と同じく警戒期間だ。クマ型を何匹か倒す経験をさせようかって、ここに来たわけだ」

イライジャ卿の後ろに立っていた弟子、ノア少年は肯定するように首を縦に振る。

「んで、ここに到着してすぐ薬屋の婆さんが、警備隊の若いのを呼んでくれって騒いでる所に遭遇したんだよ。ワケを聞いたら、若い娘っ子が血を吐いて倒れたから、急いで治療院へ運びたいっていうから協力した」

「……その若い娘っ子、がリィナ卿だったと」

「そういうことだ。で、俺は〝リィナを見付けたら、監査室に連絡しろ〟って指示を事前に聞いてた。だからリィナを治療院に運び込んだ後、監査室とアレクサンドルに緊急通信を飛ばした」

「アレクサンドル卿にも？」

「ああ、リィナの師だからな。本来なら、夫である補佐官殿に連絡を入れるべきだったんだろうが……リィナを見付けたら監査室へ連絡入れろってことは、リィナの所在がはっきりしない上に、なにか監査室に関わるような問題が起きたってことだ。リィナ自身は問題を起こすような娘じゃないから、旦那のことかその家族のことでの問題だろうと踏んだ」

私をちらりと見るイライジャ卿の瞳は〝当たってるだろう〟と言っているように見えた。その通りなので、黙っている。

「そうこうしているうちに、リィナが毒にやられてるって分かった……んだが、郷で唯一治癒魔法が使えるあの爺《じい》さんが、自分じゃあリィナを助けられないって言い出した。魔力相性がどうだの、能力がどうだのって。時間をかけていたらリィナが毒で死んじまう。だから、補佐官殿を呼ぶことにしたわけだ。同時に、毒を盛った犯人がこの郷にいるかもしれねぇから……」

「なるほど、それで〝転移魔法〟で宰相補佐様と自分を。しかし、便利な魔法ですね〝転移魔法〟というものは」

「あのなあ、便利じゃねぇよ。転移出来るのは本人じゃないし、転移するものの質量が大きければ大きいほど魔力を喰《く》う。人間二人も転移させれば、魔力がスッカラカンになる。俺とアレクサンドルの魔力を全部使って、おまえら二人を転移させれば魔力はゼロ。今回は事前に緊急通信魔法も使ってたから、体力だってごっそりなくなったわ」

ササンテに到着したとき、イライジャ卿は地面に座り込んでぐったりしていたが、〝緊急通信魔法〟と〝転移魔法〟で魔力を全て使い切っていたからだったのだと納得した。どうやら、転移前にアレクサンドル卿の体がどこからか飛んで来た緑色の光に包まれていたが、あれは通信魔法だったようだ。

「……あんたは大丈夫なのか、補佐官殿？　リィナを治すのに、一晩中寝ないで治癒魔法をずっと使っていたんだろう。昨日ここに到着してから一晩中魔法を使っていてさ」

「大丈夫です。徹夜の二日三日は慣れておりますので」

国の政策に関わっている部署は総じて仕事の量が多い。仕事量が多いわりに関わる文官が少ないため、一人当たりが担当する量が増える。宰相補佐でまだ年若いバージルと私、私たちの下にいる文官たちは特に多くの仕事を抱えている。

繁忙期には、寝る間もなく仕事をこなす日が二日や三日続くことも珍しくはない。

「はー、やっぱり若さかね。徹夜で仕事なんて、俺にはもう無理だわ」

「白魔法使いは治癒魔法使いでもありますから、緊急時の治療行為やそれらに類する行為は魔法師団に所属の白魔法使いとしては当然の行為です」

「そうか。で、リィナの容態は？」

「毒の解毒は終わり、今は眠っています。飲まされた毒は摘出し、こちらに」

リィナの体から取り除いた毒は、小さなガラス小瓶に入れて割れないように封をした。その小瓶をテーブルの上に乗せる。

「中身の毒は確認されましたか？」

ホーキング監査官は小瓶を手に取り、中身の毒を揺らした。薄黄色の毒が小瓶の中でゆらゆらと動く。

「アカツキタケという毒きのこを主原料にしている、遅効性の毒です。郷のメアリ薬師が調べてくれました。どうやら、一部の貴族がよく使う毒のようです。沢山服用させるほど、効果が出るのが遅くなる特殊なものだとか」

「……飲ませてから時間がたてばたつほど犯人は分かりにくくなる、高位貴族が好みそうな毒だな。で、誰がリィナにその毒を飲ませたんだ？」

ホーキング監査官はお茶で口を湿らせると、肩を竦《すく》めた。

「実行犯はアーリスホテルを経営している家で働くメイド、命じたのはアメーリア・タリス男爵夫人です」

「誰だ？　そのアメーリア・タリスって女は」

「現在アーリスホテル代表ランドン氏の息子、エズラ氏の細君マーシャリー夫人の姉、です」

「……その嫁の姉、がどうしてリィナに毒を？　しかも、リィナは郷の薬店で倒れたんだぞ、遅効性の遅効ってそんなに早くてもいいもんなのか？」

イライジャ卿は素直に疑問であるらしく、身振り手振りを加えながらホーキング監査官に尋ねた。

「飲ませる量で毒の効き始める時間を調整出来るってんなら、せめてリィナが郷を出て行ってから効き始めるくらいには調整しそうなもんだろ」

「調整はしたようですよ。ただ、実際には彼女が考えていたよりずっと早く効果が出てしまったようです。その原因は分かったのですか、補佐官殿？」

「メアリ薬師の見立てではどうやら、リィナの体の中で解毒出来ないままだった竜の毒が関係しているようです。飲まされた毒と、元々体の中にあった竜の毒がなんらかの反応を起こして、予定よりずっと早くリィナの体に影響を与えた、と考えられると」

リィナの体の中には解毒出来ていない竜毒が残されていて、その毒は感覚を鈍くし痺《しび》れといった影響を与えている。出来るだけ早い解毒が必要だ。それ以前に私がしっかりと加護魔法を付与した装備を使っていれば、こんなことにはならなかっただろう。

けれど、今回の遅効性毒の件は竜毒に助けられたとも言える。もし、リィナの体に竜毒がなかったら、遅効性の毒はリィナが郷を出て、他の街に到着した後に効果を現したかもしれない。そうしたらイライジャ卿とすれ違ってしまい、医師やメアリ薬師の手当も受けられず、私が間に合うこともなく……リィナの命は消えていた可能性がある。

「まあいい、リィナの命は助かったんだ。で、肝心な所だ。アメーリア・タリスって女は、なんでメイドにリィナへ毒を盛るように命じた？　その女とリィナはなにか関係があったのか？」

「それが、関係は全くないんですよね。リィナ卿は貴族との関わりがほとんどなくて、交流のある貴族が少ないですから。彼女たちはほとんど初対面なんですよ」

「じゃあ、毒殺しようとした理由はなんだ。まさか平民出身の騎士だからって訳じゃねぇだろうな」

「今はまだ理由は不明です。命じたアメーリア・タリス夫人も実行犯のアンというメイドも、今はまだなにも喋《しゃべ》ってくれないので。聞き出せるよう、頑張ります」

ホーキング監査官が肩を竦めながら手を挙げると、三人の男女が近付いて来た。それなりの衣類を身に纏《まと》っている所を見るに、裕福な平民なのだろう。

「ササンテの代表をしているランドン氏、この宿泊施設のオーナーでもいらっしゃる。子息のエズラ氏に、細君のマーシャリー夫人です。こちらはリィナ卿の夫君、ヨシュア・グランウェル宰相補佐官でいらっしゃいます」

監査官から紹介を受けた三人は深く頭を下げた。

「遠い所をようこそいらっしゃいました。……この度は、謝罪してもしきれぬことをしでかしまして、誠に申し訳ございません」

肥満気味で頭髪は薄い、絵に描いたような中年から初老に差し掛かろうという男。その横には子息、彼の後ろには子息の細君が頭を下げたまま固まっている。

「毒殺を命じたアメーリア・タリスと実行犯のメイドは捕らえて、警備隊事務所の地下牢《ろう》に拘束中で、後日王都へ移送されます。まあ、重たい刑が命じられると思いますよ、侯爵家の一員である元黒騎士を毒殺しようとしたんですから」

ホーキング監査官の言葉に三人は青い顔をさらに青くし、目に見えるほど大量の汗を流す。

「我が国に死刑制度がなくて、良かったですね。命だけはとられませんよ」

グランウェル侯爵家の一員であるリィナを殺そうとするなど、未遂で終わったとしてもタリス家に対する罪は重い。縁戚関係にあるランドン一家にも罪が及ぶ可能性は十分にあり得る。

「マーシャリー夫人はリィナ卿に毒を飲ませた日の前日、郷の治療院にいた彼女の所へ出向いたそうですね。その理由を説明していただけますか？」

義父と夫の後ろに隠れていた夫人は更に顔を青くし、震えながら一歩前に出ると頭を下げた。

「……郷に魔獣が侵入した、と聞きました。幸い、大きなケガをした人はいないとも聞き、安心していました。でも、貴族街にある公園が壊れて、散策は出来なくなったと」

「まあ、大型魔獣が二頭も入り込んで暴れたんだ。壊れたのが公園だけで済んだってなら、上出来だろうが」

イライジャ卿がそう言うと、マーシャリー夫人は青い顔色を白くした。

「その……魔獣避けのランタンが上手く作動しなかったのだ、と聞きました。魔力を注入している者が仕事を行わなかったから、ランタンが動かずに……魔獣が入り込んだのだと」

「誰からその話をお聞きに？」

「お姉様と、メイドのアンから。魔力注入をしているのが、元騎士の平民だとも。あの人が魔力注入を怠ったことが原因で、魔獣が郷に入り込んだのだと……聞きました」

「だから治療院に出かけて行って、クマ型魔獣を二頭も片付けたリィナに、散々文句をいった挙げ句に扇で引っ叩《ぱた》いたってのか？」

リィナを扇で叩いた？　イライジャ卿の信じられない言葉に思わず夫人を睨み付ければ、黒騎士師弟も夫人を睨み付けていた。

「自分が魔獣避けのランタンを確認しましたが、七割以上の魔力が全てのランタンに蓄積されていて、稼働に問題はありませんでした。ですので、監査官として魔獣避けのランタンは問題なく稼働していたものと判断します。そもそも、魔獣避けなんて言われていますけど、あのランタンで完全に魔獣から街を守ることなんて出来ないんですよ。精々魔獣が近付かないようにする程度の代物です。ですから、リィナ卿に責任はないでしょう」

「……そんな」

マーシャリー夫人は監査官の報告に小さく呟くと、その場にへたり込んだ。どうやら、彼女は本気で魔獣が郷に入り込んだ原因がリィナにあると思っていたようだ。

「……もう結構です」

私がそう言うと、ホーキング監査官は肩を竦めて「そうですね、姉君がどうしてリィナ卿に毒を盛ったのか、理由はご存じない様子ですし」と同意する。

「リィナはもう戦えるような体じゃなかったし、騎士も引退した身でアンタたちと同じ立場の戦えない者だ。それなのに無理を押して郷と住民を守ろうと戦ったんだ。それなのに、あんたは全てリィナのせいだって郷から立ち去るように言ったんだな」

「も、申し訳ございませんでした」

イライジャ卿の言葉に、マーシャリー夫人は額を床に付けるように謝罪の言葉を繰り返す。その隣でランドン氏とエズラ氏も謝罪を繰り返した。謝罪をされても、とやりきれない気持ちになる。

リィナは療養を終えて郷を去ろうとしていたのではなく、責任のないことで追い出されようとしていたのだ。大きなため息が自然に零れる。

「おまえ、なんてことを！」

「し、知らなかったのよ！　知らなかったの！　あの人が侯爵家の一員だったことも、黒騎士として戦っていた人だったたっていうのも！　知らなかったのよ！　知っていたらなにも言わなかったのにっ」

「マーシャリー！」

「ごめんなさい、知らなかったの、知らなかったのよっ‼」

マーシャリー夫人は泣き叫び、メアリ薬師にしがみついた。その姿は元貴族令嬢とはとても思えず、私はリィナが味わっただろう屈辱や理不尽に体が芯から凍えた。

＊＊＊

午後の空は抜けるような青色で雲ひとつなく、小鳥の鳴き声が響く。そんな秋空の下大勢の人間の声が響き、氷漬けになっていたクマ型魔獣の解体作業が行われている。先に解体されたクマ型魔獣も含め、すでに戦えるような体ではなかったリィナが倒した。そのせいで、徐々に回復に向かっていた体の傷が悪化したとも。

ホテルでの話し合いから三日、朝、昼、夜の一日三回、私はリィナに浄化解毒の魔法をかけ、この一年私の知らないところで大きく傷ついた手足の傷の回復魔法もかけている。魔法治療の後は、メアリ薬師が作ったクリームを塗り込みながらのマッサージだ。

ホテルで飲まされたきのこ毒はすでに解毒出来ていて、当面命に関わる危険はない。けれど、体内に蓄積した竜毒との関係なのかリィナは未だ目覚める様子がなかった。

今は竜毒の解毒と外傷の回復を行っているけれど、ケガを負ってから時間が経ちすぎているせいで魔法の効きは良いとはいえない。これぱかりは時間をかけて、根気よく続けていくしかないのだろう。

「今更、後悔してるのかい？」

昼の治療を終え、ベンチに腰掛けぼんやりと解体作業を見ていた私にメアリ薬師が声を掛けて来た。そして、隣にあるベンチに座ると大きく息を吐く。

「後悔は、しています。ここ最近はずっと……後悔ばかりで」

「アンタは黒騎士の伴侶としての白魔法使い、としての意識がまるでないんだね。呆れるよ」

「黒騎士を護《まも》り支えるための白魔法使いでしょう？　意識はちゃんと……」

「あった、といえるかい？　見ただろ、リィナの体は傷だらけで、足は歩くことだって難しいくらい傷付いてる。毒の影響を受けて肌は紫だったり赤黒く変色してるよ……アンタの魔法がちゃんとあったら、あんな風になったりしないね。白魔法使い、伴侶の護りは肉体だけじゃないよ、心を支えて護ることも大事なんだ」

リィナの体が傷だらけで、肌が変色していることは治療をしたから知っている。私の魔法がなかったからだ。きっと心だって沢山傷付いたことだろう、私が護り癒す役目だったというのに。

メアリ薬師に対して、反論などない。彼女の言う通りだ。

「……アタシからしたら、アンタもリィナも大馬鹿者だよ。なにを思って、どう考えていたかなんて言葉や態度で示さなければなーんにも伝わりゃしないよ」

「リィナは、私のことを恨んでいましたか？」

クマ型魔獣の爪、牙、骨、皮は武器や防具、内蔵の一部は薬に、肉は食用になるそうだ。手慣れた様子で行われる解体は、あと二時間もしないうちに終わるだろう。

「恨んでなんかいなかったと思うよ、むしろ、申し訳ないって気持ちでいたんじゃないかね」

「申し訳ない？」

「平民の自分がアンタみたいなキラキラした上級貴族、しかも宰相だか宰相補佐だかって国を支える立場にいる人間と釣り合うわけがない。魔力相性が良いからって理由だけで引き合わされて、妙な噂《うわさ》を流されて何度も縁談を断られてる自分を可哀想に思ってくれたんだろうって。婚約してからは契約と義務で大事にして守ってくれたんだろうって。義務だったとしても、哀れみだったとしても大事にして貰えてうれしかったし、アンタを愛してたと」

「なっ……」

「アンタはきっとそんなつもりはなかったんだろう？　最初は家族の情とか、信頼が生まれたらいくらいに思ってたんだろうけど……今はリィナを女として愛してる、違うかい？」

「…………違いません」

「だろうね。アンタが全部悪いんじゃないよ？　そこん所間違えたら駄目だ。アンタたちは歩み寄る努力をしたし、お互いを愛していたし、大事に思って行動もした。でもまずはきちんと言葉に出して、アンタとリィナの間で話をしなくちゃいけなかったんだよ」

メアリ薬師はそう言って苦笑した。

両手で顔を覆い、肺の中から空気を絞り出す。何度絞り出しても、私の胸の中にあるどんよりとした気持ちは吐き出されることはなかった。

「………アンタ、今後リィナとどうするつもりだい？」

「それは……」

「あの子はもう、とっくにアンタと離縁したつもりでいるんだよ」

次の言葉は口から出て来なかった。

自分の意思で侯爵家西館を出て生活をしていて、母が用意した〝離縁届〟に署名をして王都を出て行った。そんな彼女を捜して、会って……どうするつもりだったのか。

私は、リィナとやり直すつもりでいた。そこいらに大勢いる夫婦のように、彼女とごく普通の夫婦として生活するつもりでいた。

リィナが署名していた〝離縁届〟は処分した。私の手の中でぐちゃぐちゃになった〝離縁届〟は、母の目の前で燃やして灰にした。

「……それでも、私は、彼女と共にありたい」

あくまで私だけの希望だけれど。

「そういう契約で、義務だからかい？」

「──……愛しているから」

彼女がもう私と一緒に居たくないと思っている可能性は十分ある。この一年の間、結果的に放置した私に愛想をつかしたかもしれない。けれどメアリ薬師の言うとおり、話をしなければ始まらない。

まずはリィナの治療を進める。まだ彼女は目覚めていないのだから。

「これをお使いよ」

「え？」

メアリ薬師は私に紙袋をくれた。中身を確認すると、飲み薬やケースに詰められたクリーム、ハーブティーらしい茶葉などが雑多に入っている。

「あの子が使っていた薬と気に入っていたお茶だよ。魔力焼けの症状改善や、体に残ってる毒素を薄める効果が期待出来る。あの子の治療に薬もクリームも使ってるだろう？　そろそろ残りが少なくなっているはずだよ」

「あ……」

「アンタは白魔法使いだ、あの子と魔力相性の良い。あの子を癒すことに関してはアンタの魔法以上に効果があるものはない。……でも、これだって捨てたもんじゃないよ、一助にはなるはずだ」

メアリ薬師はそう言って私の肩を叩いた。老女とは思えないほど力強く肩を叩かれ、体に衝撃が走る。叩かれた肩はジンジンとしばらくの間、私に痛みを与え続けていた。

＊■＊

ぐるぐると目が回る。瞼《まぶた》は開かずどっちが上なのか下なのかも分からない。水の流れに翻弄される木の葉のように、揉《も》みくちゃにされながら流されているような感覚。

そして、とても熱い。気温が高いのか、私自身が発熱しているのかは分からないけれど、熱い。熱すぎて息苦しい。

目が回って、熱くて、息が苦しい。

私は左手を伸ばした。なにかが手に触れるかもしれない。必死に手を伸ばし指先でも手の甲でもいい、なにか縋れるものを探す。

これ以上伸びないくらい手を伸ばすと、指先になにかが触れた。

それは人の手であったようで、私の手を包むように握り込んでくれる。その手を放してしまわないよう、握り返す。

「……い……だ」

声が聞こえる。でも、ちゃんと聞き取れない。目がぐるぐる回る。

握られた手から熱さが引いていくような感じがして「あれ？」と思っているうちに、体から熱さがなくなって息苦しさが消えた。ぐるぐると回っていた目も徐々に落ち着いて来る。

「も………し……」

ああ、またちゃんと声が聞き取れない。この手の持ち主の声に違いないし、きっと私を助けてくれたんだろうに。

「ね………て、わ………すか……」

なに？　なんて言ってるの？　握った手に力を込めると、握り返してくれる。同時に強烈な眠気がやって来て、眠気の波に飲み込まれていった。

＊＊＊

「あなたは平民の生まれだけれども、騎士として少しは生活してきたのだから多少は貴族のことも分かるでしょう？」

小さな子に理解させるように、諭すように言うのは前グランウェル侯爵夫人。

「ヨシュアとあなたの結婚は、魔力相性ありきのものよ。黒騎士と白魔法使いの関係が重要だということは、わたくしも重々承知しているわ。だから、あなたたちが一緒にいることに納得は出来なくても、許したの。あの子の白魔法使いとしての名誉でもあることだし」

装飾が繊細な植物模様の施された、美しい椅子に座る貴婦人。細かな刺繍やレースを使い、ドレープが美しいなドレス、長い髪を結い上げて、大きな宝石を使った髪飾りで飾る。私の想像する貴族のご夫人そのものの姿をしている。

「でも、あなたは黒騎士ではなくなったわ。ヨシュアに対して、白魔法使いとして最大の栄誉すらあげられなくなった。だったら、あなたに侯爵家の一員でいる価値などないわ。将来宰相となるヨシュアのためには、素性が確かな貴族家出身のご令嬢が妻として必要なのよ」

日焼けなど全く知らない白い手が優雅に動いて、一枚の紙が突然現れた。

「あなたが少しでもヨシュアを大切に思ってくれているのなら、分かるでしょう？　身を引いて、どこかに消えて頂戴。大きなケガをしたのでしょう？　どこか気候の良い田舎の村でゆっくりと暮らしなさい」

前侯爵夫人の手にあった紙とインクのついた羽ペンが滑るように私の手元にやって来た。羽ペンは私の手の中に入り込んで、署名をしろとばかりに羽を震わせる。

「さあ、急いで頂戴。この後、ヨシュアの正式な妻となってくれるご令嬢と会わなくてはいけないのだから」

署名欄に自分の名前を書くと、紙と羽ペンは前侯爵夫人の元へと飛んで戻って行く。

「ありがとう、初めてあなたに感謝します。ヨシュアを解放してくれて、本当にありがとう」

初めて見る前侯爵夫人の笑顔は、まるで聖母のように美しかった。

＊＊＊

「ああ、おまえか。さっさと準備をして討伐に行け」

先輩黒騎士は、私を見ると嫌そうに顔を歪めてそう言い捨てた。

「侯爵家の宰相補佐官様と結婚して、侯爵家の一員になったらしいな。だが、所詮は書類の上だけでの話だ。おまえ自身は平民のままだ、勘違いするんじゃないぞ」

金色に輝く髪、透き通った青い瞳、整ったお顔立ちはまさに貴族という感じ。身に着ける装備は目玉が飛び出そうなほど高価で、これでもかとばかりに加護魔法が付与されている。

「……まあ、以前は下級の予備兵にしか加護魔法をかけて貰えなかったが、宰相補佐官様に加護魔法をかけて貰えるようになったんだろう？　これからは討伐も楽になるな」

先輩黒騎士は「ああ、そうだ！」となにかに気が付いたようで、私を真正面に捉えた。

「ご立派な加護魔法をたっぷりかけて貰えるようになったんだ、これからは討伐頑張ってくれよ？　俺たちの分までさ」

「そうだな、おまえは平民なのだから俺たちの倍は討伐しなくちゃだな」

「二倍って、少なくないか？　平民なんだから、五倍はやらないと」

先輩騎士の姿が一人増え、二人増えしていく。彼らは全員が伯爵以上の家や辺境伯家縁のお血筋で、きれいな髪と目の色をして顔も整っている。そして、彼らの奥様たちも彼らに見合う高貴なお家に生まれた、魔力相性の良い中級以上の白魔法使い。

「さすがに竜相手に単独というのも可哀想だから、あいつと一緒に行けよ。男爵家に養子に入ったとかいう、平民のあいつさ」

先輩黒騎士たちが笑う。

貴族社会の縮図、と言われる場所が幾つかあることは知っているけれど、騎士団もそのひとつ。

騎士など、戦う力ひとつで話がつきそうなものだけれど、不思議とここでも身分というものが幅をきかせてくる。

「さっさと討伐に行け、平民。同じ砦勤務《とりで》のうちに沢山魔獣も竜も倒してくれよな」

「街も村も住民も助かるし、俺たちの手間も省けて、特別恩賞金もたっぷりだ！」

「おまえが竜に食い殺されても、誰も困らないのが良い所だ。孤児だってな、親も親戚もないし、おまえの夫は〝黒騎士を守れなかった能なし白魔法使い〟って言われるだろうが、侯爵家出の宰相補佐様なんだからそう大きな痂疲にはならない。むしろおまえが妻、という立場から解放されて清々するだろうよ」

「だから精一杯戦ってくれ」

彼らの声は、いつまでも私の耳に響いていた。

＊＊＊

「さて、改めてあなたには申し上げておきます。あなたは平民の生まれでありなりながら、古代魔法を扱える才に恵まれて生まれた。それは神に感謝するべき、素晴らしいことです」

前任の事務局長が年齢を理由に退職し、新しくその椅子に座った若き事務局長は言う。

「古代魔法を駆使し、武装を使いこなして竜と魔獣を狩り、この国に暮らす人々の命と生活を守るのです。それが古代魔法を使える者の使命であり義務。そこは、十分に承知していただけているものと思っておりますが、間違いはないですよね？」

淡く優しい色合いの髪や瞳、優しそうな顔立ちとは打って変わって、新しい事務局長は丁寧だけれどトゲがある。最初に顔を合わせた瞬間から、嫌われていると分かった。

「古代魔法の才に恵まれた者の多くが貴族の血を引きます。あなたにはそれがない。その分、目に見える形で努力をせねばなりません。師になって下さったアレクサンドル卿、夫になって下さったグランウェル宰相補佐官の顔に泥を塗らぬように」

先代事務局長は実力主義で、魔獣と竜を討伐出来ればそれでよし、沢山討伐出来る騎士こそが優れた騎士である、と分かりやすい判断をしていたから個人的には助かっていたのに。

「理解が出来ていますか？　あなたは平民出身でありながら、竜狩りの名手と謳《うた》われたアレクサンドル・ヴァラニータ卿を師匠に持つことが出来た。それが如何《いか》に名誉なことであったか。彼の弟子になりたいと願う上級貴族出身の訓練生は大勢いるのですよ？　それを差し置いてあなたは彼の弟子になり、訓練を受けることが出来たのです。それに報いなければなりません」

一線を引いた黒騎士は騎士学校の訓練生の中から弟子を取る。訓練生は師となる黒騎士を選ぶことが出来ない、選ぶのは黒騎士の方だ。座学や実地訓練の様子や、教官たちから日頃の生活態度などを聞いて「こいつを一人前にしよう」と決めるのだと聞いた。

私が師匠を選んだわけじゃない、師匠が私を選んでくれたのだ。選んでくれたことは素直に嬉《うれ》しいし、師匠に恥をかかせるような戦い方だってしないつもりでいる。でも、それを身分がどうこうといわれたくはなかった。

「…………なんですか、その態度は。しっかりと自分の立場というものを理解しなさい。最近、ようやく結婚したわけですが、今まであなたと結婚をしてもよいと言って下さっていた白魔法使いに対して、身分や立場や容姿のことで断っていたとか。全く以《もっ》て信じられません、あなたは人として最低なことをしていたのですよ？　理解していますか？」

若草色の瞳が丸い眼鏡越しに私を睨む。

「これでは、グランウェル宰相補佐官との関係も上手くいくわけがない。せめて、補佐官殿の仕事の邪魔はしないようにしなくてはいけませんよ。その辺はきっちりと、事務局の方で管理しますからあなたは討伐指示書に従うように」

事務局長のいる大きな執務机の横に、一人の青年が立つ。

「これからは、自分がこの女の討伐日程を管理します」

「ああ、それはいいですね。トミー・シャルダイン事務官はあなたとも縁があるのですから、適任です」

黒騎士事務局の事務官、トミー・シャルダインは宰相補佐様の母方の従兄弟になる。宰相補佐様と婚姻関係にある私とは、書類上親戚という立場になるのだろう。

「おまえがちゃんと働かないと、ヨシュアにもマーゴットにも伯母上にも迷惑がかかるんだ。知っているか？　平民のおまえがヨシュアと結婚したから、マーゴットは嫁ぎ先で白い目で見られているし、夜会や茶会で虐《いじ》めを受けてるんだ」

トミー・シャルダインは鼻息も荒く言葉を続ける。

「孤児の平民が義妹になったっていわれているんだ。黒騎士として一流以上の働きをしなくちゃ、誰からも認められるような働きをしなくちゃ駄目なんだよ！　マーゴットが泣いてるんだからなっ」

上級貴族の家に私のような平民が一員として入ることが、お茶会や夜会で虐めを受けたり、嫁ぎ先のご家族に白い目で見られたりする原因になるなんて、想像もしていなかった。

「まあ、それもあなたの仕事ぶり次第でなくなりますよ。あなたの師であるアレクサンドル卿は子爵家のお生まれで、身分で言えば下級貴族です。ですが、この国であの方に敬意と感謝を捧《ささ》げない国民は誰一人としていないでしょう。それだけの活躍を見せておられる。ですから、あなたも師匠を見習って討伐をこなし、国民の命と生活を守れば宜しい。結果が出れば、誰もがあなたを認めるでしょう。前例があるのですからね」

事務局長はそういって、両手を組んだ。

「師匠や夫君に迷惑をかけたり、仕事の邪魔をすることはしない。それを踏まえて、討伐に勤《いそ》しみなさい」

事務局長は笑いながら頷き、トミー・シャルダインも「事務局長のおっしゃる通りだ！」と大きく首を縦に振る。そして、ぎっしりと予定の詰まった討伐指示書が私の手元にやって来た。

「勤しみなさい、いいですね。あなたにはそれしかないのですから」

ややクセのある柔らかそうな淡い赤茶の髪、若葉のようなきれいな瞳、一見大人しそうに見えるお顔立ちの新しい事務局長は、笑顔で私に「死ぬまで戦え」と命じた。

＊＊＊

瞼をあけると世界がぼやけて見えた。

何度か瞬きを繰り返したのに、一向に視界がすっきりする様子がない。まるで霧が発生しているように酷くぼやけていて、大まかな形と色、明るいか暗いかしか分からない。

そういえば、前にもこんなことがあった気がする。そうだ、騎士団をクビになる前、病院で目が覚めたときもこんな感じだった。あのときと違うのは、ここがあの病院ではないってこと。そして、とりとめもなく見ていた景色と会話は、私が夢に見ていたものだったようだ。

少し考えれば分かることだ、前侯爵夫人が離縁届をなにもない所から突然取り出したり、私を嫌う先輩黒騎士たちが突然何人も湧き出るわけがないし、事務局長とトミーが一緒になって騒ぐことだってない。

あれは全て現実と、私の中の相手への思いや認識が混じって出来た夢だったのだ。嫌な夢だったけれど、夢ならば気にすることはない。夢は所詮夢。

視界が徐々にはっきりとしてくる。ゆっくりと辺りを見回せば、ササンテの庶民用治療院の一室だと分かった。

「…………!?」

左手が重くて動かせなくて、視線を向ければ誰かが椅子に座ってベッドに突っ伏していた。その人と私はお互いの手を強く握り合っている。

赤みの強い茶色の髪、日焼けを知らない白い肌、私の手を握る彼の手はペンを握り続けたペンタコが大きくある文官らしい手だ。

「……」

この人がこんな場所にいるわけがない、そっくりさんか？　私はまだ夢を見ているのか、それとも都合の良い幻覚でも見ているのか。混乱しているうちに、ご本人が目を覚ました。そして、私と目が合う。深い緑色の瞳だ。

「……目を覚ましたのか、良かった。どこかに痛み、違和感を覚える所はあるか？」

低く滑らかな声にも聞き覚えがある。何度も聞いて、聞きたいと思った声だ。

「…………大丈夫か？」

「は、い」

自分の体に痛みや引き攣《つ》り、感覚の低下や痺れなんかがあるのは当たり前になっている。なのに、今の私の体にはそういう違和感が少ない、全くないわけじゃないけど凄く楽になっている。きっと治癒魔法をかけてくれたんだろう。

「完治させるには時間が必要だ。根気よく治癒魔法をかけ、薬を飲み、クリームを使ったマッサージをして、機能回復訓練を行う」

「は、はい」

「心配はいらない、私が責任を持って治療と機能回復に努める」

どうしてあなたがここにいるの？　どうしてもう関係ないはずなのに、どうしてまだ私が伴侶であるかのような態度と口ぶりなの？　私は混乱している。

「……もしかして、私が誰なのか、分かっていないのか？　忘れたのか、私を？」

「……」

「正直に」

知的な雰囲気に満ち溢《あふ》れた深緑の瞳がスッと細められ、「答えろ」と圧を掛けられる。忘れられるような相手だったら、良かった……その程度の相手なら、楽だった。

「……宰相補佐様」

「それは役職の名前だ」

「…………ヨシュア様」

お返事すると彼はくしゃりと表情を崩し、覆い被さるように私を抱きしめた。温かくて、良い匂いがして、そして重たい。

「良かった……私の治癒や解毒魔法が効いていないのではないかと、私ではキミを治せないのではないか、と思った」

ぎゅうぎゅうと私を抱きしめ、呟くように言葉を紡ぎ……ズズッと鼻を啜《すす》る。肩口に温かな雫《しずく》が幾つも当たって、宰相補佐様が泣いていることに私は気が付いた。

「……会いたかった」

まさかの言葉に私の胸がぎゅっと喜びで震える。もう二度とお会いすることはないと思っていた人とまた会えた、さらに「会いたかった」なんて言葉も貰った。

私は動きにくい腕を動かして、宰相補佐様の背中に腕を回す。とたんに私を抱きしめてくる腕に力が入った。少し苦しい、が結構苦しいに変わる。でも、まだこの腕の中に居たくて……肩口に温かな雨が降り注いでいる間、私はそのまま動かず腕の中に囚われていた。

七章　再会する彼と彼女

メルト王国暦　785年

「その、あの……」

私はベッドで上半身を起こして居住まいを正し、言葉を探す。

今の私は騎士でもないただの平民で離縁もしていて関係はなくなっている。上級貴族である宰相補佐様と話が出来るような立場じゃない。けれど、宰相補佐様と私は話をしなくてはならない。

メアリさんが言ったように、私たち自身のことをついて話をしなくてはいけないのだ。それは分かっているけれど、なにをどう言ってよいのか分からない。

宰相補佐様は再度大きく息を吐くと、テーブルの上に置かれていたティーポットでお茶を淹《い》れ、庶民感丸出しのマグカップを手渡してくれた。なんと、中身はメアリさんの作ったハーブティーだ。

「……キミは五日間ほど、毒の影響で高熱を出し意識が戻らなかった。解毒は終わっているが、体が非常に弱っている状態だ。もし辛《つら》くなったり、どこかが痛むようだったらすぐに言って欲しい」

「はい…………それで、あの……」

ベッド脇にある椅子に座ってご自分もお茶を飲むと、宰相補佐様は大きく息を吐いた。

「まず、話しておきたいというか知っておいて欲しいのだが、私たちは離縁していない」

「……は、い？　え？　ええ⁉」

「母に呼び出されて、本館で離縁届に署名をしただろう？　その書類だが、私が燃やして灰となって消えた。当然どこにも提出されていないから、私たちは変わらず夫婦のままだ」

離縁を、して、いない？

離縁届に署名をしたとき、前侯爵夫人はすぐに書類を提出するとか言っていたのに？　しかも、燃えてなくなった？

「え……でも、私はもう黒騎士ではなくなったので、宰相補佐様の伴侶ではいられないと。宰相補佐様の将来のためにも、ご実家に力のある貴族令嬢を奥様に迎えると」

「そう言ったのは、母だ。私ではない」

「それは、そう、です、けど……でも」

宰相補佐様は苦笑いを浮かべた。

「私はキミがどんな立場になろうとも、離縁するつもりはない。聖堂で式を挙げ婚姻届に署名をしたとき、〝死が二人を別つまで共に〟と愛を神に誓った。その誓いを違えるつもりは私にはない。キミはどうだ？」

私は首を左右に振った。婚姻届には結婚し伴侶となるにあたって、いくつかの誓約が記載されていた。〝お互いを慈しみ支えあう〟とか〝お互いを尊重しあう〟といった感じの内容で、宰相補佐様のいう〝死が二人を別つまで共にある〟という内容もあった。

「それに私は何度も神に愛を誓うつもりはない、生涯をかけて一度きりだ」

私もその誓いを破るつもりはなかった。私から離縁を切り出す理由はないし、好きになってしまったし……離縁の話になるのなら、それは絶対に宰相補佐様自身か彼の立場に関係した場合だろうと思っていた。

「……私も、です」

「そうか、なら良かった。キミが私と離縁したいと本気で望むのなら、必死で縋《すが》りついて引き留め気持ちを変えて貰《もら》うように、どんな手段を使っても懇願しなくてはいけなかったからな」

宰相補佐様は「安心したよ」と呟《つぶや》いて、ハーブティーを飲んだ。それを見ながら、私も爽やかな柑橘《かんきつ》風味のお茶を飲む。

「……ここ一年と数か月、キミを結果的に放置してしまったことを謝罪する。申し訳なかった」

テーブルにマグカップを置くと、宰相補佐様はベッドに額を擦《こす》りつけるように頭を下げた。

「あの、そのことなのですが、説明をしていただいても？」

きれいな髪と形の良い後頭部を見ていても仕方がない。話をするのなら、ちゃんと相手の顔を見て話がしたい。

「勿論《もちろん》だ。…………どこから話したものか、その、そんなつもりはなかったのだが、結果的にキミを長い間放置する形になってしまった。それは、私と宰相閣下を始め宰相室全体がキミの任務内容が変更された、と思っていたからだ」

「え？　私の任務、というと討伐任務ですか？」

「そうだ。私は……その、キミの了解を取らないまま勝手に騎士学校の教官職への変更を事務局に届け出た。そして、それが受理されたという書類を受け取っていた」

「え、ええ⁉」

私が騎士学校の教官？　私が先生⁉

「勝手なことをして申し訳ないと今でも思っているが、キミを討伐任務から外したかった」

「ええと、それはお仕事の都合で私に加護魔法を付与する時間が確保出来ないから、ということで？」

「それも全くないわけじゃなかったが、まずはキミを危険な任務から遠ざけたかった。勝手な言い分だとは分かっている、騎士の伴侶としては間違っている。だが、討伐から疲労困憊《こんぱい》で帰って来たキミとボロボロに砕けた装備を見て、私は恐怖した」

宰相補佐様はそう言って両手にギュッと力を込めた。その手は白くなるほど握り込まれていて、私は自分の手を重ねる。すると、少しだけ力が緩んだ。

「私がいくら加護魔法を付与しようとも、それ以上の力で押し切られればキミはケガをする。今まではケガで済んでいたかもしれない、でも、いつか……取り返しのつかない致命的なことが起きるかもしれない。そう思ったら、恐ろしくなった」

掌《てのひら》の下にある握り込まれた手が震えていた。

そう、宰相補佐様の想像は間違ってない。竜や魔獣と戦う私たちは、常に命の危険と隣り合わせだ。どんなに強力な加護魔法を付与して貰っていても、どんなに自分たちが訓練を重ね経験を積んでも、死と隣り合わせであることに変わりはない。実際に黒騎士は死んでいく。

「それで、私を騎士学校に？」

「そうだ。騎士学校の教官職なら、命の心配はないだろう」

私は震える宰相補佐様の手を両手で包み込む。

「キミは騎士学校で魔獣学と弓術を教える、そう事務局から正式な書面を受け取った。だから、私は地方や海外に出かける仕事に就いた……だが、実際は違った」

「……ありがとうございます」

私は宰相補佐様の手を両手で引き寄せ、額を当てた。

「リィナ？」

「私を、私の命を守ろうとして下さってありがとうございます」

「だが、実際には守れてなどいなかった。キミは変わらず討伐任務についていて、それどころか私の加護魔法なしで竜や魔獣と戦うことになってしまった」

「事務局が正式な転属任命を書面として出していた。同時に私の所には討伐指示書が届いていた。それは黒騎士団事務局内部で意図的にされたことなのでしょう。宰相補佐様の責任ではありません」

「だが……」

「私を危険から遠ざけようとして下さった、そのお気持ちが嬉《うれ》しいです」

きっと騎士を伴侶に持つ者は多かれ少なかれ宰相補佐様のように考える方が多いはずだ。大事な伴侶が傷付かないように、無事に生きて帰って来るようにと願っている。でも、騎士職は国民の命と生活を守る大切な職業で、それを誇りに思っている者も多くいる。辞めて欲しいとか安全な部署に異動して欲しい、なんてなかなかいい出せないのが現実だ。

けれど宰相補佐様は実行した。黒騎士の伴侶として、絶対に責められて悪く言われることを分かっていても私の命を優先してくれた。

「……本当にすまなかった。更に母のことも」

「でも……夫人の立場やお気持ちを考えたら、当然のことかと思います」

自分の息子のために出来ること、を考えて行動した母親なのだと思う。文官としての出世のためには、結婚相手だって重要だろう。それなら、私より貴族で文官系のお家のご令嬢の方がいいに決まってる。

「母は、私に贖《あがな》いたいのだ」

「贖いたい？　罪滅ぼしをしたい、と思われているのですか？」

宰相補佐様は頷《うなず》いた。

「私には昔、婚約者がいた。相手は伯爵家のご令嬢で、詳しくは省略するが色々とあって婚約は解消になった。その原因がマーゴットだった」

「もしかして、マーゴット様が起こした問題について夫人は責任を感じて？」

宰相補佐様は頷き、テーブルの上に置き去りになっていたマグカップを手にすると温《ぬる》くなってしまっただろうハーブティーを一気に飲んだ。

「そうだな。キミと結婚すると同時に、私は叔父に対して侯爵家の跡取りにはならないことを正式に宣言して、書面にもそれを残している。母は私が決めたことだから、と納得してくれた」

「だからこそ、宰相補佐様が確実に出世出来るようになさりたかったんですね」

母親の愛は少しばかりズレていたようだ。自分は良かれと思ったことが、相手にとって良いことだとは限らない。でも、息子を想う気持ちだけは分かる気がする。

「私は夫人のされたことを気にしていません。母親として、宰相補佐様のためになると考えた結果なのでしょうから。それに、私自身も離縁届に署名することに納得していましたから」

「……」

「けど、後悔はしていたんです。メアリさんに言われて、ようやく気が付いたんですけど……結婚していたのは宰相補佐様と私であって、夫人としていたわけではないんだって。結婚の継続に関して、二人で話し合って決めるべきだったんだって」

私はあまり頭の出来がよくないし深く考えることもしないから、いつも他の誰かに教えて貰ってそこで気が付いて後悔するのだ。

「……私は、キミが母の用意した離縁届に躊躇《ためら》いなく署名した、と聞いて衝撃を受けた」

私の手を宰相補佐様の手が摑《つか》む。逃がさない、とばかりに強く握り込まれた。

「私たちの結婚は、契約的な意味合いが大きいものから始まった。だが、……私の中ではもう契約関係のつもりではなかった。裏表なく私に感謝の言葉と気持ちを伝えてくれるキミのことを私なりに、その、なんだ……好いて、愛して、大切にしていたつもりで、直接的な言葉を伝えてはなかったが伝わっているものと思っていた」

俯《うつむ》いて歯切れ悪く言葉を述べる宰相補佐様の耳は真っ赤だ。

「だから、キミが躊躇いなく離縁届に署名したと聞いて……私たちの関係がキミにとってはその程度であったのかと、悲しかった」

「……竜や魔獣と戦っているとき、騎士は常に命がけです」

突然会話の内容が切り替わり、俯いていた宰相補佐様が顔を上げる。きょとんとしたような表情に、緑色の瞳が揺れた。

「大きくて鋭い爪、ギザギザに尖《とが》った牙、硬い角、吐き出される炎や毒のブレス。まともに食らったらあっという間に挽肉《ひきにく》死体になる、討伐任務というのはそういうものです。婚約を結んでから宰相補佐様が付与して下さった加護魔法、魔石に込めて下さった魔法、何度もそれに助けて貰いました。その魔法がいかに強力だったのか、私を守ってくれていたのか……魔法付与を失ったこの一年間はそのありがたみを実感させられました」

一瞬で灰になるまで燃やし尽くされそうな炎のブレスを防いでくれた防御結界魔法、長い尻尾に吹き飛ばされ岩壁に叩《たた》き付けられた体をすぐに治してくれた上級回復魔法、突き立てられた鋭い角のひと突きを回避する速さをくれた加速魔法。ひとつずつあげていけばきりがない、数えきれないほど助けられた。

「宰相補佐様の魔法……魔力が私を包んで何度も命を守ってくれました。私はその都度感謝したのです、何度も命を救われているのに、好きになるなという方が無理ですよ」

「では、どうして署名を……?」

「私たちの結婚は根本的に私が黒騎士で、宰相補佐様が魔力相性の良い白魔法使いだから成り立っていたものです。私の気持ちなんて関係ない。私が……黒騎士でなくなった時点で、婚姻関係を解消されても不思議ではありません。それに…………宰相補佐様の文官としての将来を考えれば、私よりも文官としてのツテや後ろ盾を持つ家の……ご令嬢を奥様に迎えられるほうが良い、そう思ったので……」

「それで、私の立場や出世を考えて身を引こうと？」

掴まれた手を引かれ、宰相補佐様の唇が甲に触れた。チュッというリップ音が響く。

「私のために？」

「でも……本当は、本当は…………離縁届に署名なんて、したくなくて……」

「うん」

「でも、離れなくてはって……」

上目遣いに宰相補佐様が私を見つめる。エメラルドのような瞳、長い赤茶の睫毛《まつげ》、やや薄い唇が笑顔を形作った。心臓の鼓動が急激に早くなり、顔が熱くなる。

「私のことを考えてくれて、嬉しい。でも分かって欲しい、キミが騎士であってもなくても、私はキミとの婚姻関係を続けたい。キミを諦めたくない。だから、私になにも言わないままひとりで私を諦めないで」

宰相補佐様の顔がどんどん、焦点が合わなくなるほどに近付く。

「これからは、思ったことは言葉に出して欲しい。問題は二人で解決するし、希望があるなら教えて欲しい。私も言葉にしてキミに伝えるから」

「は……はい」

そう返事をすると、唇に柔らかなものが触れる。それは一瞬だったけれど、何度も触れては離れるを繰り返した。

「愛しているよ」

体感にすると永遠に感じられた口づけが一段落し、仕上げとばかりに宰相補佐様は再び私の手の甲に口づけた。

「……宰相補佐様」

「それ、止《や》めてくれ」

「え？」

「宰相補佐、それは役職名であって私の名ではない。名前で呼んで欲しい、一年前は名前で呼んでくれていただろう」

「はっ……えええ？　でもっあの……」

「さありィナ。名前で呼んで。ほら」

「えっあ……ヨ……、ヨ、ヨシュア様」

「敬称もいらない、呼び捨てで」

「ええっ」

「ほら、呼んで」

その後、名前で呼べるようになるまでねちねちと意地悪をされた。

顔から火が出て、心臓が破裂するかと思った。でも私に名前を呼ばせようとするヨシュアはとても楽しそうで、呼んだときはとても嬉しそうに笑ってくれた。

＊＊＊

三日後、王都からの一団が到着した。

王都の赤騎士たちと護送用の馬車、ホーキング監査官の同僚が到着するのは分かっていたけれど、その一団の中に師匠が入っていたのには驚きを隠せない。

「幼子でも行き先を親に告げて遊びに行くものだ。長じても長期に留守にするのならば旅行先、どれほどの間不在にするかを屋敷の者に伝える。おまえは最低でも宰相補佐殿に、ササンテに三か月ほど温泉療養に出かける、と伝えてから出かけるべきであった。そもそも、侯爵家のタウンハウスを出るときに連絡をいれるべきであった」

馬車から降りた師匠は、杖《つえ》を突いてさらにヨシュアに寄り添われて立つ私を見付けて近付くと、いきなりそういった。返す言葉がない。

「申し訳ありませんでした」

「ご心配をお掛けしまして、申し訳ありませんでした」

私が頭を下げると同時にヨシュアも一緒に謝罪の言葉を述べた。

「我が不肖の弟子との会話が無事に済んだようで何よりだ。リィナ、無事で良かった。もう迷子騒ぎは起こしてくれるな。我らは夫婦して寿命を縮めたぞ。今後は、補佐官殿としっかり話し合い、連絡を欠かさぬように」

師匠の大きな手が私の頭に触れる。修行中も古代魔法を習得したときや、魔獣を無事に討伐出来た後はこうして頭を撫《な》でてくれた。

「……はい」

「もう宜しいのですか？　もっとこう、長々とお説教があるかと思ってたんですけど」

ホーキング監査官が間に入って来て、軽い口をきいた。確かに、私自身ももっと師匠からはお叱りを受けるかと思っていたのに、あっさりと終わってしまって驚いている。

「構わない。もうリィナを守るのも、共に歩むのも補佐官殿だからな」

「ははぁ、父親の役目は終わったということですかね」

軽いホーキング監査官の言葉に師匠はプイッとそっぽを向き、笑顔のヨシュアが一層体を寄せてくる。なんだかよく分からないけれど、お叱りがもうないのなら素直に嬉しい。師匠のお叱りはなかなかにねちっこくて長いのだ。

「分かりました。では、今後の予定をお知らせします。リィナ卿《きょう》を毒殺しようとしたメイドと、それを指示した男爵夫人については王都に護送され、取り調べと裁判を経て刑が確定、その後執行されます。ササンテから王都への出発は明後日の午前中で、リィナ卿と宰相補佐殿には我々と一緒に王都へ戻っていただきます」

特に気にすることもなかったので、予定通りで構わないと返事をした。

「では、リィナ卿は移動に供えて体調を整えて下さい。と、いっても夫君である補佐官殿が一緒ですから、そう心配はしていませんが」

「当然だ」

ヨシュアは鼻息も荒くいい切った。

ここ数日ヨシュアによる魔法治療と、メアリさんの作ってくれたお茶と薬を飲みクリームを使ってのマッサージを継続している。その効果たるや絶大なものがあり、ササンテで飲まされた毒はすっかり抜けて、体の中に蓄積されていた竜毒の解毒や魔力焼けの回復も大分進んでいる。お陰で肌の変色も薄くなって来ているし、傷も目立たなくなって手足の動きも改善されてきた。

「……………リィナ卿、最終確認なのですが。アーリスホテル経営者の縁者である、アメーリア・タリス夫人と過去に面識はありましたか？」

「いえ、ありません。私がササンテの来たのは今回が初めてですし、アーリスホテルにお邪魔したのは、ササンテを離れるつもりで挨拶に伺ったときが初めてです。お目にかかったのは、クマ型魔獣に侵入された後で治療院にいたときだけです」

「マーシャリー夫人と二人で治療院にやって来たときですね？」

その辺はメアリさんも一緒だったので、彼女たちが私に言ったことやしたことは確認してあるとのことだ。私にも一応の確認をしたいらしい。

「ホーキング監査官、なぜタリス夫人はリィナに毒を飲ませたのだ？」

師匠が尋ねると、ホーキング監査官は淡い茶色の髪を掻《か》き回した。

「指示が出されていた、のだそうです。リィナ卿を見かけたら、例の毒を使って殺すようにと」

師匠とヨシュア、そしてホーキング監査官の目が一斉に私に集中する。

「誰からだというのだ？　リィナは補佐官殿と結婚し、侯爵家の一員ではあるが平民扱いをされている。グランウェル侯爵家とはほぼ縁もなく、派閥も違い関わりのないタリス家の夫人に毒殺を命じる人物や家など思いつかないが」

師匠は腕を組み右手で顎を撫でながら、何やら考えごとをしている。恐らく、貴族同士の関係について思い出しているのだろう。

「タリス家の寄親はコネリー侯爵家です。けどコネリー侯爵家と繋《つな》がりのある全ての家は、リィナ卿と全く関わりがないことは明白ですから……理由も、どこから命令が流れて来たのかも、今はまだ分からないんですよね」

「詳しい取り調べも調査もこれから、というわけですか」

全く関係のない貴族から命を狙われるなんて、想像もしてなかった。私の自覚がないだけでなにかをやってしまった可能性がゼロとはいわないけれど、命を狙われるようなことはしていないつもりだ。

「はい。まあ、もう大丈夫だとは思うのですが……リィナ卿は一応、口に入れるものは気を付けて下さいね」

「分かりました」

返事をして、ずっとなにも言わないでいるヨシュアを見上げれば、彼はとても厳しく苦しそうな顔をしていた。その理由を知りたかったけれど、聞くことを躊躇われて言葉を飲み込んだ。

その後、私たちは予定通り護送車の一団と共に北部辺境ササンテを出発した。

イライジャ卿とお弟子さんは魔獣討伐訓練のためムリヤン山に入り、本来の目的である討伐訓練を開始。師匠は数日後に合流するレイラ夫人を待ちながら、一足先にササンテで温泉と山と海の料理とお酒を楽しんでいた。この冬をササンテで夫婦水入らずで過ごす予定らしい。

温泉の郷・ササンテのお祭りは予定より少し規模を縮小して開催され、住民も観光客も楽しんで無事に終わったようだ。ランドン氏のご家族は気落ちしていたらしいけれど、郷の代表としての役目はきっちりこなした。

タリス夫人のしたことが、あまり周囲の人間に影響を与えないといいと思う。けれど、貴族の世界は立場や責任の関係からそうはいかないらしくて……責任のある方々の世界は、北の辺境よりも厳しくて難しい。

八章　王都に戻った彼と彼女

メルト王国暦　７８５年

監査官一行の馬車に乗って王都に戻り、私とリィナは監査室所有の小さな家を当面の滞在先として借り受けた。

リィナはすでに騎士籍を失っているため騎士団の寮は借りられないし、文官の寮は基本的に独身の者しか借りられない。本来なら、侯爵家のタウンハウスに戻ればいいのだろうが、リィナのことを良く思わない母と使用人たちが暮らしていて、余り良い思い出がない。そう思うとタウンハウスの西館に帰ることは躊躇《ためら》われた。

監査室の持つ家は監査対象者や保護対象者が一時的に暮らせるように用意されたもので、二階建てのこぢんまりした作りだ。小さいながらも庭があり、リィナは気に入ったようで嬉《うれ》しそうに家の中と庭を確認していた。

アレクサンドル卿《きょう》とイライジャ卿による転移魔法でササンテに移動し、その後はリィナの治療でササンテに滞在していた。その間ずっと私は宰相補佐としての職務に穴を開けていたわけで、王都に戻ってすぐに宰相閣下の元へと向かった。

だが、結局長期にわたって海外や地方視察の仕事をしていた分の休暇を纏《まと》めて取っている、という形がすでに取られていた。

「まだ休暇は残っているぞ？　奥方の体調にもまだ不安が残るし、解決しなければならないこともあるだろう。仕事の残務整理は任せて、己が片付けなくてはいけないことをしろ」

宰相閣下からはそう言われ、政策室から早々に追い出されてしまった。


小さな借家でリィナと二人で暮らす生活が三日ほど続いた頃、マグワイヤ監査官から呼び出しが掛かった。黒騎士団事務局内部の監査が進められているのだけれど、私の立会いが必要なのだという。

なんでも、私がいなければ話をしないとか言っている輩がいるらしい。

「速やかな聴取のために、同席していただきたい。リィナ卿も当事者ですから、気になるようでしたら同席して下さっても大丈夫ですよ。まあ、聞ける話は楽しいものではないと思いますがね」

マグワイヤ監査官から心底困った風に言われては、断ることなど出来ない。

指定された時間に監査官が対象者から事情を聞き取るための聴取室にリィナと共に向かえば、なんの飾り気もない一室に案内される。大きな机と椅子、筆記用具と魔道具が数点あるだけの部屋だが、その部屋からは正面に二部屋を覗《のぞ》くことが出来るようになっていた。この部屋は聴取の様子を見るための部屋で、正面の二部屋が聴取室なのだろう。それぞれに聞き取り対象者が一人ずつ入室している。

「向こうの部屋からこちらは見えないし、声も聞こえないようになっています」

左側の部屋には母方の従兄弟であるトミー・シャルダインがいた。監査官からの質問に対して、幼い子どものようにふて腐れた様子で答えている。

『リィナ卿に支払われるはずだった特別報奨金を、どうして横領したりしたのです？』

『横領なんてしていません！　あの金はマーゴットのために使われるべきものなのですから』

『横領です。竜を討伐したときに支払われる特別報奨金は、討伐した黒騎士に支払われるものです。それを本人の了解もなく、勝手にアストン伯爵家に送金していいわけがない』

『構わないでしょう、あの女は平民です。平民の身で侯爵家に嫁入りなんてしたんですよ？　侯爵家に迷惑をかけています！　迷惑料です、迷惑料としては安いくらいですよ！』

トミーはフンッと鼻を鳴らし、監査官に対してそっぽを向く。

「なにを、言っているのですかね？」

私の質問にマグワイヤ監査官は両肩を竦《すく》める。

「お聞きになった通りですよ。彼は本来リィナ卿に支払われるはずの報奨金を、アストン伯爵家に送金していたのです。グランウェル侯爵家の名前で勝手に」

「なぜ？」

「……その金は伯爵夫人のための予算、なのだそうですよ」

「愚妹への予算？　全く理解が出来ないのですが」

「大丈夫です、ここにいる誰も理解出来ていません」

こちらの部屋で聴取の様子を見守り、会話内容を記録している監査官たちは呆《あき》れた風にため息をついたり、首を左右に振ったりしている。

「まず、こちらをおふたりへお渡しするというか、お返しするというか……」

マグワイヤ監査官はテーブルの上に無造作に置かれていた箱を私たちに差し出す。

リィナは首を傾げながら箱を開ける、と、中には結構な量の手紙と小さな紙袋が数点入っているのが確認出来た。

「これらは黒騎士団事務局長の机の下から見つかったものです。本来なら、事務局を経由してリィナ卿と補佐官殿へ届けられるはずだった……手紙や贈り物。全て、事務局で止められていました、あなた方の手に届かないように」

「……これ、全部、私宛の」

見覚えがある手紙と紙袋。私が、仕事で出向いた先からリィナに宛てて出した手紙、贈った品。くたびれた紙袋の中身は小さな髪留めと、青や緑のリボン。

彼女の元へ届いていると思っていたものは、なにひとつ届いていなかった。そして、リィナが私に送った手紙も初めて見るものだ。

私の顔も見ない、説明もない、手紙もこない、自分から手紙を出しても返事はない。ただリィナは放置されて任務をこなすだけ。更に母や使用人たちの態度を鑑みれば、リィナが西館を出て行ったことも、離縁を周囲や私に望まれていると思っても……仕方がなかったのだ。

「………ありがとう、ございます。手紙も綺麗《きれい》なリボンや髪留めも、贈って下さっていて。嬉しいです」

「今更、だな」

そういうと、リィナは首を左右に振って手紙と贈り物を抱えた。大事そうに。

「それでも嬉しいです、これは私の大事なものですから」

昔書いた手紙を今から纏めて読まれることは、何やら気恥ずかしい。けれど、リィナが笑顔でいることを思うと取り上げることも出来ない。私に宛てて出されたが届かなかった少なくない手紙の束を見て、私自身も嬉しく思うから。

「さて、改めまして。補佐官殿、あなたを呼んだのはシャルダイン事務官のことではなく……あちらの方のご指名なのです」

トミーの入っている部屋の隣、右側の部屋にも一人入室している。その顔には見覚えがあるし、声にも聞き覚えがある。

黒騎士として任務に就くリィナの事務処理の書類、異動届や討伐指示書のこと、トミーが行っていた横領のこと、リィナにササンテで毒を飲ませた貴族夫人に縁のある侯爵家。それらの情報を集めて突き詰めて行けば分かることだ。

「……ドナルド」

聴取室からこちらの部屋は見えないし声も聞こえないはずだというのに、顔を上げたドナルドと目が合った。学友は出会った頃と変わらない、穏やかで優しい笑みを浮かべていた。

＊＊＊

「やあ！　思っていたよりも時間がかかりましたね」

聴取室に入り机を挟んで向かいに座れば、ドナルドはいつものように話しかけてきた。

「ご希望通りにグランウェル宰相補佐官殿をお連れしたよ。今度こそ、お話しして貰《もら》えますよね？

ドナルド・ファラデー元黒騎士団事務局長」

「ええ、お約束しましたからね」

私の斜め後ろに椅子を用意して座ったのは、ドナルドの聴取を担当しているホーキング監査官だ。以前に会ったときより顔色が随分悪い。辟易《へきえき》しているらしい。

「では、改めてお聞きしますよ。どうしてリィナ卿に関する書類、異動転属届を正式に受理し処理をしたにもかかわらず、彼女にその事実を伝えることなく討伐指示書を出し続けたのですか？」

「それは、勿論《もちろん》、彼女に虹の橋を渡って貰おうと思ったからですよ。討伐中に殉職していただきたかったので、加護魔法の付与が出来ないようにヨシュアを遠ざけて討伐任務を沢山出した、そういうことです」

質問の答えに、部屋にいるドナルド以外の人間が息を飲んだ。

虹の橋を渡る、とはこの国では一般的に使われている死に対する表現だ。人は死んだ後、魂と呼ばれる存在となって虹で出来た橋を渡り神が治める国へ向かう、そういう伝説から来ている。

「なぜ、リィナを殺そうと？」

ドナルドがリィナを殺そうと思っていた、そのこと自体衝撃的な内容ではあったけれど素直に疑問に思ったのだ。ドナルドとリィナの関係と言えば、黒騎士と黒騎士団事務局の事務局長というだけで、特に深い関わりはなかったはずだった。リィナ自身も、平の事務官とやりとりをするだけで、事務局長とは一度話をしただけと言っていた。ドナルドが事務局長に着任したときに少しだけ。

「それは勿論、ヨシュア、キミと結婚したからですよ。他に理由なんてありません」

「……なに？」

「黒騎士としてなかなか優秀、とは聞いていましたけど予想以上でした。彼女はキミの強力な加護魔法がなくても、任務を全うして生き抜きました。なかなか殉職してくれなくて、驚きましたよ。大きなケガをしたと聞いたときは、ついにそのときが来たのかと思ったのに、助かってしまって残念でした。その後、騎士としての活動が難しいと病院からの診断書が届き、騎士団総局の方で退団が決められてしまったときは焦りました」

ドナルドは肩を竦め、首を左右に振る。どこか芝居めいた仕草だ。

「退団されてしまっては殉職して貰えませんからね。きっと黒騎士団の団長と副団長が彼女を解放するために総局へ進言したのでしょう。使い潰されないうちに騎士団から逃がそうと」

「……それで、実家の寄子である家々にリィナ卿を見付けたら毒殺するように命じたのですか？例の毒、アカツキタケを使った毒はコネリー侯爵家に連なる家がよく使っていたと、調べがついていますけれど」

ドナルドはホーキング監査官の言葉に「そうですよ、昔のことですが」と毒のことも、リィナの殺害命令も認めた。実にあっけらかんとしたものだった。

「宰相補佐官殿と結婚したから、リィナ卿を殺すことを考えた……なぜです？　その口ぶりでは結婚相手を殺したかったと聞こえます」

「ヨシュアの細君がどこかの家のご令嬢だとか、単なる魔法使いだというのならなにもしませんでしたよ？　ヨシュアの相手があの女だったから、黒騎士だったから……黒騎士の伴侶という、白魔法使いにとっては最大の栄誉をキミが受け取るから！」

いつも穏やかで優しく、丁寧な話し方をするドナルドとは思えない豹変《ひょうへん》ぶりだった。強い口調で私が受けた栄誉を非難する。

「栄誉を受ける白魔法使いは黒騎士の数だけ存在します。宰相補佐官殿だけではありません。事実、あなた自身もそうでしょうファラデー元事務局長」

ホーキング監査官が言うと、ドナルドはハハッと乾いた笑い声を上げた。

「そうですよ？　私は黒騎士であるファラデー女伯爵の伴侶で、栄誉ある白魔法使いの一人です。それが、唯一私の誇りであり、唯一キミに勝っていた所だったのに……それすら」

目の前にいる男は一体誰だ？　容姿は学生時代を共に過ごした学友の姿をしているが、私の知る学友は優しく穏やかで一歩引いた所のある性格だ。血気盛んな年頃であった殿下や他の学友である者たちの行動を諫《いさ》め、喧嘩《けんか》の仲裁などをしてくれていた。

「それすら、キミは僕から奪った！」

ドナルドの拳がテーブルの天板を撃ち、大きな音が室内に響く。

「私はキミからなにも奪ってなどいない。そもそも、白魔法使いの栄誉を得たのはキミの方がずっと先だった」

「なにも？　本気でキミはそう言っている？」

「勿論だ」

ドナルドはテーブルの天板に打ち付けた拳を握り直した。その手は色を失うほど強く握り込まれ、震えている。

「学生時代、僕がなんて呼ばれていたか、知らないんだね」

「学生時代？　あだ名のことか」

貴族学院に通っているのは貴族の令息と令嬢。同世代の人間が学院と学生寮で同じ時間を過ごせば、仲は良くなったりこじれたりと色々とあった。表面上は仲良くやっていても、影でからかいながら呼ぶことなどよくあることで……あだ名は基本的に陰で囁《ささや》かれるような類いだ。学友として共にいた第一王子のサイラス殿下のあだ名は『ビン底眼鏡王子』だったし、護衛役でもあった侯爵家の三男坊は『脳筋騎士』、私は『能面冷血』と呼ばれていた。ドナルドのあだ名は『仲裁令息』、同級生たちの間で発生する喧嘩やいざこざを仲裁するのが上手《うま》かったからだ。

「僕はね、『出涸《でが》らしくん』、『劣化版』、『二番煎じくん』って呼ばれていたんだよ。ヨシュア、キミの出涸らし、キミの劣化版、キミの二番煎じだ」

「なんだそれは？　〝仲裁令息〟だろう」

「それは好意的に受け取ってくれていた一部の人だけの呼び名だよ。同じ年齢、同じ侯爵家の長男、同じ白魔法使い、同じサイラス殿下のご学友。僕はずっとキミと比べられていた、家族からも学院でも。キミより淡い髪色、瞳の色も手伝って何度も言われたよ『ヨシュア・グランウェルの出涸らし』ってね。とにかくキミはなんでも出来て、勉強も運動も武術も魔法も全て僕の上をいっていて、僕はなにひとつかなわなかった」

出涸らし、劣化版、二番煎じ。どれも良い意味の言葉ではないことは理解出来る。そもそも、あだ名は相手の特徴的な所や短所をからかう意味で付けられることが多い。

「キミが正規品で僕が非正規の劣化品。いつもそう言われていて、とても苦痛だった。僕はキミが嫌いだったし、憎かったよ」

サイラス殿下は近眼だ。無類の本好きである殿下は暗い部屋で長時間の読書を続けた結果、分厚い魔導レンズを使った眼鏡を使用していて、それをからかって『ビン底眼鏡王子』と名がついた。

殿下の護衛を兼ねていた侯爵家の三男坊、は剣術や槍術《そうじゅつ》に夢中で食事を忘れるほど訓練に熱中した。年頃のご令嬢など目に入れず「見取り稽古だ」と言って筋骨隆々の騎士ばかりを目で追いかけて夢中だったために『脳筋騎士』とからかわれて、男色の疑いまでかけられていた。私に至っては顔の表情が乏しい、言葉数が少ないのをそのまま『能面冷血』と付けられた。

「唯一、黒騎士の伴侶に選ばれて白魔法使いとして最高の栄誉を賜った、それが僕にあってキミにないもの。僕にとってたったひとつ、誇れるものだった。彼女とは形だけで、愛情もなにもない書類上だけの契約夫婦だったとしてもね」

「……ドナルド」

「でも、キミは二十代も半ばになってから黒騎士の伴侶に選ばれた。僕と同じものを手に入れたんだ、僕の唯一は消えてしまった。……しかも、伴侶と上手くやれている。高位貴族のキミと平民のあの女となんて、絶対に上手くいくわけがないと思っていたのに！　すぐに破綻して、僕のように書類上だけの関係になると思っていたのに！」

ドナルドは私を睨《にら》み付け、何度も天板を叩《たた》いた。ドンッドンッと天板が音をあげる。

「キミは結婚生活も文官としても成功している。それだというのに、僕は！　僕にはなにもない、ヨシュア・グランウェルの出涸らしそのものだ！　どうして僕だけが上手くいかないんだっ、僕は出涸らしじゃない！　二番煎じでもない！」

それは私の知らない学友の姿だった。優しく穏やかで、声を荒げることなどない落ち着いた男だと……少し勝ち気なファラデー女伯爵と、子どもたちと幸せな生活を送っていると思っていた。

「それで、グランウェル宰相補佐官殿に対して海外や地方での仕事がやたらに多かったのも、リィナ卿との時間を作らせないためにあなたが動いたのですか？」

ホーキング監査官の問いにドナルドは頷《うなず》き、大声を出して笑った。

「未だ宰相の席に座ることを諦めきれない馬鹿な父を少し煽《あお》って、出世に関して気にするようほんの少し精神操作魔法をかけてやれば、馬鹿みたいにせっせと外遊や地方視察の仕事をキミに振ってくれたよ。馬鹿だと思わない？　まだあの父は自分が宰相になれると信じている。ヨシュア、キミさえいなくなれば、次の宰相の席に座るのは自分だって信じて疑っていないんだ」

「それは、あり得ないだろう。コネリー補佐官はハーシェル宰相閣下よりも年齢が上だ、宰相閣下が辞任されるより前にコネリー補佐官の方が退職することになるだろう」

「そうだよ。普通に考えたら分かることだね、父にはもう先がない。王宮文官としての人生を宰相補佐官で終わる。けれど、そんなことも分からなくなっているんだよ。自分が宰相になるって、そういう妄執に囚われてるんだ」

あはははとドナルドは笑う。

コネリー補佐官はドナルドの実の父親だ。父子揃《そろ》って優しく穏やかな気質だと思っていた。心の内は外からは見えない、激しい感情と願いを秘めていたようで、そんな所も父子らしくよく似ていたらしい。

私はその身の内に秘めた激しい感情や欲望に全く気が付かなかった。今の今まで、全く。

「装備品に加護魔法を付与する時間をなくして、ろくな装備も魔法もなく討伐に出て殉職して貰う。黒騎士を守れずに死なせたとなれば、キミの白魔法使いとしての栄誉はなくなるし、立場も悪くなる。結果、文官としてだってきっといられなくなる。それなのにあの平民騎士はしぶとく生き残って、いつまでたってもキミの評判は落ちないっ」

「そんなことのために」

「そんなこと⁉　そんなことだって⁉　そうだろうね⁉　キミにとってはそんなことだろうけど、僕にとっては重要なことなんだよっ！　いつだってキミは僕の上を軽々と！」

ドナルドの若緑の瞳から涙が零れ、眼鏡のレンズに落ちた。

「学生時代はいつも全ての科目で僕の上をいって、卒業して王宮文官として着実に実績を積み上げて宰相補佐の地位についた。その上黒騎士の夫になって、夫婦仲は円満だって！　妻となった人から感謝されて大事にされて想われて愛されて、どうしてキミばかりっ！」

「…………それで」

ドナルドの心からの叫びを遮るように、ホーキング監査官の声が響いた。

「グランウェル宰相補佐官殿を羨んで、妬んで、彼の今後の出世を阻み名声を貶《おとし》めるために、リィナ卿に関する書類を改ざん操作。父親であるコネリー宰相補佐官殿を唆して、グランェル宰相補佐官殿に外国や地方での任務に就かせ、加護魔法の付与が出来ないように画策。リィナ卿の命を危険に晒《さら》した挙げ句、最終的には殺害を寄子である貴族たちに指示した。トミー・シャルダイン事務官を唆してリィナ卿に対する報酬の横領を実行させ、それを隠蔽した」

監査官の声はなんの感情も込められてはおらず、ただその事実のみを述べた。けれど、その言葉はドナルドにとっては鋭い刃のように心を突き刺したらしい。言葉を飲み込み、椅子に座り直すと体を小さくした。

「無言は肯定と受け取りますよ？　全ては、あなたがグランウェル宰相補佐官殿を羨んだから。嫉妬という感情から全ての犯行に至ったのだと」

静まり返り、ホーキング監査官と私のため息が零れる。無言は肯定、だ。

「コネリー宰相補佐官殿と現在のコネリー侯爵にもお話を聞かなくてはいけませんね、ファラデー女伯爵にも。……今日の聴取はここまでとします。グランウェル宰相補佐官殿、立会いありがとうございました」

私はホーキング監査官の言葉に促され、椅子から立ち聴取室の出入り口に向かう。仕事をしているときとは違った疲労を感じる。

「ヨシュア」

ドアノブに手をかけた私は立ち止まり、振り返った。声の主は先程と変わらず、椅子に体を小さくして俯《うつむ》いている。

「キミには僕の気持ちは分からない。なにをどう頑張っても勝てない相手が目の前にいて、負け続ける僕の気持ちなんて。比べられて馬鹿にされる僕の気持ちなんて」

「ああ、分からないよ。学院で学ぶ全ての事柄は他人と比べるものじゃない、剣術も魔法も歴史も外国語も全て。試験は自分の習熟度を確認するためのものだ。私より習熟度が劣っていたというのなら、習熟したらよかっただけのこと。全ての学習は自分との戦いだと私は考えてきたし、考えている。だからドナルド、キミの気持ちは分からない。分かりたくもない」

「……っ」

「勝手に自分と私と比べ、劣等感に浸るのはキミの自由だ。だが、私を蹴落とすために妻を危険に晒してくれたことは、許さない」

「……ヨシュアァ！」

ドナルドの声を背中で受けながら部屋を出た。続いてホーキング監査官が部屋を出てドアが閉じる、が室内から叫び声や家具が打ち付けられるような音が聞こえる。その声や音は廊下を抜けきるまで背後から聞こえ続けた。

「ヨシュア！」

聴取室を監視する部屋に残してきたリィナを迎えに向かっていると、向こうの方からも迎えに来てくれたらしい。杖《つえ》を突きながら、慌てた様子でリィナがやって来る。同じように名前を呼ばれても、リィナとドナルドでは全く違う。

「待たせてすまない。それと、なんだか変な話を聞かせてしまって悪かったな」

リィナは首を左右に振って「そんなこと」と呟《つぶや》くように言った。

「……調べたんですけどね」

私の後ろを歩いていたホーキング監査官は手にしていた資料を捲《めく》る。

「ファラデー女伯爵とその伴侶との間には、現在子どもが四人います。もちろん書類上はファラデー女伯爵と伴侶との間に生まれた子どもとして届が出ているんですけど……その子どもの全員、ドナルド・ファラデー事務局長の子どもじゃないってことが判明しています」

「ええ？」

驚きの声をあげたのはリィナだ。声をあげることはなかったけれど、私も驚いた。

ドナルドが婿入りしたファラデー伯爵家には現在男子が二人、女子が二人の四人の子どもがいる。確か、長男は五歳で行われる魔力判定で古代魔法の才能があると分かり、将来は黒騎士になることが決まっていたはずだ。どの子も母親の黒髪か父親の茶系の髪、緑か青の瞳を受け継いでいて、どう見てもファラデー女伯爵とドナルドの子に見えていた。

「黒騎士と白魔法使いの夫婦は、どこも円満な関係だと聞いていたのですが」

「リィナ卿、全ての物事において絶対はあり得ません。特に男女の仲についてはね。まあ、黒騎士と白魔法使いの夫婦は円満な夫婦が圧倒的に多いことは事実です。命に関わっていますからね、命が掛かっているとなると人間必死になるものです。本能的な欲求にも忠実になりますよね。命を次の世代に繋《つな》げたくなるので仲は自然と深まるものです。リィナ卿と補佐官殿もそうでしょう？」

ニヤリと表現するのがぴったりの笑顔を向けられて、リィナが顔を赤くする。ホーキング監査官の耳を軽く引っ張れば「いたたた、すみません」と大げさに痛がりながら、彼は私たちから距離を取った。

「夜の仲良し問題はともかく、ファラデー女伯爵と元事務局長は完全な書類上だけの夫婦。子どもたちの父親は、ファラデー女伯爵の近侍的立場にいる男のようです。どうやら、事務局長との婚約の前からの恋仲だったようで……本当にファラデー女伯爵と事務局長の結婚は、魔力相性が良い相手から加護魔法の付与をして貰うため、だけの一方的な契約結婚だったようです」

魔力相性が良く、ファラデー伯爵家からは是非にと乞われてドナルドはファラデー女伯爵の元へ婿入りした。本来なら、コネリー侯爵家の嫡男として次の侯爵となるべき存在だったというのに。生まれてから侯爵となるべく積み重ねてきた努力の結晶をドブに捨てるようにしてまで、婿入りしたというのに。せめて妻となった相手と円満な関係を築けたらよかっただろうが、蓋を開けてみれば自分は加護魔法要員として求められただけだったとは……衝撃的にも程がある。

リィナは項垂《うなだ》れて「お可哀想な立場だったのですね、事務局長は」と呟いた。根が素直なリィナは、ドナルドの立場や過去を聞いてすっかり気の毒に思ってしまったらしい。優しい心根の持ち主なのは美徳だが、ドナルドに対して過剰に肩入れする必要はない。

「確かに、ファラデー元事務局長は大変お気の毒な立場の方です。それは監査室の全員も理解しているのですけど、だからといって彼のしたことが許されるわけではありません。立場がどうであろうとも、身勝手な理由で犯罪を行っていい理由にはならないのです。各種書類の改ざん、未遂に終わった殺人教唆、横領の隠蔽、その全てが立派な犯罪なのですから」

説明を受けてリィナは「はい」と返事をしていた。理屈では理解出来ている、でも感情的には気の毒にと思う気持ちが消えないのだろう。自分が辛い思いをした根本に、ドナルドの存在と歪《ゆが》んだ気持ちがあるというのに。

「さて、本日は聴取への立会いをありがとうございました」

ホーキング監査官は改まって頭を下げた。

「お陰でファラデー事務局長から聴取することが出来ました。一度話し出せば箍《たが》が外れたように話す者が多いので、おそらく今後の聴取に手間取ることはないと思います。まあ、なにかあればお力を借りることもあるかもですが」

「そのときはまた声をかけて下さい、出来る限り力になりましょう」

その後、監査官たちにも声をかけてから王宮を辞しそうとしたとき、待ち構えていた年若い文官から「宰相閣下より、顔を出して欲しい」との伝言を貰った。

＊＊＊

毎日のように出仕した部屋でもあり、何か月も留守にした部屋でもある宰相室に向かえば、いつもの顔ぶれが迎えてくれた。政策室の文官たち、同じ宰相補佐であるバージル、そしてこの部屋の主であるハーシェル宰相閣下。大きな机に大量の書類と資料が渦巻いている、一種の魔窟だ。

「お呼びと伺い、参上しました」

「……休暇を満喫しているようでなによりだ、随分と顔色が良くなったな」

ハーシェル宰相は一際大きな机に両肘をつき、私を上から下までじっくり観察すると笑った。そして、私の斜め後ろに立つリィナに自己紹介をする。

「私はエルマー・ハーシェル、宰相職に就いている。リィナ卿には諸々、お詫《わ》び申し上げる」

「えっ、あの……」

「そもそも、ただでさえ過酷な討伐任務に当たっているあなたがヨシュアの加護魔法を得られなくなったのは、ファラデー事務局長がしでかしたせいだが……それを鵜呑《うの》みにしていた私にも責任がある。あなたが騎士学校勤めだと思い込んでいたせいで、ヨシュアを長期遠方の仕事に何度も行かせてしまった。申し訳なかった」

椅子から立ち上がり、ハーシェル宰相を始め宰相室にいる全員が「申し訳ありませんでした」とリィナに対して頭を下げる。リィナはどうしていいのか分からず、おろおろと私の服の端を掴《つか》んだ。

「あのっ頭を上げて下さい。皆様が謝罪することなどなにもありませんから」

「しかし……」

「黒騎士団事務局から来た書類は正式なものだったはずです、それを疑う人はいません。実際にそうなっているかどうかなんて、確認する人はいません。私だって、夫が地方視察の任務について二か月間出かけるという指示書を見たら、その内容を疑ったりしませんから」

リィナは杖を突き、ハーシェル宰相の真正面に立つ。そして堂々とした様子で言った。

「ですから、皆様が謝罪する必要はありません。悪いのは事務局長なのですから」

いざというとき、というかここぞというときにはやはり騎士らしく度胸があるなと思う。リィナは貴族のご令嬢とは違う、豪華な屋敷に置いて守ってやらねばならない女ではない。共に歩いて行ける存在なのだ。

「そうか、だが気付かずにいて済まなかった。もっと早くに気付いていれば、ここにいる全員がそう思っているよ」

「お気遣いありがとうございます」

宰相室に設置されている打合せ用のソファに座るように勧められ、腰をかければ温かい茶が提供された。果物のような甘い香りが部屋に広がる。

「さて、呼び立てたのは今後のことを考えて欲しいと思ったからだ」

「今後のこと？」

鸚鵡《おうむ》のように聞き返せば、ハーシェル宰相は大きく頷いた。

「コネリーのことは聞いているな？　おまえにばかり遠方の仕事を回すと不思議に思っていたのだがな。全く、とんでもないことを考えていたものだ」

「私がここからいなくなれば、自分が次の宰相になれると思っていたようです」

「あり得ない」

ハーシェル宰相の言葉に全員が頷いた。

「コネリーが宰相になれなかったのは、その素質がなかったからだし、実績も全く足りていなかったからだ。それに、彼は補佐という仕事が合っていた。だから宰相になりたいと願い、頓珍漢な理論でリィナ卿を害してヨシュアを失脚させようなんて考えているとは思いもしなかった」

「私も全く思いませんでした。コネリー補佐官は経験豊かで頼りになる先輩文官でしたし、彼から習った仕事も沢山ありましたので」

「……だが、補佐官としてどれだけ有能で頼りになる文官であったとしても、コネリーが二度とこの部屋に入ることはない」

コネリー補佐官が社会的に罰を受けることはない。彼のしたことは、私に長期出張を伴う仕事を振りまくったというだけだから。但し、ドナルドが実家であるコネリー侯爵家を通じてリィナの毒殺を寄子貴族家に命じ、そのうちの一人が未遂とはいえ実行に移していたため、コネリー侯爵家前当主としての責任を負う形で王宮文官の地位を剝奪された。

「これを機会に、宰相室の人事を見直すよう陛下から命じられている。サイラス殿下が王となったときの地盤固めも、そろそろ始めなくてはならないからな」

「まだ早いのではないですか？　陛下はまだ五十歳にも届いておりませんよ」

「準備は早く始めた方が良いに決まっているさ。そこで、ヨシュアおまえにもこれを機会に今後のことを真面目に考えて欲しい。私個人としては、このまま私の補佐官として宰相室に席を置き王宮文官として経験を積み、将来は宰相という職務を継いで貰いたい」

「……ですが、バージルの方が私よりも先輩ですし」

この国では宰相には三人の補佐官が就くことが伝統だ。失職したコネリー補佐官、四歳年上であるバージル・ラスキン補佐官と私が宰相補佐官としての職務に就いている。バージルは先輩であるし、細かな所にまで目が届く仕事をするのだ。

「僕は宰相職なんて遠慮するよ。裏方の仕事の方が向いているし、好きだからね。表だってあれこれ言われるのは好きじゃないんだ、緊張で話せなくなっちゃうし、変な汗も止まらないし。頼むよ、ヨシュア。キミは表に立つのが得意でしょう?」

書類を裁きながらバージルはそう言い切って笑う。その顔には〝面倒くさいことはごめんだし、矢面に立つのもごめんだ〟としっかり書いてあるように見えた。

「もし、他の部署に移りたいというのならそれを申し出て欲しい。王宮文官を辞したいというのなら……相談に乗ろう」

妙な間が気にかかる所だが、一応宰相閣下は私の希望を聞き入れて下さるつもりがあるらしい。

「リィナ卿も騎士団を辞したと聞くし、二人で相談して決めてくれればいい」

「はい」

素直に返事をすれば満足したように頷き、視線を私の隣で小さく固まっているリィナに向けた。

「リィナ卿も、思ったことは我慢せず溜《た》め込まず言葉にするといい。キミの夫になった男はとても仕事が出来て忍耐強いが、他人の心の機微には疎く、言葉が足らない。だから遠慮しないで言葉にして伝えなさい、キミの言葉でヨシュアが戸惑っても、困っても問題はない」

「ええ⁉　でも……」

「キミの言葉を受け止めて、双方に良きように考えて行動するくらいは出来る。それに、夫婦円満の秘訣《ひけつ》でもある」

「……夫婦円満の秘訣、とはなんでしょう？」

リィナは真剣な表情で宰相閣下に尋ねた。どうやら彼女は自分の視野が酷く狭く、周囲が見えないこと気にして直そうとしているようだ。周囲にいる人間の言葉を熱心に聞いている。

「それは、キミがヨシュアを尻に敷くことだ」

「そうだね、それが一番だよ！　僕だって家では妻の大きなお尻の下にいるね。それが一番平和で、幸せなことだからさ！　大丈夫、キミのお尻の下にいるの、ヨシュアも嫌じゃないからね」

宰相閣下とバージルの言葉を聞いて、宰相室の既婚者全員が大きく首を縦に振り、リィナは私の顔を見た。その顔が「そうなの？」と尋ねてきていて、私は言葉を失った。

「うっ……」

「その辺もよく話し合うといい、まだ休暇は三週間以上あるのだからな」

その場にいた全員から生暖かい視線を向けられ、非常に居心地が悪い。いっそ、王宮文官を辞することを真剣に考えることにする。

＊＊＊

休暇中の私とリィナはのんびりとした時間を過ごしていた。

王都にある、とはいっても滞在している家は郊外にあって静かだ。毎朝小鳥が鳴き、風が植物を揺らす音も聞こえるくらい。

私たちは穏やかに過ごした。庭を散策したり、土いじりをしてみたり、テラスで本を読んでみたり。王都の繁華街にも出かけて、店を覗いたり美味いと話題のレストランで食事をしてみたり。

穏やかで楽しくて、平穏な時間が流れる。私たちにとっては改めて夫婦ふたりで過ごす時間で、今となってはこんな時間を得ずにいたことが信じられないくらいだ。

「リィナ、今日は国々を巡る行商人たちが市場を出しているそうだ。行ってみないか、珍しい品が見られるかもしれない」

「行商人の市場？　どんな品があるんでしょう、食べる物とかも？」

「立ち食いになるだろうが、飲食出来る露店があるだろう」

「行きたいです。着替えて来ますね」

こうやって二人で出掛けることも普通のこと、になりつつある。それはとても幸福なことだ。

辻馬車《つじばしゃ》を拾って行商人の市場へ向かえば、大勢の人でごった返していた。

テントを張って作られた簡易的な市場は王都の東側にある大広場に広がっていて、衣類や鞄《かばん》、装飾品、絨毯《じゅうたん》やタペストリーなどから、飴玉《あめだま》に揚げ菓子、ジュースに酒、サンドイッチのような軽食まで雑多に商品が扱われている。

リィナは目を子どものように輝かせて商品を眺め、手に取って行商人の説明を聞いていた。

「どうです、旦那様。奥様に耳飾りや腕輪などは？」

「うん？」

装飾品を扱っている男はそう言って、腕輪や耳飾りの並べられた箱を私の前に広げた。それらの装飾品は異国のデザインが目新しく、だが主張し過ぎない感じのものばかりだ。

「しかし、贈る理由がないな」

「あはは、理由など作ればよいのです。今日、こうしてお二人で市場を散策されたその記念の品、理由などその程度で問題ありません」

「……そういう、ものか」

「そういうものでございます。いかがでしょう、翠玉《すい》や翡翠《ひすい》もございますよ」

行商人は、横で女性行商人から腕輪の装飾について聞き入っているリィナを見て微笑む。

「旦那様は良きご婦人を伴侶にされましたね」

「どういう意味だ？」

私は翠玉で出来た耳飾りを手に取った。色の濃い物から薄い物へと連なっている、華奢《きゃしゃ》な品だ。

「わたくしが生まれた国では大勢の神様がおります、豊穣《ほうじょう》の神、水の神、勉学の神とか。その中に命運を司る神がおりまして、その神は灰色の髪に青い瞳の女神とされております」

「ああ……」

「奥様はわたくしの目から見たら、命運の神そのもの。共に過ごす間、きっと良い命運を掴み取って行くに違いありません。そんな女神を逃さず、旦那様の物にしておく為にも……如何でしょう？」

この国では、髪や瞳の色を己の色としてその色の装飾品を贈るのでしょ？　自分の伴侶《もの》だと示すために、とにこやかに言われれば否定することも出来ない。

この国では己の色の装飾品を相手に贈り、それを身に付けさせることが〝愛情表現〟とされている。まあ、独占欲の表れ、とも言えるのだが……リィナが私の色を身に付ける、それは確かに何度経験しても悪くない。

「……耳飾りを見せてくれ」

「はいはい、こちらでございます！」

行商人は耳飾りの入った箱を幾つも持って来ては、私の前にズラリと並べてあれがいいこれがいいと営業を始める。その話術が巧みで、財布の紐《ひも》を硬く結んでおくことが大変難しかった。


「それで、休暇ももう終わりますけど……心は決まりましたか？」

行商人たちの市場を見た帰り、私はリィナと共に帰路を歩いていた。彼女の足のことを考えれば馬車に乗るべきだが、私は彼女と一緒に歩きたかった。

「正直に言えば、迷っている」

休暇が終われば、私は今後の身の振り方を決めて宰相閣下に報告しなければならない。

王宮文官として今後も働いていくのか、それとも辞めるのか。王宮文官として働き続けるのなら、今の部署に在籍し続けるのか、それとも別の部署に異動するのか。

「リィナ、キミは……」

「私はあなたの決定に賛成します。どんな結論を出しても、です」

「……王宮文官を辞めて、貴族籍から抜けて平民になって、小さな村の白魔法使いになっても？」

身分も役職もない、収入だって不安定かつ大幅な減額となる条件を意地悪くいったつもりだったが、リィナは私の言葉を笑い飛ばした。

「ヨシュア、私はもともと平民ですよ。村で治療院を営む白魔法使いの妻でも、代筆屋の妻でも、あなたと一緒ならそれでいい。ですから、あなたが仕事としてやり遂げたいことが出来るように今後の立場を決めてください。王宮文官でも、地方文官でも、町の白魔法使いでも構いません」

そうだった、忘れていた。

リィナは貴族の妻になりたいわけじゃない、貴族らしい華やかで贅沢《ぜいたく》な生活がしたいわけじゃない。ただ、家族と穏やかに平和に、平凡な暮らしを送りたいだけ。

「そもそも私はあなたと離縁したと思っていたので、どこか田舎の村で野菜や花を育てて、犬か猫と一緒にのんびり一人暮らしをしようと思ってました。だから、地方での暮らしも大歓迎です」

「……そうか」

私はリィナの手を握った。小さくて華奢な手が私の手を握り返してくれる。

「どうか、後悔しない道を選んで下さい。どんな道を選んでも、私は側にいます」

「ありがとう」

隣を歩くリィナの耳には、先ほど行商人から買った耳飾りが揺れる。翠玉の耳飾りは夕日を浴び

てキラキラと輝き、優しく微笑むリィナをより輝かせて見せた。

「また行商人の市場が立ったら見に行きたいです、凄く楽しかったので」

「そうか、では次回も行こう。果実水の店がまた出ているといいな」

「それと揚げ菓子のお店も、です！」

次の約束を交わす。……何気ない約束を交わして守る、その繰り返しが信頼を築くことに繋がる。その築かれた信頼が、夫婦としての絆《きずな》を強固なものとしていく一助となるのだろう。

沢山歩いて疲れたのか、わずかに足を引きずるような仕草を見せたリィナを抱き寄せて、私は家に向かう。おとなしく私の腕に支えられるリィナは体を預けてくれていて、その様子に彼女からの信頼を感じる。

この信頼と笑顔を失わぬように、そう思った瞬間無意識に手に力が入った。思った以上に強く手を握ってしまい、力を緩めれば握り返された。

「……次が楽しみだな」

「そうですね、とても楽しみです」

笑うリィナの目尻に唇を寄せれば、オレンジ色が強い夕日の中でも赤くなったと、分かるほど頬が染まって照れたように慌てる。……夫婦の触れ合いに慣れるにはもう少し時間がかかりそうで、気長にいこうと思った。

＊■＊

ヨシュアの休暇が残り三日となった日、監査室からの呼び出し手紙を受け取った。

事務局長の聴取に立ち会って諸々の事象が進み、休暇が終わる前に報告をしたいということなのだろう。指定された日時に、私たちは二人で王城内部にある監査室へ出向いた。

以前聴取の立合いで行った場所とは違い、監査官が使う応接間らしい場所に案内される。

濃い茶色の革張りソファ、ガラスで出来たローテーブル、深い緑色の絨毯、絵付けが美しい花瓶にはオレンジやピンクの花が飾られている。全体的に落ち着いて温かみのある設えだ。

「まだ全員の聴取が終わったわけではないのですが、大半が片付きましたので直接的に関係のあった方々には、直に報告をと思いましてお呼びしました」

監査室のマグワイヤ監査官はいった。報告を聞くために来たのだから問題ない、のだけれど、この場に異彩を放つ人物がいる。

「サイラス王太子殿下、アーサー卿、なぜここに？」

ヨシュアが声をあげて、私は息を飲んだ。

薄い色の金髪、深い青紫の瞳、整った顔立ちの貴公子は……絵姿で見たことのある第一王子殿下だった。なんで、そんな貴人がここに⁉

「……ああ、私と護衛のことは気にしないで欲しい。今回の顚末を一緒に聞いておきたいだけだし、監査官の話が終わった後で少し話がしたいだけなんだ」

殿下は背後に護衛騎士であるアーサー卿を立たせ、一人掛けソファに座って優雅に茶を飲んだ。

ヨシュアは確か学院時代の学友だと言っていたから見知った間柄なんだろうけれど、私からしたら雲の上にいる存在だ。同じ部屋にいて良い方じゃない、早く出て行かなければ。座っているソファから腰を浮かせようとすると、ヨシュアの手が私の手を掴み強く引かれた。おかげで立つことすら出来ない。

「リィナ卿、このお方については気にしなくて大丈夫です。良く出来た置物だとでも思ってくださって結構」

マグワイヤ監査官はそう言って手元にある資料を捲り、ヨシュアも「気にするな」と呟いて手を強く握ってくる。

「お、おいおい、相変わらず酷い言い方だな。友人の細君の顔を見てみたい、っていう気持ちも勿論あったから、時間を少しばかり貰うことにしただけだ。我々のことは気にしないで報告を始めてくれ」

サイラス殿下はお茶請けのクッキーに手を伸ばし、お茶のお代わりを所望し、自由気ままにふるまい始めた。

「……これらは勝手に入り込んできただけの存在ですので、本当に気にしなくて大丈夫です。さて、改めまして報告をさせていただきます」

大きなため息の後、マグワイヤ監査官が一連の出来事、事件についての説明を始めた。その内容はすでに分かっている、分かってはいるけれど監査官の口から正式に報告を受けるのはやはり衝撃が違う。ヨシュアの顔を窺えば、やっぱり顔色が良くない。

全ての主犯はドナルド・ファラデー。黒騎士団事務局の前事務局長で、黒騎士であるファラデー女伯爵の夫である白魔法使い。ヨシュアとは貴族学院の同級生で、王太子殿下の学友でもある。

ヨシュアが私の夫となったことをきっかけに、学生時代からずっと燻《くす》ぶらせていた劣等感や怒り、焦りといった己の中に封じ込めていた気持ちを事務局長は爆発させた。

ヨシュアを貶め、評判を落とすために私の討伐任務中の殉職を狙う。その手段はヨシュアと私を物理的に引き離すところから始まるけれど、時間を追うごとに容赦がなくなり取り繕うことも止めていて、最終的には実家の力を使い寄子である家の者による毒殺にまで発展した。

それが全て執念というに相応しいヨシュアに対する深く鬱屈した気持ちから起こしたことかと思うと、恐ろしさを感じずにはいられない。

「さて、関わった者は大勢おりますが……主だった者への処罰についてお伝えします。まず、ファラデー前事務局長の実家であるコネリー家、その寄子であるタリス家に嫁ぎリィナ卿へ毒を飲ませるよう指示したアメーリア・タリス元男爵夫人と、実行犯であるメイドのアン。二人はそれぞれ湖上懲役院と山頂懲役院へと送られます。生涯そこから出ることはありません」

我がメルト国では死刑という制度がなく、最も重い刑罰は禁固刑になる。

マグワイヤ監査官の言う懲役院は罪を犯した人が入れられる懲罰施設で、その名の通り湖の中央にポツンとある小島、雪深い切り立った山頂それぞれにある。基本的に罪の重さによって収監される時間が変わるのだけれど、生涯出られないというのはかなり重い。

「当然でしょう。竜を狩り、国を守った黒騎士を殺害しようとし、命を取り留めたとはいっても実行したことに変わりはないのですからね。タリス男爵家は夫人とは離縁しましたが、爵位を返納し一族郎党平民になりました」

さらにタリス夫人のご実家は子爵家から男爵家に爵位を下げ、ご当主様が代わったらしい。

「次はトミー・シャルダイン元黒騎士団事務官です。彼は横領、数々の公文書偽造に関わっていたことが明らかになっています。彼は騎士団事務局を解雇、当然ご実家のシャルダイン家からも籍を抜かれて現在は平民という身分になりました。正確な年数はまだ決定していませんが、ネビリス魔石鉱山へ懲役刑となります」

「ネビリス魔石鉱山というと、あれか、魔石の採掘と研磨作業が刑務だな」

王太子殿下が呟き、マグワイヤ監査官が頷いた。

魔石は国内に数か所ある魔石鉱山から採掘されるけれど、かなりきつい仕事だ。長く掘り進んだ鉱山穴から中に入り、魔石を掘り出す。鉱山の中は暗く、空気が悪く、蒸し暑く、崩落事故なども起こる可能性がある危険な職場。そんな中でツルハシを使って硬い鉱脈を掘り進めていくのは重労働のため、犯罪者に対する刑務になっている。

「事務官ということは、ひょろひょろな体格で根性もなかろうに。そんな重労働な刑務にいつまで耐えられるんだろうな?」

お代わりのお茶を優雅に飲みながら、王太子殿下は言い「まあ、もって数か月でしょう」とアーサー卿が答えていた。

「シャルダイン伯爵家は当主を嫡男に交代、先代伯爵と夫人は領地にて隠居となりました。さて、シャルダイン元事務官に対する調査におきまして、騎士団事務局の問題も浮き彫りとなりました。黒騎士団だけでなく、他の騎士団事務局においても、大なり小なり公文書の偽造や討伐任務の押し付けや、身分や性別に関わる差別が横行していたことが発覚、大がかりな摘発と人員の見直しが行われることになりました。同時に、上級貴族出身者による下級貴族出身者への虐めと取れる行動や言動についても、調査が行われます。こちらについては、これから進められる予定です」

「これで、騎士団事務局の膿《うみ》も多少は出たことだろう。事務局と同時に騎士たちの方の膿出しも一緒にしたかったのだが、まあ一緒ではなくともよいことにしよう」

「……サイラス殿下、口を挟んで邪魔をするおつもりなら、退出していただきたい」

マグワイヤ監査官は大きな咳《せき》払いをひとつしてから王太子殿下に対して、睨みつけるような鋭い視線を向けた。殿下はその鋭い視線を向けられても「おお、怖い」とおどけて肩を竦めて見せただけだった。貴人は本当に、神経太くて恐ろしい。

「それから、ドナルド・ファラデー前事務局長についてです。彼はすべての首謀者で、未だ全ての調書と裏取確認が終わっていませんが……モネリ湖の水中懲役院への生涯懲役、となる予定です」

モネリ湖の水中にある懲役院は複数ある懲役院の中でも最も重たい重犯罪者が送られる場所だ。モネリ湖は国で一番大きな魔石鉱山から排出される毒で水が汚染されていて、その水に触れると手足が爛《ただ》れる。常に浄化魔法で水を浄化しているけれど、絶えず流れ込んでくる毒の影響で浄化が完了することはない。けれど、浄化をしなければ周囲の動植物に影響が出るため、やめられない。

そんな毒水の中に特殊な魔法で守られた懲役院はあって、一度犯罪者として中に入れば、なにがあっても二度と外に出ることは出来ない。刑務もなく、小さな個室に入れられて死ぬまで浄化魔法用の魔力を搾取されながら暮らすのだと聞いた。容赦なく体から魔力を搾取されるのは、全身にしびれるような痛みが走るのだとか……それが死ぬまで続くなんて、想像するだけでぞっとする。

「ご実家であるコネリー侯爵家、ご当主は彼の弟君ですが、兄君がリィナ卿の殺害を寄子へ命じていたことも、父君が無茶な仕事を補佐官殿に割り振っていたこともご存じではなかったため……一年間の王都からの追放と罰金が科せられています。それから、コネリー宰相補佐官殿は王宮文官を解雇となり、コネリー侯爵領にある別邸にすでに封じられています。彼に限っていうのなら、王都からの永久追放と言ってよいでしょう」

マグワイヤ監査官は手元の資料を閉じると、ヨシュアと私を交互に見つめた。

「以上になります。処罰について、不服があれば申し出て下さい。刑が確定し執行されるまでには今しばらく時間がかかります、その前までならば処罰に関する意見を聞き入れることが出来ます。質問や異議、要望などはありますか?」

「……私は特にない。リィナはどうだ?」

「あ、あの、お聞きしてもよろしいでしょうか?」

「なんでしょう」

「ファラデー伯爵家は、どうなるのですか?」

ファラデー女伯爵は黒騎士。領地は魔獣の発生地から近い場所にあって、伯爵として領地の運営をしながら領地周辺の討伐を引き受けていたはずだ。当然、事務局長の加護魔法を受けて。更に、討伐がないときは騎士学校で地理学を教えたりもしていると聞いていた。とても強くて優しい、立派な伯爵様だと。

「女伯爵と元事務局長は離縁が成立しています。それから、子どもたちに関しては近侍である男性との間に出来た子と魔法で確認されましたので、彼との再婚と戸籍の修正が完了しています。ですが、黒騎士と白魔法使いにある婚姻の意味を無視し、父親の違う子を二人の間の実子として届け出たことに関しての罰として、罰金と今後十年間国へ支払う税金が増やされます」

「そう、ですか……もう事務局長の魔法は、その」

「当然元伴侶であり、罪人となった者からの魔法付与は受けられませんから、他の白魔法使いに有償でお願いすることになりますね」

ご長男さんが黒騎士としての素質を持っているので、彼が一人前の黒騎士になるまで彼女は頑張らなくてはならない。実際には、領地にある村や領民を守るため他の黒騎士や青騎士も討伐には出て来てくれる。でも、今回の騒動を耳にしている騎士たちは良い顔をしないだろう、戦力的にもだけれど精神的にかなり苦しいものになる。その苦しさが罰、ということなのだろう。

マグワイヤ監査官は「なにかありましたら、遠慮なく連絡下さい。以上です」そう言って応接間から出て行った。監査官は本当にお忙しい。

その後すぐに侍女さんが新しいお茶とお菓子を持ってやってきて、テーブルを整えてくれた。

「さて！　面倒な後始末の話は終わりだ。なかなかの大騒ぎになったな、ヨシュア？」

サイラス殿下は口に運んだティーカップをソーサーに戻すと、ゆっくりと足を組んだ。

「そうですね」

「…………私には考えていたことがあった」

新しく淹《い》れ直されたお茶を見つめ、殿下は息を吐いた。

「私が騎士に剣を習うようになってから、騎士団の内情については気になっていた。騎士だぞ？　弱き者を助け、魔獣などの外敵から民の命と生活を守るために戦う者だ。そんな彼らの序列は実力、腕っぷしが強い順、討伐数の多い順だと当然思うだろう？　それなのに、実際は貴族社会の縮図だ。正直がっかりしたよ」

「青騎士や赤騎士はまだ実力主義的な部分が大きいのですがね、青騎士などは貴族の子弟だと逆に肩身が狭いそうですよ。白騎士と黒騎士は完全に貴族の縮図、生まれたお家がものをいいますな」

殿下の護衛を務めるアーサー卿はそう言って肩を竦める。そういう彼だって、白騎士・近衛騎士で伯爵家の次男だったはずだ。

「私は騎士団の内部改造を行いたかった、だから……」

「だからドナルドを黒騎士団事務局に入れたのですか？」

ヨシュアの言葉にサイラス殿下はため息をついて頷き、金髪をかき混ぜるように掻《か》いた。

「まず黒騎士団事務局の中を整え、身分ではなく実力主義社会にしたかった。それを段階的に全部の騎士団事務局に広げていって、最終的にはドナルドを騎士団事務総長に座らせて制御して貰うつもりで、実働する騎士たちの方はコレに制御させるつもりだった」

コレ呼ばわりされたアーサー卿は、滑らかな動きで一礼する。

「なのに、まさか……ドナルドがこんなことをするとは。おまえに対抗意識を持っていることは学生のときから知っていたが、あそこまで拗《こじ》らせているとは思っていなかった」

「ずっと比べられていましたからね。ヨシュアは気が付いていないようで、全く相手にしていませんでしたけれど。自分が気にしている相手に気にされてもいない、だからこそ、余計に拗れて爆発したのでしょう。ドナルドもある意味気の毒に、まるで片恋のような……」

「黙っとけ、アーサー」

「失礼しました」

サイラス殿下は両手で顔を覆い、項垂れた。

「問題を抱えた騎士団全体をアーサーとドナルドで整え制御、文官たちの方はヨシュア、おまえに率いて貰って……私の代で文官も騎士も身分や性別に関係ない、実力主義社会という形の足掛かりを整えたかった」

今の国王陛下が王座に就いた頃、王宮文官は上級貴族でなければ出世が出来ない社会だったらしい。平民出身の文官は、どんなに仕事が出来ても仕事の成果を貴族出身の文官に奪われて、一生下働きや雑用だった。

それを憂いた国王陛下が改革を推し進めて、身分にかかわらず仕事の内容で評価を受けて出世ができるようになり、個人の得意な部署に異動できるようになっていった。今もその改革は進められている最中。

サイラス殿下はその改革を騎士団の方でも行おうとしていたようだ。

「リィナ卿、キミは平民出身で貴族の養子にも入らなかった。随分辛い思いをしただろう」

「……掃除などの雑用仕事と厳しい討伐任務は、平民出身で貴族の養子に入った者、下級貴族に生まれた者に割り振られるのは当然のこと、当たり前だと聞いていました。きっと他の騎士も同じだったと思います」

「それは、当然のことではないのだが」

ヨシュアがため息とともに吐き出した言葉に、サイラス殿下もアーサー卿も同意する。

「そうですよ、高位貴族だから楽なことが出来て、下位貴族や平民だから厳しいというのは全ての物事においておかしいのです」

「その通りなんだが、伯爵家の次男坊で近衛のおまえが言っても全く説得力がないな」

「酷いです、殿下。私は心の底からそう思っているというのに」

サイラス殿下はアーサー卿を横目に見ながら大きくため息をついた。何度もため息をついては頭を抱えるような仕草をする辺り、事務局長の起こしたことがサイラス殿下にとって大きな弊害になっているようだ。

「……あの、王太子殿下」

「なんだ？」

おずおずと声をかける。こちらから声をかけるなんて不敬に思われないか不安だったけれど、王太子殿下は気にした様子もなく私に視線をくれた。

「殿下がなさろうとしていた騎士団内部の改革、止めないで下さい。事務局長のことは私にとても衝撃的でしたけれど、だからといってここで止めてしまう理由にはならないと思うのです」

「……う、む。そうだな」

「今、騎士学校で学んでいる黒騎士の卵たちの中にも、平民出身の子や下級貴族出身の子がいます。毎年平民出身の子が増えているとも聞いたことがあります。その子たちが一人前になったときに安心して討伐任務に就けるように、身分のことで理不尽な思いを出来るだけしないようにしていただきたいです」

掃除や備品の管理などの雑用をこなすことは構わない、新人としての仕事だろうから。けれど、身分のことで理不尽な扱いを受けたり、危険な任務ばかりを受けさせられたり……事務局もそれを見越して無謀な討伐計画を立てることがなくなればいい。身分で判断されて使い潰されるようなことなく、騎士同士皆が協力し合える騎士団が出来たらいい。

「どうか、人々を守る力と優しさを兼ね備え騎士同士が協力し合える騎士団と、それを支える自浄作用のある事務局を作って下さい」

お願いします、とソファに座ったままだけれど頭を下げた。

「……そうだな、そうだ。ドナルドのことが衝撃的で、私の考えていたこと全てが駄目になったような気がしていた」

「なに言っているのですか、甘えたこと言わないで下さいよ。今まで準備してやってきたことを、ドナルド一人のことだけで全部駄目になったとか、本当に止めて下さい」

「騎士団事務局のテコ入れは、形と時期は違っても始まった。全ての騎士団事務局の人選を見直して、軌道修正すれば問題ない。何を全て失敗したかのように思っているんだ？」

アーサー卿とヨシュアに続けざまに言われ、サイラス殿下は目をまん丸にして一瞬固まったけれど、すぐに苦笑いを浮かべた。

「そうだな、その通りだ。ならば、やはり……ヨシュア、おまえには将来宰相として私が王となったとき隣に立って貰いたい。ハーシェル宰相から聞いたぞ、おまえがこの先の将来について悩んでいると」

「それは……」

「おまえが次の宰相だ、と陛下も私も含め大勢が思っている。今までの仕事ぶりを考えたら、他の人選は考えにくい。だが、おまえ自身は悩んでいると聞いた。休暇の間、細君と共に先のことを考えるように言われているはずだが……答えは出たのか？」

私の手を握りこんでいたヨシュアの手に力が入る。

休暇に入ってから、ヨシュアが考え込んでいるのは知っていた。巨大魔道具店店主や有名洋品店デザイナーの伝記なんかを読み漁ったり、街歩きをしたときにお店や治療院などを熱心に見学していたりしたので、察してはいる。

その都度「自分の好きにしていい、思うようにしていい。私はどんな判断をしても一緒に居る」と伝えて来た。一緒に居ることを諦めないで欲しいと言われたから、私は一緒に居ることに対する努力を惜しまない。

「私は……」

だから、どんな結論に至ってもいいのだ。今のまま王宮文官でもいい、地方文官に転職しても、町の白魔法使いになってもいい。

ヨシュアの手に自分の手を重ねれば、その美しい緑色の瞳が私を映した。私が笑えば、ヨシュアの顔にも笑顔が浮かぶ。

「私はこの先、地方都市や辺境地域における魔獣や竜の被害を少しでも減らしたいし、黒騎士や青騎士たちが殉職したり大きなケガをすることも防ぎたい。身分が優先されて、実力のある者を使い潰している社会制度を変えたいし……誰でも自由に職業を選び取ることの出来る社会になって欲しい、そう思っています」

「うむ」

「今すぐに全てを変えることが出来ないことは、十分に承知しています。きっと私の思うことが形になるには、何世代に渡る時間が必要となることでしょう。ですが、変わるためには動き出さなければいけないと考えます」

「うむ」

「ですから、私は……」

終章

メルト王国東部辺境、カールトン辺境伯様の統治する領都。

その街にある小さな庭のある家。応接室がひとつ、客間がふたつ、居間と食堂とバス、トイレがひとつ、主寝室がひとつある間取りで、貴族の家としてはかなり小さく庶民の家にしては大きめの家だ。その家を借りて、今、私は夫婦ふたりで暮らしている。

手足の傷は日々良くなってきていて、家の中なら杖《つえ》を使わなくても歩けるほどに回復した。東部の穏やかな気候と、綺麗《きれい》な水によって豊かに繁る薬草の効果も出ているのだろう。

とは言っても細かな作業に関してはやはり不自由な状態なので、毎日家政婦が通いでやって来て料理や洗濯、掃除といった家事をこなしてくれる。彼女に家事の手ほどきを受け、料理などはなかなか上達したと思う。

家の前の通りを下って行けば、領民が利用する商店街に出る。野菜と果物の店、卵と肉の店、パンと焼き菓子の店、バターやチーズなどの乳製品の店、生活雑貨の店など、この商店街に来れば大半の品が揃《そろ》う。そして、各店の店主たちの顔も覚えて今日のおすすめ商品や、それを使った料理などだって教えて貰《もら》えるくらいには仲が深まっている。

私は中央からやってきた文官の夫を持つ身で、不幸な事故にあって手足が少し不自由なのだけれど、それでも家事に取り組んでいる頑張り屋の妻。誰が言い出したのか分からないけれど、私はそんな立場ですっかり辺境の暮らしに馴染《なじ》み、領民たちに可愛がって貰えている。

王都とは違って人と人の距離が近くて、皆気さくで遠慮がない。夫婦のことや親子のことでも、他人がどんどん口を挟んで手助けをしてくれる……街中の人がひとつの家族のようだ。皆で協力し、助け合って辺境での生活を守って支えている。

カールトン辺境伯様の人となりが影響しているのだろう。

ヨシュアは正式に侯爵家から出て、叔父様が受け継いでいた別の爵位を受け継いでヨシュア・リーウェル子爵となった。新しい爵位は領地のない法衣貴族としての身分。平民でも構わないとヨシュアは言ったけれど、これから先文官として仕事をしていくことを考えて、貴族としての身分があった方がいいだろうと宰相様や叔父様が判断したようだ。

王都の貴族街、その一等地にあったグランウェル侯爵家のお屋敷は手放されて、今はもう別の貴族の方が暮らしている。そのお屋敷で暮らしていたヨシュアの母上様は、侯爵家の領地にある小さなお屋敷に移られた……亡き旦那様を想いながら、親戚や気心の知れた侍女たちと穏やかに過ごしているらしい。

「リーウェルさまー、郵便でーす！」

「はーい」

夕方にやって来る郵便配達少年の声が響き、私は肉屋のおかみさん直伝の煮込み料理の火を落として表に出る。彼から手紙や小包を受け取り、差出人を確認する。

ヨシュアの妹君の嫁ぎ先である伯爵家、ヨシュアの母上様、アレクサンドル師匠夫妻、同期の女性黒騎士からは小さな小包。

血縁関係のある家族だけれど、ヨシュアと良い関係を築いていたとはいえなかった彼の母と妹。そんな、彼女たちとの関係も徐々に改善されつつある。物理的に距離が離れることで、彼らは家族として皆が穏やかに生きられるようになったようだ。だから、こんな風に互いの身を案じる手紙もやりとりが出来る。

身を案じたり、近況を知らせたりする内容の便りが届くのは、良いものだし大事なのだと最近は実感している。誰にもなにも言わず王都を飛び出した過去の自分の行動に対して、こうして誰かからの手紙が届く度に改めて反省する日々が続く。

この一年間と半年ほどの間、色々とあった。変化したことが沢山あった。

騎士としての人生が終わったこと、離縁を覚悟し離縁した（本当はしてなかったけど）こと、好きな相手と気持ちを通わせて再び縁を結べたこと、暮らす地域が王都から辺境に変わったこと。

辛《つら》かったことも苦しかったことも多かったけれど、自分にとって大切なものが何なのかをしっかり自覚することが出来た。あの時間がなかったら、ヨシュアとの関係は今のようなものではなかったと思う。

ヨシュアへの気持ちをはっきりさせて、それを相手に伝えることが出来た。彼の気持ちを知って、その気持ちを受け取ることも出来た。

今、私は幸せだ。

結婚式のときに思ったように、私は今、国で一番幸せだ。

リリンッと固定式魔導通信具の呼び出し音が鳴り、時間を確認すれば定時を数分過ぎていた。

通信の内容が〝もうすぐ帰るよ〟なのか〝残業で遅くなるよ〟なのかは分からないけれど、相手だけは分かる。

ヨシュアは王都の宰相室の席はそのままにして、東部辺境であるこの地へ出向中だ。

将来、宰相職を継ぐため、王太子殿下と共に改革を進めるため、己の目指す未来のため、地方の政治や暮らしを勉強している中。代わりに辺境領の文官たちが、王都で同じように中央の政治や暮らしを学んでいて……この中央と辺境の文官交換交流は、どちらにとっても良い結果をもたらすだろうと他の辺境地域でも少しずつ広がっているらしい。

この国はきっと良い方に変わっていくよ、そうヨシュアは言う。

私には政治や政策などは分からないけれど、私はヨシュアを信じているから……きっとメルト王国はこれから良い方に変わって、発展していくことだろう。

私は手紙と小包をテーブルの上に置いて、魔道通信具の前で手をかざした。大きな水晶の上部に思った通り、赤色の強い茶色の髪に澄んだ緑色の瞳の整った顔が映る。

「はい、リーウェルです」

『リィナか、私だ。今日は――』

窓から差し込むオレンジ色の夕日に、通信具の要である大きな水晶がキラキラと輝く。

どこの国のどこの街にもいるありふれた夫婦として、改めて一歩を踏み出した二人のなんということはない会話は、夕方の喧騒《けんそう》の一部となって変わらぬ日々の時間に溶けて消えた。

あとがき

この度は「宰相補佐《さいしょうほさ》と黒騎士《くろきし》の結婚《けっこん》と離婚《りこん》とその後《ご》　～辺境《へんきょう》の地《ち》で二人《ふたり》は夫婦《ふうふ》をやり直《なお》す～」をお手に取っていただき、誠にありがとうございます。

本作はウェブ小説サイト様に投稿していたものを、設定変更や大幅な加筆修正をしたものになります。

しばらく文章を書くことから離れていたため、長い文章を書くことの勘を取り戻そう。そう思い、碌《ろく》なプロットも立てずに見切りで書き始めた習作でありました。

またスマートフォンやタブレット、パソコンの画面で文章を読むことを想定し、あまり細かな書き込みなどはせず、ザックリとした形に纏《まと》めて終わらせてしまいました。

そのため、書籍化するにあたり大幅に設定を変更し、内容も修正に修正を重ねることとなり、ウェブ版とは内容が大きく変わっております。

ウェブ版はウェブ版、本書は本書としてお楽しみいただけたら幸いです。

ご担当様や編集部の皆様には、沢山お手数とご心配をおかけしたことかと思います……お陰様で形になりここまでたどり着くことが出来ました。まだ新しいレーベルの中に、本作を仲間入りさせて下さったことを大変光栄に思っております。ありがとうございます。

そして、赤酢《あかず》キヱシ先生には大変美しく素敵なイラストを描いていただきました。キャラクターデザインやイラストを拝見したときには、素敵過ぎて鳥肌が立ちました。生き生きとしながらも雰囲気があり、細かな所まで描き込んでいただいたイラストは本当に素敵で、何度も見返しては幸せなため息をついておりました。本書の世界を美しく彩って下さいまして、本当にありがとうございます。

書籍化するにあたり、関わりご尽力下さいましたすべての皆様に感謝を。

最後になりましたが、ウェブ版を楽しんで応援して下さった皆様、本書をお手に取って下さいました皆様に心からの感謝を。

本書を読んで、少しでもこの物語の世界を楽しんでいただけたのなら、読書を楽しんでいただけたのなら、それ以上の幸せはありません。

ありがとうございました。

またどこかでお会いできることを願って。

高杉《たかすぎ》なつる　拝

DRE NOVELS

宰相補佐と黒騎士の契約結婚と離婚とその後
～辺境の地で二人は夫婦をやり直す～

2023年7月10日　初版第一刷発行

著者　高杉なつる
発行者　宮崎誠司
発行所　株式会社ドリコム
〒141-6019　東京都品川区大崎2-1-1
TEL　050-3101-9968
発売元　株式会社星雲社（共同出版社・流通責任出版社）
〒112-0005　東京都文京区水道1-3-30
TEL　03-3868-3275
担当編集　藤原大樹
装丁　木村デザイン・ラボ
印刷所　図書印刷株式会社

Printed in Japan
ISBN978-4-434-32244-0

ファンレター、作品のご感想をお待ちしております。
右のQRコードから専用フォームにアクセスし、作品と宛先を入力の上、コメントをお寄せ下さい。
※アクセスの際に発生する通信費等はご負担ください。

祓い屋令嬢ニコラの困りごと2

伊井野いと
[イラスト] きのこ姫

「初めて喋った気がしないと思ったら、お前かよー……」

　アロイスの婚約者候補に選ばれたり、幼馴染のジークハルトにまとわりつく怪異事に悩まされたりと、相変わらず面倒事に巻き込まれるニコラ。そんな中、彼女と同じく前世から転生してきた弟弟子との再会で、さらなるトラブルの予感が……？

「……ジークハルト様は、どうして私に求婚したんですか」

「ニコラがいない未来を想像出来ないことに、気付いたんだ」

　そんな中ニコラとジークハルトのじれったい関係に変化が――恋に怪異に厄介事だらけ。ドタバタ続きで送る祓い屋令嬢ファンタジー第2弾。

DRE NOVELS

魔術の果てを求める大魔術師2
～魔道を極めた俺が三百年後の技術革新を期待して転生したら、哀しくなるほど退化していた……～

福山松江
［イラスト］Genyaky

《吸血鬼の真祖《トゥルーブラッド》》に生まれ変わった最強の魔術師カイ＝レキウスは、アーカス州を征服した後、間髪を容れず隣州への侵攻を開始した。側近たちが巨大なゴーレムを駆り、五千の兵が付き従う「夜の軍団」の快進撃。だがそれは、“蒼の乙女”と呼ばれる偉大な巫女を崇拝し、降伏よりも自死を選ぶ民の盲信を前に、足止めを余儀なくされた。

人心を掌握するため、まずは“蒼の乙女”ファナを手中にせんとするカイ。ファナを護る聖堂騎士タリアの忠誠、帝国中央から派遣された魔道士の思惑、そして三百年前からの因縁が絡みあい、事態は意外な方へと転がり始める！

魔術の秘奥を極めし覇王による再征服譚第二幕!!

DRE NOVELS